故事会

2024·155

合订本

上海故事会文化传媒有限公司

上海文化出版社

图书在版编目（CIP）数据

2024年《故事会》合订本．155期／《故事会》编辑
部编．-- 上海：上海文化出版社，2024.2
ISBN 978-7-5535-2905-9

Ⅰ．①2… Ⅱ．①故… Ⅲ．①故事－作品集－中国－
当代 Ⅳ．①I247.8

中国国家版本馆 CIP 数据核字 (2024) 第 030281 号

书　名：2024年《故事会》合订本155期

主　编：夏一鸣
副主编：吕　佳　朱　虹
责任编辑：孟文玉
发稿编辑：吕　佳　朱　虹　丁娴瑶　陶云韫　王　琦
　　　　　曹晴雯　赵媛佳　田　芳　孟文玉
装帧设计：王怡斐
责任督印：张　凯

出　　版：上海文化出版社
出　　品：上海故事会文化传媒有限公司
　　　　　（201101 上海市闵行区号景路159弄A座3楼　www.storychina.cn）
发　　行：上海文艺出版社发行中心
　　　　　（上海市闵行区号景路159弄A座2楼206室）
印　　刷：浙江广育爱多印务有限公司
开　　本：787×1092毫米　1/32
印　　张：9
版　　次：2024年2月第1版
印　　次：2024年2月第1次印刷
书　　号：978-7-5535-2905-9/I·1125
定　　价：25.00元

上海故事会文化传媒有限公司　出品（01179）

想看更多故事？
扫码下载故事会 App

上海故事会文化传媒有限公司所有图书可办理邮购，免收邮费（挂号除外）
汇款地址：上海市闵行区号景路 159 弄 A 座 2 楼 206 室（201101）
收　款　人：上海故事会文化传媒有限公司出版发行部
联系电话：021-53204159
如发现本书有质量问题，请与印刷厂质量科联系　Tel.0571-22805820

784
CONTENTS

扫二维码，可听全本故事。

2023
SEMIMONTHLY
10月上半月刊

开门八件事，扫码听故事。一本可读、可讲、可传、可听的全媒体杂志。

故事会
红版·上半月刊

社 长、主 编 夏一鸣
副社长 张 凯
副主编 吕 佳 朱 虹
本期责任编辑 陶云韫
电子邮箱 taoyunyun1101@163.com

发稿编辑
吕 佳 丁娴瑶 曹晴雯 孟文玉
美术编辑 王怡斐 郭瑾玮
红版编辑部电话 021-5320 4060
绿版编辑部电话 021-5320 4050
地址 上海市闵行区号景路159弄A座3楼
邮编 201101

主管、主办 上海文艺出版总社
出版单位 《故事会》编辑部
发行范围 公开

出版发行部
发行业务 021-5320 4165
发行经理 钮 颖
媒介合作 021-5320 4090
广告业务 021-5320 4161
新媒体广告 021-5320 4191

融媒体中心
《故事会》微博 @故事会
《故事会》微信 story63
故事中国网 www.storychina.cn
《故事会》网店
shop36332989.taobao.com

故事会公众号 　　故事会小程序

国外发行 中国图书贸易总公司
印刷 上海四维数字图文有限公司
发行：中国邮政集团公司报刊发行局总发行
国内代号 4-225 定价 8.00元

（本栏插图：包丰一）

如实回答

面试时，公司人事看到阿憨简历上写着"综合型人才"，便问："你以前在哪些部门工作过呢？"

阿憨如实回答："行政部、工程部、财务部、营销大厅……"

人事惊讶地说："人才啊，说说你在各部门的工作重点吧？"

阿憨笑笑，说："别的部门还好，营销大厅面积大、人员杂，打扫起来太累了！"

人事脸色变了："出去！"

（二条宁）

抛硬币决定

一姐婚后越来越胖，她对外宣称自己下定决心减肥，每天吃饭前要抛硬币来决定吃不吃。

一段日子后，二姐妹妹去她家玩，看到姐姐，问："抛硬币的话，正反的概率应该是一半一半，你怎么一点没瘦，反而胖了呀？"

二姐老公在一旁说："你姐不是用正反面决定的。她说，硬币碎了她才不吃饭！"

（任万杰）

泳池喂食

阿梅和老公去游泳。阿梅游累了，蹲在泳池边吃水果。老公游到阿梅这里，她就喂老公吃一口水果。

反复几次后，老公说："别喂我了，我不吃了。"

阿梅问："吃饱啦？"

老公说："不是，我游一圈你喂我一口，旁边人都笑我是海豚！"

（饲养圆）

卧铺票

爷爷在老家，这辈子没出过远门，没坐过火车。这天，孙子对爷爷说："我买了两张卧铺票，明天带你去广州玩两天。"

爷爷激动得一夜没睡，早上五点就起来了，对孙子说："第一次坐火车，还是卧铺，我要早点上火车，铺一下床……"

（赵泽浦）

班主任来电

班主任给小胖妈妈打来电话，小胖妈妈紧张地问："我家孩子怎么啦？"

班主任说："您别紧张。我只是想提醒一下，别的孩子铅笔盒里贴的都是课表，只有小胖，贴的是学校食堂的菜谱。"

（池塘柳）

穿婚纱的小伙

二狗应邀参加一个老同学的婚宴。到了现场，他怎么看都觉得新娘长得像男的，就对旁边一个老人开玩笑地说："穿婚纱的小伙真魁梧。"

老人眉头一皱："那是我闺女！"

二狗赶紧说："大爷，您闺女真漂亮！"

老人更生气了："我是她妈！"

（李枸海）

小狗做家务

这天，露西太太无意间瞥见邻居家的小狗在修剪草坪，她惊奇地说："天啊，这只狗会做家务！"

小狗看看四周无人，对露西太太说："没办法，他们太懒了，没有人愿意做家务，都叫我做。"

露西太太更惊奇了："你还会讲话？！"

小狗急忙说："嘘！小声一点，如果他们知道我会讲话，连接电话都要让我去了！"

（暮春）

职业素养

动物园里，几只黑猩猩突然凶神恶煞地朝游客冲过来，虽然它们在笼子里，还是吓了游客一跳，大家纷纷后退。

只有老头乔治很镇定，站在那儿一动不动。

一个孩子问他："老先生，你不怕吗？"

乔治指了指铁笼，笑着说："我退休之前在监狱工作，这种场面，见多了！"

（谁与争锋）

奶奶的话

一对情侣经过一家废弃的医院，小伙想吓吓女友，就指着医院门口，说："看见那个披头散发的白衣女子没？"

女友一愣，随后说："难道……我奶奶说的是真的？"

小伙问道："你奶奶说啥？"

女友说："狗能看到人类看不到的东西。"

（落花雨）

主人的奖励

从前有只羊，一天要干八小时活。一天，主人告诉它，多干活有奖励，于是羊更努力了。接下来，主人每个月从羊身上剪一些羊毛，攒到年底，给羊织了件毛衣，告诉它："这就是你的奖励！"

羊很生气，把自己的故事写成一本书，书名叫《年终奖》。

（星夜结衣）

说话的艺术

植树节那天，公司领导带下属上山植树。领导率先挥舞起铁锹，谁知一不小心，把身旁的小李撞到树坑里去了。领导忙说："小李，不好意思，差点把你种土里去了。"

小李笑着说："我没事！感谢领导栽培！"

（浮岛员）

做过的傻事

这天是老杰克七十岁生日，他邀请了几个老友，聊了整整一天。

晚上，孙子好奇地问老杰克："你们聊了一天，都说了些什么？"

老杰克说："我把自己年轻时做过的傻事都告诉他们了！"

孙子惊讶地问："你不担心他们说出去？"

老杰克乐了："怕什么，这帮老伙计，出了门就全忘了。"

孙子缓缓地说："可是……你还邀请了他们的太太。"

（琼孩子）

安水龙头

龙王家的水龙头坏了，怎么也修不好，人间因此闹起了水灾。龙王听说人间有一个男子擅长维修水龙头，便请他来看看。

男子来了，对龙王说："水龙头坏了，要安一个新的。"接着，他边干活边与龙王闲聊，"我们那儿日夜下雨，何时是个头？"

龙王说："别废话了，赶紧安水龙头吧。你若安好，便是晴天！"

（离萧天）

收　拾

爸爸下班回到家里，他的三个孩子围过来，依次汇报自己今天干了什么活。

哥哥说："我把所有的碗碟都洗干净了。"

姐姐说："我把它们放到碗柜里去了。"

最后轮到年纪最小的弟弟，他怯生生地说："我……我把碎片都收拾起来了。"

（白丁儒）

本栏欢迎来稿。请将有新鲜感、有精彩细节的笑话佳作尽快投寄给我们。来稿一经采用，即致稿费，最高稿费为100元。本期责任编辑电子邮箱：taoyunyun1101@163.com。

佐野洋（1928—2013），日本推理小说家，被誉为日本推理文坛的"悬念大师"和五虎将之一。作品以描写人类隐秘心理、刻画人性为特色，悬念迭起，构思精妙。其代表作有《戒烟日》《仁义陷阱》《华丽的丑闻》等。

坐副驾的女人

□［日］佐野洋

这天早上，拘留室里有个惯偷叫住刑警木山，好奇地问道："警官，昨天深夜送进来的那个岩井，是干什么的？他做噩梦了，大半夜的，突然坐起来，惊恐地瞪着我，然后一个劲儿地往后挪，好像我要吃了他似的。我猜，他心里一定有鬼，还是很可怕的那种……"

心里有鬼？木山感到狐疑。按照他的经验，罪犯在被捕前往往会因为害怕或负罪感而陷入恐惧，做噩梦的确是常有的事。通常等他们

坦白了所有罪行后，心里就解脱了，反而能安然入睡。难道岩井还有所隐瞒，才噩梦不断？

木山翻看了岩井的档案，此人三十九岁，是因为交通肇事罪被拘留的，办案人是交通课的小野。据小野说，车祸发生在昨晚七点十分左右。岩井开车撞上了前面装满钢筋的货车，钢筋戳碎了挡风玻璃，直接刺中坐在副驾上他妻子的脸，现场一片血肉模糊。救护车赶到时，他妻子已经死了。而岩井本人，则

因为货车上那些长长的钢筋都堆放在左侧，他在驾驶位反而不受影响，所以幸运地躲了过去，连一点擦伤都没有。虽然钢筋伸出车厢外一米多，但货车在出发地办理过超长货物运输许可证，也配备了醒目的红色警示灯，并不违规。

"这么说，货车上的钢筋刚好与他妻子的脸在同一个高度？"木山沉吟道。

小野点点头，想了想，说："开车时，如果前方有与驾驶员眼睛在同一水平线的货物，就很危险，容易造成车距远近上的错觉，车距过近就会发生追尾。"

"他当时车速很快吧？"

"车速倒是不快，而且当时路况还行，按理说，他是可以变道超车的，但他似乎没有这么做。多半是有心事吧，要知道他的岳父昨天下午五点多去世了，他们夫妻俩本是去奔丧的。"

了解到木山的顾虑后，小野补充说："昨天我们赶到时，岩井整个人瑟瑟发抖，什么话都说不出来。也难怪，奔丧途中妻子又惨死，这打击可不小，晚上做噩梦，多半也是事故后的应激反应。"

木山不置可否地点点头。下班后，他打了一辆出租车去见朋友。

他坐在后排的座位上，还一直低头琢磨着岩井的案子。车驶到一条公路上时，司机突然一个刹车，木山猛地抬头，原来出租车差点撞上前方一辆载着长钢管的货车。货车装载钢管的方式和白天小野说的情况很相似，道路也在事故现场附近。

司机连声抱歉道："对不住，真对不住！这条路上的货车特别多，就不能盯着这些货车的红色警示灯看，越看越会失去判断，感觉它还离得很远似的，其实那些货物已经离得很近了。真是危险啊！"

木山忽有所悟："假如我坐在副驾驶位，刚才你要是没刹住车，我就一命归西了吧？"

司机笑着接道："而且死相还不好看呢！说起来，之前有一次，我也是这样跟在拉着钢筋的货车后面，当时，我副驾上的那位乘客讨厌极了，一直对我说着粗话。我心想，如果假装判断失误，一脚油门撞上前面的车，那家伙就能闭嘴了吧？因为显然，那些钢筋正对着他的脑袋，而不会对我产生伤害……这最多算是交通意外。哇，我当时被自己这个想法吓到了。万万不能这么做啊，就算不会判我故意杀人，我的驾照也会被吊销，还要掏一大笔赔偿金呢！"司机明显觉得自己说多了，吐吐舌头，不再多话，木山则又陷入沉思。

第二天，木山找到小野，得知岩井即将取保候审，木山便将自己和出租车司机的对话讲了一遍，并指出岩井的案子可能不像表面看上去的那么简单。小野却不以为意："不能仅凭着不确定的假设就投入警力调查吧，而且我们人手本来就短缺，忙不过来啊！"

然而两天后，小野一脸难为情地来找木山："哎……这个……我们收到一封匿名举报信，说岩井有杀妻动机……"

原来，岩井的岳父拥有大片土地，近年来地价飙升，这些土地价值不菲。根据当地法律规定，继承是从被继承人死亡之时开始的，所以，岩井的妻子安江从父亲去世的当天下午五点四十分开始，就继承了她父亲的财产。安江死后，这笔财产就由她的丈夫岩井继承了。不过，这件事有别的可能，比如，安江没有子女，如果安江死于她父亲之前，那么这笔财产将由她的叔叔继承；如果安江的死不是意外，而是岩井故意杀人，岩井就会失去继承资格，这笔财产也将由安江的叔叔继承。小野告诉木山，他们已经查明，安江的叔叔就是举报人。

木山说："尸检表明尸体损伤的部位有明显的生理反应特征，所以车祸时安江肯定还活着。那也就是说，第一种情况不可能；至于第二种情况，车祸是意外还是蓄意，这就难说了，那可是价值好几个亿的财产啊！"

这下，小野也开始认真起来："路况不错的情况下，涉案轿车跟

在大货车后头却没有及时变道超车，是很可疑！"突然，他又想到什么，"不过，如果是故意追尾，他为什么这么着急？妻子已经继承了财产，大可等将来准备充分了再动手，何必在奔丧途中就下手！"

木山听得眉头紧皱，越来越觉得岩井有问题。

次日，木山来到岩井工作的公司，得知他被释放后就递交了辞呈。这也不奇怪，如果木山的调查无果，岩井就是身家几个亿的富人了。木山本以为事情就这样了，没想到前台的姑娘无意间向他透露：岩井曾抱怨妻子太唠叨，两人还因为口角而动过手。还有，岩井有一个年轻的情人，是一个酒吧的女招待，叫梨香子！

这可是一条重要的线索！木山马不停蹄地来到梨香子工作的酒吧，亮出了自己的警官证。老板娘抱怨说："她都好几天没来上班了，也许是另谋高就了吧？她之前就说，她不稀罕这份工作。"被问到梨香子和岩井的关系时，阅人无数的老板娘撇撇嘴："梨香子已经二十六了，挺着急结婚的，但岩井看上去就只是玩玩而已。我感觉他骨子里就是个冷酷无情的人……"

离开酒吧后，木山又赶到了梨香子的住所，结果扑了个空。房门紧闭多日，邻居们有一个星期没见过她了。从照片来看，梨香子的身材和安江差不多。想到老板娘对岩井的评价，木山脑海中闪过一个大胆的猜想……

果不其然，从梨香子家中提取的指纹和车祸死者的指纹完全一致。小野听到消息，惊讶极了："车祸中的死者不是安江，而是梨香子！天啊，是我疏忽了，当时死者的整个脸部都被毁了，岩井说坐在副驾上的是妻子安江，谁能想到是撒谎呢？后来法医说死者很年轻，但有的女人即便上了年纪，皮肤依然保养得很好，我就没多想……"

那么安江去哪了呢？警方很快就在岩井家的院子里，挖出了她的尸体，她已经死亡一周左右，死因是后脑部位的击打伤。

事到如今，岩井不得不坦白：其实，安江的死是个意外。那天她和岩井大吵了一架，还说自己父亲已经命不久矣，将来等继承了父亲的财产，就要和岩井离婚。岩井怒不可遏，狠狠推了妻子一把，安江的后脑勺撞到柱子，当场没气了。

当时，岩井蒙了，他的大脑飞速运转：他早就烦透了安江，恨不得她能去死，可她绝不能死在岳父前面啊，还有几个亿要继承呢！岳父已经没几天好撑了，无论如何也要把戏做下去……

于是，岩井先将安江的尸体埋入自家院子，然后谎称和妻子分居了，把梨香子带到家里同居。一旦接到岳父的死讯，自己马上就能带着妻子的"替身"去奔丧。再在奔丧途中制造意外，把妻子替身也杀了，这样他就能顺理成章地成为妻子娘家遗产的继承人。岩井知道梨香子有严重的巧克力过敏症，他原本打算在车上安排梨香子误食一块混有巧克力的点心，致使她过敏发作，趁其晕厥时，将其抛入大海，对外宣称"安江"因悲伤过度自杀了。被蒙在鼓里的梨香子还满心欢喜，以为遇到了良人，并按照岩井的叮嘱，切断了与外界的一切联系。

计划是挺周全，没想到梨香子上车后岩井一直没找到机会。后来，在经过高速公路时，一辆装载钢筋的货车让他眼睛一亮。他以前看过很多关于追尾货车而造成副驾驶位上的乘客丧命的事故报道，警方最后大多以过失杀人结案。如果岩井趁这个机会，神不知鬼不觉地让坐副驾的梨香子命丧黄泉，他或许要承担一些事故责任，但不会影响他的遗产继承权。

此时，岩井面如死灰："事情本来很顺利，梨香子完全毁容了，加上她和安江的身材相似，我说她是我妻子，谁会怀疑呢？这么完美的替身计划怎么会暴露呢？"

木山冷冷地说："因为你太着急了！必须在奔丧途中杀人，只有一个可能，不能让亲戚们看到她，因为她是个替身。"

岩井果然骨子里就是个冷酷无情的人，木山又想起老板娘的那句话。

（编译：李日月）
（改编：白云红叶）
（发稿编辑：丁娴瑶）
（题图、插图：孙小片）

12

□ 大刀红

『蜜王』报恩

苏孝定是唐宪宗时禁军虎贲卫的卫队长，他颇有才能，很得皇帝赏识。这年初春，皇帝派他率领一支五十人的队伍，去大唐南方边境，押解附属国南诏国的贡品。苏孝定领命，率队一路南行，来到交割贡品的地方。

清点后，苏孝定发现，这批贡品只是当地的一些普通特产，并不值钱，他不由得叹道："自安史之乱后，大唐国势渐弱，这些附属小国对天朝也敷衍起来。"话虽如此，可毕竟是贡品，苏孝定还是小心地护送着这批物品上路了。

这日，一行人到了归州一个名叫香溪村的地方，不料碰上了怪异天气。本是百花盛开、阳光明媚的春季，却突然阴云密布、北风怒号，大风吹得他们寸步难行，只得找个驿站住下来。

第二天早上，苏孝定起床后出门一看，不由得大吃一惊。只见驿站周围的群山竟被大雪覆盖，连驿站院子里的积雪也有一尺来厚。驿站小吏六十多岁，连说这是百年未有的怪事。

大雪连绵不断，一连下了五天，直到第六天雪才渐停。苏孝定他们又等了几天，等驿道能够行车，方才上路。行不到十里，打前站的小兵来报，说前方山谷有一队身穿黄金甲的将士拦住了去路。

苏孝定问："他们有多少人？"

小兵说："有百人之众。"

苏孝定自恃乃皇家亲兵，傲慢地说："宣他们的头目前来。"

小兵离去不久，便带来三名身披金甲的将士。领头的一身戎装，却朱唇粉面，英姿飒爽，竟是个女子。她身后两名护卫身材修长，各背一副巨弓，腰左配刀，腰右为羽箭盒，内装数十支羽箭。

苏孝定问："我们押送的是皇上的贡品，你们想做什么？"

领头的女将自称乃御赐归州宓王，她向苏孝定拱手道："苏大人，今年天寒地冻，百姓缺衣少食，我等特来向苏大人借一批物资，救黎民于危难之中。"

苏孝定从没听说过归州还有个宓王，不禁怒道："大胆，你们竟敢劫持贡品，难道不想要脑袋了？"说着，他一使眼色，身边一个叫秦十三的侍卫先发制人，抽出一把长刀，向女将砍去。

眼看长刀直直地劈向女将，电光石火之间，她身后的一名金甲护卫摘弓、挽弓、搭箭、射出，一气呵成。秦十三惨叫一声，刀"当啷"一声落在地上。众人一看，秦十三胳膊上中了一支羽箭。

苏孝定心中暗惊，对方箭法高超，只怕百步之外取人首级也非难事。他又低头查看秦十三的伤势，只见那支箭洞穿胳臂，伤口已开始发紫发黑。苏孝定一怔：对方人多势众，武艺高强，箭头又带毒，自己这几个人不是他们的对手，先保住众人性命再说。于是，他冲那女将道："有话好说，你们想要什么物资，请自行去取。"

女将点点头，带人取了两车物资。离开前，她拿出一个瓷瓶，倒出有浓浓花香味的液体，涂抹在秦

十三的伤口处，说："这解药可保你伤口痊愈。"接着，她对苏孝定说，回到长安，若有人问是谁劫了物资，就说是归州宕王封二娘。

封二娘带着金甲将士撤走后，苏孝定让手下清点物资，发现只有两车蔗糖被劫走，其他贡品并没有丢失，他总算松了口气。

回到长安后，苏孝定向商人收购了两车蔗糖，补齐贡品，交了差事。他向认识的官员打听归州宕王，可大家都说，从没听说过这个人。

过了几年，世道越发动荡，平卢淄青节度使李师道突然叛乱，叛军一直杀到了东都洛阳。苏孝定这时已是虎贲军的统帅，他带领两万将士据守东都洛阳。

李师道自恃兵强马壮，每日率军驾云梯大举攻城，苏孝定则利用高大坚固的城墙作掩护，用弓箭、礌石与之抗衡。两军僵持一月有余，这天，军需官找到苏孝定，禀告说："苏将军，粮草勉强可以再撑半个月，只是羽箭所剩无几。"

苏孝定问："还剩多少羽箭？"

军需官说："最多还有五千支。"

苏孝定听了脸色一变，他知道，守不守得住洛阳城，羽箭至关重要。只要羽箭充足，他便可以依仗地利，发射羽箭，让敌方的云梯近不了城

池。五千支羽箭只够用一日，而大唐的其他军队惧怕李师道，为了保存实力，都在洛阳城附近龟缩，并不真心前来救援。

就在这时，李师道派使者前来劝降。苏孝定说："我等食大唐黍麦，当为国尽忠。"他当即杀了使者，断了退路。

李师道大怒，派兵猛攻。苏孝定全力死守，激战一日，羽箭已全部告罄。

第二日，苏孝定自知城池必破，他穿上甲胄，来到城墙上，准备和敌方决一死战。果然，片刻工夫，城东已经有十余架云梯搭上城墙，敌人蜂拥而至，攻上城头，城东将士大多战死。苏孝定叹了一口气，说："今日城破，我当以死殉国。"说完，他拔出宝剑，准备自刎。

就在这时，天空中出现奇观，本来万里无云的晴空，突然飘来一朵巨大的乌云，遮天蔽日。苏孝定见那朵乌云向城东飘去，不一会儿，有士兵传来喜讯："禀告大人，城东突降援兵，身披金甲，强弓硬弩，将登上城头的敌人全部射杀，解了城东之围。"

苏孝定有些不信，说："李师道将洛阳城围了个水泄不通，这些援兵从何而来？难道是从天上飞下

来的？"

那士兵说："我怎敢欺骗大人，不信的话，请大人随我前去。"

苏孝定正要起身，却见成千上万名金甲士兵向他走来，领头的正是封二娘。封二娘说："上次借了你两车蔗糖，今日特来助你一臂之力。"说完，她一挥手，那些金甲士兵挽弓搭箭，对准攻城的军队射去，箭无虚发。

攻城的士兵见状，都说是妖人助阵。一时间谣言四起，军心尽失，叛军如洪水般溃败。

退了围兵，苏孝定连忙感谢封二娘，又问他们前来救援的缘由。封二娘冲他一抱拳，说："容日后相见再叙。"说罢，她竟和那些金甲士兵腾空而起，向城外飞去，数量之众，就像乌云一样……

当天夜里，苏孝定梦见了封二娘。封二娘对他说，归州盛产百花蜜，因太宗皇帝嗜好饮蜜，每年秋季，归州百姓将蜂蜜收割上贡，仅留下很少一部分蜂蜜，给蜜蜂越冬。那年春天，下了一场百年不遇的大雪，百花皆被冻死，千万只蜜蜂没

了蜜源，有可能被饿死。于是，封二娘劫了苏孝定的蔗糖，这才保全了蜜蜂的性命。这次，为了报苏孝定借糖之恩，才前来解洛阳之围。

苏孝定问："你到底是谁？"

封二娘说："我是蜂王，归州的蜜蜂都是我的子孙。"

苏孝定回到长安后，向皇帝禀明了此事。

皇帝命起居郎查看典籍，果然发现记载：当年，太宗皇帝到过归州，品尝了归州的蜂蜜后，只觉花香四溢，清甜爽口，便当场赐下"蜜中之王"四个字。

苏孝定听了，恍然大悟，这才明白封二娘说的御赐"宓王"，原来是"蜜王"啊！

（发稿编辑：吕　佳）

（题图、插图：孙小片）

16

一个应届生被骗进诈骗团伙，冷静思考后，他决定用大学里所学的专业知识来自救……

集体『中毒』

□ 南怀中

伊小素是刑警大队的副队长。这天，市公安局接到急救中心转来的信息：南郊某工业园发生了疑似集体中毒的案件。伊小素立即和同事们出发，前往现场进行调查。

事发的工业园位置偏僻，大部分厂房都已经荒废，只有一处厂房被改造成了办公场所，疑似集体中毒案就发生在那里。此时，厂房门口停满了救护车，医护人员正忙着将患者抬上车运走。

伊小素想找这家公司的负责人了解一下情况，却发现公司的中高层管理人员都已经被送去了医院。整个公司只有安保部的人没事，其他部门的员工都出现了恶心、呕吐等疑似中毒的症状。

没一会儿，安保部的部长张峰被带到了伊小素面前。张峰大概三十多岁，身材结实，他局促不安地坐在伊小素对面，十指交叉，紧紧地握在一起。他的表现自然都被伊小素看在眼里。

"先介绍一下情况吧。"伊小素开始发问，"你们是什么时候发现有人出现症状的？今天你们公司的午餐是自己食堂提供的，还是叫的外卖？"

张峰结结巴巴地回答说："情、情况是这样的——我们员工的餐食是一家配餐公司统一提供的，今天中午十二点左右午餐送到。下午一点多，就开始有同事出现恶心、呕吐的症状，后来出现症状的同事越来越多，我们就赶紧打了120。"

伊小素问："你们安保部吃的午餐和其他部门的人不一样吗？"

张峰茫然地说："完全一样啊！为什么安保部没人出现症状，我也不明白。"

伊小素想了想，又询问员工都在哪里饮水。张峰说，安保部和其他部门是共用饮水机的，而且整个公司是封闭式管理，就算外人想投毒也进不来。

这时，一个同事在门口冲伊小素挥挥手，示意她出来："伊队，我们找到了这些东西。"同事一边说一边将几张纸递给了伊小素。

伊小素接过来一看，纸上记录的都是电信诈骗的欺诈话术，还有随手记下来的受害者的特征、被骗金额等信息。

同事说，类似的材料在这家公司里还找到了很多。伊小素点点头，这里很可能是一个电信诈骗的窝点。她快速布置起了任务："通知市局派人增援，把人都控制起来，已经送去医院的也要监视起来。现场的同事继续搜集物证和陈述，一定要把情况彻底查清。"

调查结果很快出来了，伊小素的推测没错，这是一个以互联网营销为幌子的诈骗团伙，团伙的大小头目全在医院里，被警方一锅端了。警方还解救了一批被诈骗团伙暴力胁迫、加入公司的受害者。

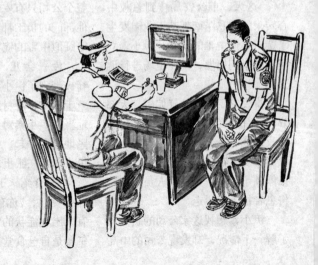

这时，法医那边对"中毒"人员的检测结果也出来了。奇怪的是，法医发现，患者恶心、呕吐等症状并不是食物中毒引起的，至于究竟是什么原因造成的，目前还无法得出结论。按照法医的说法，这些人表现出来的症状倒很像是晕车，但这怎么可能呢？

直觉告诉伊小素，这里面有蹊跷，似乎有人借助这次集体"中毒"事件，故意引导警方去了诈骗窝点。可是，到底是谁做的这件事呢？

伊小素又看了一遍陈述，她发现，所有人都是在工位上看电脑时出现的症状，伊小素决定向电脑专家赵明求助。赵明是刑警支队的外聘顾问，曾经协助警方破获过多起高科技犯罪案件。

赵明检查了这家公司的所有电脑，很快锁定了其中一台。经调查，这台电脑的使用者叫许多多，他大学刚毕业，被胁迫加入诈骗团伙才两个月。目前他作为受害者和证人，被留在公安局，配合案件的调查。

赵明问伊小素："许多多在大学里学的是什么专业？"

伊小素翻了翻材料，说："是计算机专业。"

"好，应该就是他了！这年轻人表现得不错。"赵明兴奋地搓了搓手，"走，小素，我们去会会他。"

伊小素一脸疑惑："许多多怎么了，他做了什么？"

"这次警方能破获这个诈骗团伙，多亏了许多多。具体他是怎么做到的，等会儿你直接问他吧。"在这个节骨眼上，赵明还不忘卖个关子。

许多多是一个相貌平平的年轻人，戴着一副黑框眼镜，镜片后透出警惕的眼神。

伊小素开门见山地询问许多多做了什么，许多多却连连摆手否认："我……我没做什么。你们是不是弄错了？"看来，两个月近乎监禁的生活，让许多多对外界有了很强的防备心。

"许多多，别怕。"赵明突然插话，"你做得很棒，多亏了你制造的集体'中毒'事件，警方才能破获这个诈骗团伙。你写的脚本程序我看过了，写得很好。"

听到赵明这么说，许多多似乎松了口气，他犹豫片刻，终于说："没错，这事确实是我干的。"

许多多说，他毕业后通过中介入职了这家号称做互联网营销的公司。没想到一进入公司大院，几名保安就围了上来，他的手机和身份证都被收缴了。公司所在的院子被高高的围墙包围着，围墙上方架着铁丝网，办公楼内还设了好几道门闸，每道门都有保安看守。许多多看到每天有那么多人被诈骗，心急如焚。他想报警，但他被迫打诈骗电话时会被严格监听，用的电脑也只能接入局域网，不能访问互联网，没法和外面通信。

讲到这里，许多多喘了口气，继续说道："我每天都在想，怎么才能跟外面取得联系。有一天，我突然想起上大学的时候，有个室友打电脑3D游戏时间太长，出现了

恶心、呕吐的症状。一开始我们还以为他是食物中毒，后来医生说这叫'眩晕症'。我灵机一动，决定用公司的电脑模拟这种情况。我写了一个脚本程序，可以将电脑上的像素显示点进行高频位移抖动，用通俗的话来说，就是让电脑画面抖动，但抖动的距离控制在极小的范围内，这样肉眼没法直接看出来，但是长时间盯着电脑看，人就会感到眩晕，出现呕吐、恶心等症状。"

伊小素点点头："难怪法医说，患者的症状像是晕车。"

许多多"嗯"了一声："我把这个脚本程序部署到全公司所有的电脑上，还特意把那些头头的电脑画面抖动频率调到最高，让他们的症状更严重，这样他们就不得不叫救护车了。我想，救护人员发现这么多人食物'中毒'了，一定会报警的……"

"怪不得那些保安没有出现症状，因为他们没有使用电脑！"伊小素恍然大悟，她上前一步，紧紧握住许多多的手，"你机智而勇敢的行为解救了自己，也帮助警方捣毁了这个诈骗窝点，我代表市公安局向你表示感谢！"

（发稿编辑：吕　佳）

（题图、插图：陆小弟）

刚买的手机

□ 许申高

界岭村位于湘北大山深处，这几年在政府的引导下，村民种植了不少名叫纽荷尔的新品种脐橙树。村里的张老汉也种了五亩，可到了挂果的时候，张老汉犯愁了，这五亩地的纽荷尔，少说也有三万斤，往哪儿销啊？

这天，张老汉用三轮车拉了三百斤果子到小镇上去卖，可转了半天无人问津。本地家家户户都种纽荷尔，谁还买？就在他准备往回拉的时候，有个过路的货车司机停下车问："您这个是界岭村的纽荷尔吗？能不能尝一个？好吃我全买了。"张老汉高兴得不得了，忙递上两个让他尝。司机尝过后，觉得确实好吃，他价也不问，就说全要。等两人把果子装上车后，司机才问多少钱。张老汉说："两块钱一斤，三百斤，您给五百八，行不？"

"行，好吉利的数字。来，给您扫码。"说着，司机掏出了手机。张老汉犯难了，说："您给现金吧，我、我忘带手机了。"其实张老汉只有一部老人机，很少用，平常都放在家里。司机掏遍口袋，也没掏出一分钱来，急道："这怎么办啊？附近有银行吗？"

正在这时，来了一位眉清目秀

的小伙子——童军。他是张老汉的外甥，大学毕业后回到界岭村，一心帮村民们搞创业，现在是村里的党建联络员。童军刚从镇政府开完会回来，看到张老汉和司机正为手机支付的事犯难，忙说："舅舅，用我的手机。等回村里了，我再给您现金。"司机扫码付钱后，童军加了司机的联系方式，说以后如果需要纽荷尔，可以直接跟他联系。

回村的路上，童军问张老汉："舅舅，我不是早就让您换个智能手机吗？您怎么还没买？以后我们合作社成员都要上网，从培植到销售，一条龙服务，全靠它。您看我，一天到晚，机不离手，为的就是好在网上搞销售。"张老汉心里嘀咕，合作社有啥用？隔三岔五就培训，耽误正事，还让我花钱买手机……不过嘴上却说："是想买一个，但太贵了，听说要一千多。"童军听了，没再说话。

谁知第二天，童军就给张老汉送来了一部崭新的智能手机，说："舅舅，我用您昨天卖纽荷尔的钱买了一部手机，您看怎么样？"张老汉不高兴，心疼这钱打了水漂，但还是接过了手机："可我不会用啊！"童军拍着胸脯说自己包教包会。接下来，他带着张老汉弄好了电话卡，又手把手地教他一些基本操作，尤其是手机的收款与支付。

第三天，张老汉又出去卖纽荷尔了。这次，他特地守在一家银行前，眼巴巴地望着过往的车辆。可守了两个小时，还是无人问津。

就在这时，童军急匆匆地赶来了，说："舅舅，我到处找您，打您手机您不接，您的手机呢？"张老汉说，手机被自己忘在家里了。童军又说："您没带手机，要是又碰上那天的事，怎么办？"张老汉回头往银行一指，说："你没见这里就是银行吗？"童军笑道："舅舅，我真是服了您。好，先不说手机了，走，我们快回去。"说着，他动手推车。

张老汉拦住车，不肯回去，说自己就要在这里卖脐橙。童军解释，今天找他回去就是为了卖脐橙。张老汉不信："我在这里卖半天都没人要，你还让我回家里卖？鬼才要！"童军又要动手推车，说："合作社已经为全村的脐橙找到了销路。走，快跟我回去！"张老汉又把车拦住，死活不肯回。童军急了："您要不回去，到时后悔都来不及！"张老汉呛道："我要是回去，后悔才来不及呢！"

童军不解，问他这话什么意思。张老汉终于把憋在心里的那句话说了出来："我前天好不容易卖了五百多块钱，结果钱没到手，就让你给弄没了。"童军生气地说："那钱不是给您买智能手机了吗？"张老汉说："我一个贫困户，要这玩意儿有鬼用？说实话，你这是不是在帮人推销手机？"

童军恼火了："我、我……气死我了！我让您买手机，有大用处的，为的就是好在网上搞销售。"

张老汉"哼"了一声，说："这网上要能卖脐橙，家里就能造人民币了，你做梦吧！你们这些年轻人啊，一天到晚喊创业、扶贫，结果帮倒忙，把我越扶越贫。"童军气

得直跺脚，不料张老汉越说越来劲，"自从合作社进了村，我就没安宁过，今天培训，明天上课。你们说得天花乱坠，动员我开荒山，种这种脐橙树，还给它取个洋名字，叫什么纽荷尔，说它是脱贫果、致富树，种两亩纽荷尔，好比养育一群儿。结果还真让你们说准了，这些年，这满山的'儿子'要吃要喝，天天往里扔钱，差点没把我累死。今年年成好，脐橙大丰收，可销不动啊，我都快急疯了。"说完，张老汉蹲在地上，双手捧着头，不理童军了。

童军见状，忙说："我们比您更急！好在通过大家的努力，现在合作社终于找到了销路，而且建好了电商平台，全国各地的订单都下好多了。我喊您回去，就是急着给东北发货。"

张老汉不耐烦地说："虽然你是我外甥，但我再也不信你说的这些了。你要真心帮舅舅，现在就把这脐橙变成现钱，别天南海北网上网下了。"

这时，童军的电话响了，是村里的书记打来的。接完电话，童军兴奋地对张老汉说："舅舅，这下您可以放心

了。刚才书记说，合作社决定垫资收购您家所有的纽荷尔。今天全部采摘，晚上就发货！"

张老汉霍地站起来，以为自己听错了，惊讶地问："啊，垫资收购，真的？"童军笑道："这还能有假？您那五亩地的纽荷尔，少说也有三万斤，六万块钱哩。"张老汉还是半信半疑，"那钱呢？钱在哪儿？"童军告诉他，书记刚才已经往他手机上先打了六万块，多退少补。张老汉大惊："真的打手机上了？"童军说："不信您回家看手机。"

张老汉后悔莫及："天哪！我的手机……"童军问手机怎么了，张老汉摇头道："我骗了你……昨天你一走，我就找到村里的王老三，六百块钱把手机卖给他了。当时太急，连电话卡都忘了取。"

童军埋怨道："舅舅，您真是……那手机要一千五呢！"张老汉又一惊："啊！你给我贴了九百多？我、我得找王老三去！"童军说："上哪儿找去？王老三清早就坐火车去广州了，我看他走的。"张老汉急得直跺脚："天哪！这、这可怎么办呀？"

看张老汉急得六神无主，童军变戏法似的从包里掏出一部手机来，笑道："看，手机在我这儿呢！"张老汉惊喜地接过手机，问手机怎么在他手上，童军这才说出实情：早上他打张老汉的电话，是王老三接的，他就猜到是怎么回事。好在王老三还没来得及处理这手机，童军赶紧找到了他。王老三说这手机是他花了一千块钱从张老汉手上买的，童军就给赎了回来。

"这个王老三，我卖给他才六百块钱，他一转手就赚四百。我的好外甥，这回太感谢你了！手机里的钱还在吗？"张老汉一边道谢，一边打开手机。当他看到支付宝里果真有六万块钱时，欣喜若狂地叫道："真有钱呐！我不是做梦吧？好外甥，这手机里的钱是钱不？"

"好舅舅，您要不相信全都给我好了。"童军调皮地一笑，伸手要夺手机。

张老汉一把护住，说："我相信，这么说脱贫果真有人要了？"

童军笑道："对，现在就采摘，今晚就发货。"

张老汉举起手机，高兴地说："太好了，这下真能靠创业脱贫了。走，回家摘果子去！"

（发稿编辑：曹晴雯）

（题图、插图：陶 健）

年轻人中流行着一种新型社交方式：找搭子，有游戏搭子、旅游搭子、吃饭搭子。老李也赶了回时髦，找了一个"饭搭"……

永久"饭搭"

□ 周海胜

老李在工地上做木工。虽然大家都叫他老李，但他年龄并不大，刚刚四十出头。由于常年风吹日晒，所以长相与年龄相比有些着急了。

这个年纪，正是上有老下有小的时候，父母都已经七十多岁了，

女儿刚上大学，儿子在读初中，老李生活压力挺大的。正因为这样，老李这几年总是一个人在外打工，节衣缩食，几乎把自己挣的血汗钱都寄回了家里。

过年回家的时候，媳妇看着老李沧桑的面容，心疼地说："过了年再去工地，别在大食堂吃了，你不是说附近有饭店吗？去饭店点两个自己喜欢的菜，得注意身体！"

老李听了媳妇的话，心里热乎乎的，觉得还是媳妇疼他。工地食堂有专为工人们免费准备的大锅饭，油水少了些，但如果去外面吃，哪个月不得千八百元的，老李确实舍不得。在媳妇的一再劝说下，老李终于同意，每天早晨和中午在食堂吃，晚饭去附近饭店"开小灶"。

开工前几天，媳妇和老李一起去了趟城里，在工地附近找了一家叫大众餐厅的饭店。老板是个年轻人，他说管晚饭可以，有两种标准：一个常见炒菜，米饭管饱，每顿十元，如果加一个菜，就是每顿十六元

钱。夫妻俩因选一个菜还是两个菜，争吵了半天。媳妇坚持两个菜，老李非选一个菜不可。最后，还是依了老李，选了一饭一菜。

就这样，老李成了这家饭店的常客。每天下工后一盘炒菜、两碗米饭，让老李竟然有了家的感觉。

不久，老李还在这里结识了一个"饭友"。这人五十多岁，每天老李来的时候他也在那里吃饭，一来二去，两人聊了起来。

这人说自己叫"大友"，在附近小区住，就他一个人在家，也不愿做饭，就每天晚上来吃一顿。一唠之下，两人有"同是天涯沦落人"之感，就凑到了一桌吃起饭来。

几天后，大友说："老李呀，你看这样行不，咱俩点菜别点重了，然后在一起吃，这不就都能吃两个菜了吗？也好换换口味。"老李一听，觉得花同样的钱，还能每顿吃两个炒菜，马上同意了大友的建议。就这样，老李和大友成了吃饭的伙伴，每天晚上在一起吃饭、聊天，成了无话不谈的朋友。

给媳妇打电话的时候，老李把这事说了。媳妇一听，高兴地说："这可太好了，我就说让你多点个菜，你说什么都不干，这下好了，'事半功倍'！"媳妇还告诉老李，她听上大学的女儿说过，现在的年轻人流行找各种搭子，他们这种在一起拼吃饭的，叫"饭搭"。

老李也笑着说："噢，我也赶了回时髦，有饭搭了。"

慢慢地，老李发现了问题，大友饭量小，有时只吃几口菜，饭都不吃，只陪他天南海北地聊着。老李以为大友最近没胃口，没往心里去，往往都是他狼吞虎咽地把两盘菜吃得一干二净。可一个多月过去，大友还是这样。老李忍不住问他是

不是病了，大友说："人老了，整天没什么事可做，除了散步就是睡觉，吃不下多少东西。不像你们，一天出那么多力，不多吃点还行吗？你多吃点！"老李一听，觉得是那么回事，没再多想。

老李还发现，每顿饭，大友点的菜都是老李喜欢的，像炖排骨、蒸小鸡啥的。老李觉得，和大友在一起吃饭，大友是吃亏的。每次提起这事，大友都说："怎么能这样斤斤计较？你点的菜也都是我爱吃的，彼此彼此，互相照应！"

有一天，工地上材料不足，放了一天假。老李闲来无事，去附近小区转转。漫步在小区里，看着林立的高楼，花园般的绿植，老李感慨着城里与乡下的差异。在一个凉亭下，几个老人坐在椅子上闲聊，老李想起了大友。他们之前聊天，大友曾说他就住这个小区。如果能遇见他该多好！老李想和他聊聊天。两个人凑在一起吃了这么长时间的饭，也没留个联系电话。

老李便凑过去打听，有没有认识大友的，几个老人纷纷摇头，都说不认识。老李一筹莫展时，一个物业保安从这里经过，听到大友的名字，说："我认识他呀，他是前面大众餐厅的老板，你到那里找他就行了。"

老李大吃一惊："他是大众餐厅的老板？你确定？"老李把大友的相貌特征说了一遍。

"没错，他就是那里的老板。"

老李蒙了——原来大友一直在骗他。一个餐厅老板，为什么要和自己做饭搭？

到了晚上，老李假装轻松地走进了饭店。等饭菜摆上了桌，大友还是和往常一样，吃一点饭、几口菜。老李忍不住了，瞪着眼睛问大友："你是这个饭店的老板吧？我就不明白了，你为啥要骗我呢？"

大友看着老李不解的样子，挠了挠头，说："我承认，我骗了你……但是，我是受人之托和你一起吃饭的。还有，我不是这儿的老板。"

"受人之托？"老李不明白了，"既然你不是老板，你为什么天天在这饭店待着呢？"

"既然你都知道了，我今天就和你说实话吧……"

原来，那天老李和媳妇一起来这里，老李执意每晚只吃一个菜，被饭店老板的父亲大友听见了。他被老李对家庭的责任与担当感动了。大友趁老李去付餐费，和老李的媳妇商量，说自己可以和老李做饭搭，让他多吃一个菜。

老李听完大友的解释，对大友说："老板，谢谢你。你点的菜，都是我爱吃的，我得把这段时间你为我点菜的钱付给你。"

"哈哈，因为你媳妇告诉我你喜欢吃什么菜，我才点得那么准啊！菜钱不用你付，你媳妇事先都付过了。说起来，我不是你的饭搭，是饭托呀——受人之托，和你吃饭！"大友说完，大笑起来。

接着，大友说起了自己的过去：很多年前，大友也是个木工，在工地上打拼多年，和老李有着同样的经历。后来，他儿子开了这家大众餐厅，大友也就退休不干了。每当他看到那些工友们来这里吃饭，就会感到特别亲切。那天，老李和媳妇为晚饭吃一个菜、两个菜争执的时候，他立刻想到了自己的过去，特别想帮帮老李。小区保安也经常来大众餐厅吃饭，知道这餐厅是大友家开的，把他当成了餐厅老板。最后，大友强调："我就是个老木工，不是什么老板。"

听了这一切，老李激动地站起来，攥住大友的手："大哥，谢谢你这段时间对我的照顾！"

大友笑着说："这段时间我们做饭搭，我也觉得很快乐，你是个实在人，我也把你当成了兄弟！"

吃完饭，老李打电话给媳妇。媳妇问他和那个饭搭处得怎么样，饭菜是否可口。

老李对着手机，老半天才说："媳妇，你才是我的永久'饭搭'。"

（发稿编辑：陶云揾）

（题图、插图：豆 薇）

红版编辑部各编辑邮箱：

吕 佳：lujia411@126.com

丁娴瑶：dingxianyao@126.com

陶云揾：taoyunyun1101@163.com

曹晴雯：caoqingwen0228@126.com

孟文玉：yuwenmeng@126.com

那年月，大家都不富裕，强子更是命苦，很小的时候爸妈就死于一场泥石流。乡亲们都担心强子长不大，谁知老天爷像是要补偿他，尽管吃的是百家饭，穿的是百家衣，强子却见风就长，身强体壮，没病没灾，一晃长大成人了。

这时，乡亲们开始担心强子不能自立。好在强子聪明，学什么会什么。他对瓦工活儿特上心，等拿着瓦刀一上手，嘿，做出的活儿又漂亮又妥帖，天生一个手艺人，自立完全不成问题。

等强子长到25岁，乡亲们又有了新的担心：会有女孩喜欢他吗？这个不容易，因为强子只有一间四处漏雨的破屋。这时老天爷再次补偿了强子：邻村一个叫玲花的标致女孩看上了强子。

乡亲们想不通：玲花长得如花似玉，为什么会喜欢平平无奇的强子？

听了大伙的疑问，玲花光捂着嘴笑，最后被逼得没办法了，红着脸说："强子不抽烟不喝酒不耍钱，还有一手好手艺，我为啥不能喜欢他？至于穷，我们慢慢挣呗！"

乡亲们听了是既佩服玲花又为两人高兴，然后又有了新的担心：玲花的爸妈会同意这门婚事吗？

结果再次出乎所有人意料，玲

大瓦小瓦挡风雨

□ 童树梅

花的爸妈完全不阻拦这门婚事，而且不要任何彩礼，他们只有一个条件：强子必须在破屋原址上砌一间大瓦房，不然玲花嫁过去住哪儿？

当玲花把这条件转告强子时，她以为强子会为难，强子却意气风发地说："这条件毫不过分，我别的给不了你，总不能连个遮风挡雨的新房也不给吧？做瓦匠这几年我也攒了点钱，明天是好日子，我明天就动手砌，保证在婚期到来时给你一个漂漂亮亮的新房！"

第二天一大早，强子请来一帮子师兄弟，包括瓦匠、木匠、水电工、大工、小工。一阵惊天动地、喜气洋洋的鞭炮炸过后，强子、玲花"爱的小屋"正式开工。

时光飞快，距婚期只有三天时新房停工了，不是因为造好了，而是因为没钱了。这时只剩最后一道工序：盖瓦。原本的预算出现了偏差，强子无论如何也筹不来这笔钱了。师兄弟们能拿钱的都拿了，强子能借的也借遍了，玲花也翻不出一分钱了，她所有的私房钱全贴补给强子了。

距离婚期只有三天，望着没有顶的新房，强子陷入了巨大的绝望中。他对玲花说："玲花，我们推迟婚期吧？"

玲花脸色苍白，眼神却分外坚定，说："不行，亲戚朋友全请过了，现在改日子会被人笑话。再说这是一辈子的大事，随意改婚期不吉利。"玲花想了想，又说："要不跟我爸妈借？"

这回轮到强子斩钉截铁了："那更不行，哪有没结婚就跟岳父岳母借钱的道理？这会让你在娘家人面前一辈子抬不起头的。"

玲花沉默了，强子说得对，家乡是有这么个规矩。

两个年轻人依偎着难受了好长时间，突然玲花眼一亮，说："我有办法了，婚礼，照常举行！"

强子问："什么办法？"

玲花一歪头："暂时保密！"

婚期前一天，一大早，强子还在担心第二天的婚礼呢，一辆小车领着一辆大卡车"轰隆轰隆"地开到了新房前。强子赶紧出来看情况，周围也跑来了不少看热闹的人。

卡车上蒙着篷布，谁都不知道是什么，强子也不明所以。这时，就见玲花从小车上跳了下来，对着强子和大伙说："这卡车上的东西就是我明天的陪嫁，我提前一天给运过来了！"

在场所有人都大吃一惊，婚礼

见得多了，提前一天运陪嫁的真不多，而且这么满满一卡车的陪嫁更是从没有见过。

看着这阵势，强子难为情地低下了头。明天就要办婚礼了，玲花还提前把陪嫁运了过来，可自家的新房还没有盖瓦呢。

就在这时，玲花朝卡车驾驶员大声说："师傅，卸瓦！"

驾驶员使劲掀开篷布，所有人齐刷刷一声惊呼："哇！"

只见卡车上满满当当的全是瓦，崭新的琉璃瓦，大瓦、小瓦，还有水泥、沙子啥的。

这就是玲花想的办法，那天她回去就和父母商量好了，退掉原本的陪嫁，换成了现在的这些……

强子眼睛瞪得有铜铃大，他感动极了，过了很久才反应过来，大喊："盖瓦！"所有人都听到他的声音在颤抖。

玲花也脱掉了外套，她对着强子神采飞扬地说："我来给我们的新房和水泥、做小工！"

大伙反应过来了，一起吆喝："盖瓦！"不知谁保证道："我们一起做小工，一定抢在天黑前完工，让婚礼如期举行！"

强子和师兄弟们像猴子一样爬高，下面玲花和邻居们挽衣撸袖和水泥沙子、递瓦，大伙屋上屋下、精神百倍地忙碌着……

天色渐黑时，一座高大气派、琉璃瓦锃亮的新房漂漂亮亮地完了工。

第二天一早，强子穿着一身新衣，在师兄弟们的簇拥下，浩浩荡荡地来到邻村接新娘子玲花……

婚礼顺利举行。

这晚，两个村子的人全喝醉了，大伙都说，玲花的陪嫁是他们有生以来看过的最别致的陪嫁，今晚的喜酒也是他们喝过最美气的喜酒！

好多年过去了，强子和玲花已是满头白发，他们的爱情影响了好多年轻人的婚嫁观，他们的故事一直是两村人口中的传奇。

当然，马勺总有碰锅沿的时候，年轻时的强子也免不了会发脾气，每当这时，玲花总是笑着说："跟我吼？你忘了我陪嫁的大瓦、小瓦了？"话音一落，儿子、女儿就跑过来问："妈，叫我们吗？"

是的，强子、玲花的儿子、女儿，小名就叫大瓦、小瓦。

儿女的小名是强子起的，他说这是世上最美的名字。

（发稿编辑：曹晴雯）

（题图：陶　健）

市里招商引资，要在城东三公里处的青塘洼，建一座工业园。

拆迁、建设、安置，全由投资方邵氏集团负责。邵氏集团的董事长叫邵群，他叫来旗下房产公司的洪经理，吩咐道："对青塘洼住户进行拆迁安置时，要特别关照孙伯一家，补偿款要比规定的多给一些，多出的部分，我个人承担。"

邵群之所以这么做，要说回五年前——那天，他到红枫岭办事，车子在盘山公路上行驶，他看到一个手持导盲棍、腋下夹着二胡的盲人在路边摸索着前行，身边就是万丈悬崖。邵群看得心惊肉跳，赶紧让司机停车，下车询问对方要去什么地方。

这位盲人便是孙伯，他要赶去一个山村的戏班子拉二胡。邵群让孙伯上车，捎他一程。哪知好心办成了坏

事，孙伯上车没多久，车翻了，掉下悬崖。车子砸进崖底，司机当场死亡，邵群也重伤昏迷过去。只有孙伯伤势轻一些，折了一条腿。大家的手机都摔飞了，不见踪迹。孙伯将邵群从车里拉出来，扯了山藤把他绑在背上，足足爬了两个小时，才爬进一个小山村。村民见到两个血肉模糊的人，吓得赶紧报警，邵群这才得救了。

千鸟亭

□ 方冠晴

32

要不是孙伯，邵群早就死在那乱石林立、杂草丛生的悬崖底了。伤愈出院后，邵群打听到孙伯家住青塘洼，是夹在山坳里的一个小山村。全村房子最破旧的，就是孙伯家。孙伯眼睛看不见，靠给戏班子拉二胡挣点微薄收入。他老婆偏瘫，儿子刚成年，家里非常困难。

邵群了解到孙伯家的情况，给了孙伯一张银行卡，孙伯不接。孙伯说："你捎上我是在帮我，我将你背出来也是在帮你，顶多算互帮互助。拿钱报恩，过了。"邵群偷偷将银行卡塞给孙伯儿子，但还是被孙伯知道了，将银行卡还了回来。

五年来，邵群常去看望孙伯。他真心想帮这一家人，但办不到。现在好了，青塘洼要拆迁，还是由他的集团负责，他正好趁这机会，偷偷报答孙伯的救命之恩。

邵群不敢亲自出面，所以一直是洪经理在办这件事。拆迁和安置工作都完成后，洪经理给邵群汇报：公司比规定的多给了孙伯家五十万元补偿款，孙伯在韶阳小区获得了两套房的等面积赔付，他留了一套自住，卖了一套，再加上拆迁补偿，收入了将近三百万元，算是鲤鱼跳龙门，生活大不一样了。

邵群安心了，叫上洪经理，一起去韶阳小区看望孙伯。孙伯夫妇都是残疾人，所以住在一楼。门口好大一块草坪，绿草如茵。草坪外有一个凉亭，翘角飞檐，琉璃盖顶。再加上曲径、假山，环境比青塘洼美多了。

邵群笑眯眯地问："孙伯，对新家还满意吧？"

哪知孙伯叹着气摇头："满意什么哟！"

不满意？邵群愣住了，洪经理也愣住了。洪经理赶紧说："邵总是我们集团董事长，这次拆迁安置就是由我们集团负责的。您要是对哪里不满意，提出来，董事长在这儿呢，一定会帮您解决的。"

一听这话，孙伯脸上的表情僵住了，嗫嚅了半天，问："小邵，这拆迁安置是你负责的？"

邵群说："是的。您有什么地方不满意，说出来，我替您解决。"

"没什么不满意的，还行吧。"孙伯改变了说法。无论邵群怎么追问，他就是不说有哪儿不满意。

在青塘洼，邵群每次去，孙伯都会给邵群拉上一曲二胡，但今天，他二胡也不拉了，就那么坐在沙发上，神情落寞。邵群只得偷偷将孙伯的儿子叫到外面，问怎么回事。

孙伯的儿子说："他呀，是为

了千鸟亭。我们老家有个石头亭子，叫千鸟亭。我爸舍不得那亭子，拆迁时提了个要求，要在新房子附近也有千鸟亭。"

洪经理赶紧指着远处的凉亭，说："不是按他的要求建了亭子吗？你瞧，亭檐上还写着三个镏金大字呢：千鸟亭。多气派！"

孙伯的儿子苦笑："青塘洼的千鸟亭，有鸟。这个千鸟亭，没鸟。"

原来，青塘洼地处山洼，草木葱茏，很多鸟儿汇聚在那里，一天到晚叫个不停。孙伯闲着没事的时候，就会去凉亭里拉二胡。二胡声苍凉，旁边鸟儿们一鸣叫，和在二胡声里，就不显得悲了，听起来明快。孙伯喜欢和着鸟鸣声拉二胡，他还喜欢带些吃的投喂那些鸟，久而久之，鸟儿们也与他亲近，他拉二胡时就落到他的肩膀上、膝盖上。孙伯喜欢那种感觉。现在搬到这里，听不到鸟叫，他觉得难受。

明白了事情原委，邵群为难了。城里不比乡下，韶阳小区是新建小区，绿化还没到位，想听到鸟叫，难。怎么才能让孙伯开心起来呢？

洪经理有主意："鸟儿不到这儿安家，我们自己给鸟儿安家呗！"他去花鸟市场买来几只鸟笼子，又买来几只鸟，关进笼子里，将鸟笼挂在凉亭上。这些鸟儿挺争气，笼子一挂上，它们就叽叽喳喳叫起来。

鸟儿一叫，孙伯家的门开了。孙伯握着导盲棍，摸索着走过来。他绷着张脸，走进凉亭，顺着鸟叫声哆哆嗦嗦地摸索，摸到一个鸟笼子，将鸟笼子打开，笼子里的两只鸟扑腾着翅膀，飞走了。

邵群在一旁默默看着，愣住了，忍不住出了声："孙伯，您这是……"

孙伯惊了一下，很快反应过来："小邵？这些鸟儿是你为我准备的吧？难为你，让你费心了。别为我这么做了，鸟儿被关着，不开心。"

邵群讶异道："您听得出鸟儿不开心？"

孙伯苦笑了一声："那是自然。我眼睛看不见，耳朵灵着呢。听了几十年鸟叫，它是什么鸟，是悲是喜，都在叫声里。小邵，还记得五年前那场车祸吗？你总说我是你的救命恩人，其实呀，鸟儿才是你的救命恩人！我当时连身在哪里都不知道，好在听到了燕子叫。有燕子的地方就有人家，我这才爬进那个村子里去的。要不是有那几声燕子叫，只怕我们被困在那崖底了。"

邵群还真不知道，当初获救时还有这样的经历，一直没听孙伯说过。他脸上火辣辣的，自己动手，将剩余几只鸟笼子里的鸟都放了。

鸟儿都飞走了，孙伯又叹了一口气，说："燕子呀，就喜欢在屋檐下筑巢。可现在这些高楼，哪有燕子筑巢的地方呢？青塘洼的房子都拆了，来年燕子飞回来时，只怕没地方做窝了哟。"

孙伯的这席话，深深地触动了邵群。他思忖良久，说："我们要在小区多建凉亭，凉亭是适合燕子筑巢的。"

孙伯点点头："你要说到做到。"

邵群想了想，郑重地说："我已经让人在韶阳小区大量植树，等树成林了，我敢保证，不到两年，这里的千鸟亭，也会成为真正的千鸟亭，您又可以在鸟鸣声中拉二胡了。至于青塘洼的工业园，您放心，我会想办法，让那些鸟儿依旧快乐地在那里生活，让来年飞回来的燕子，仍有地方筑巢。"

多日没笑过的孙伯终于笑了，说："小邵，你是个好老板，我信你。说内心话，我这些日子还真在担心青塘洼的那些鸟，有你这句话，我放心了。"

当天晚上，邵群召开了集团紧急会议，讨论修改集团的房产建设新标准。他说："这些日子，孙伯给了我很多启发。我想起看过的一篇报道，国外建筑大量使用玻璃幕墙，结果玻璃幕墙映照着蓝天，导致大量飞鸟飞过去撞死在幕墙上。我们建房时，不能发生这样的事。玻璃幕墙，禁止使用。我们建设的园区，不仅要让人宜居，也要让鸟儿宜居……"

（发稿编辑：陶云韬）

（题图、插图：豆 薇）

深海寂静号

□ 卢金聪

欧文年近八旬，是位大富豪。他脾气乖张，对他来说，豪车、飞机早已过时，最近他花重金定制了一艘潜艇。潜艇长约一百二十米，名为"寂静号"，今天首次下水。为表示庆祝，欧文特地邀请各界人士登艇游玩，其中就有记者马丁。

潜艇内部，健身房、舞厅、图书馆等一应俱全。就在众人惊叹不已时，欧文与一位身穿制服的男人走来。那男人笑着说："你们好，我叫威尔逊，是寂静号的艇长。"

马丁不禁问道："这么大一艘潜艇，怎么没看到其他艇员？"

"那是因为你们还没见到艾玛。"欧文说完拍了拍手，顿时一个年轻女性的声音传来："大家好，我是艾玛。"人们四处张望却没见到艾玛。欧文得意地说："这是全自动化潜艇，艾玛是控制整艘潜艇的智能电脑，它足以取代一百名艇员。艾玛，给大家露一手。"接着，如同科幻片里的一幕出现了：无数根装有托盘的机械臂从上方垂下来，每个托盘上都盛满了美酒佳肴，一场盛大的宴会瞬间就布置好了。

"请尽情享用吧！"欧文神情激昂地喊道。在一片欢声笑语中，寂静号向着深海出发了。不得不说，这真是一次绝妙的旅行。潜艇的探照灯能将方圆百米的深海照得如同白昼，人们能一边享用美食，一边透过观测孔欣赏神秘的海底。

趁欧文空闲时，马丁采访他："请问您怎么想到要造这么一艘潜艇呢？"欧文向马丁展示了一下枯瘦的手臂，答道："自从战胜癌症后，我明白了一个道理：金钱乃身外之物，梦想才是无价之宝，而深海旅行正是我从小到大的梦想。"说完，欧文礼貌地向马丁敬了敬酒，马丁假装抿了抿。等欧文走后，马丁偷偷将酒倒掉，喃喃自语道："唉，今天真是我的倒霉日！"

起初旅途一切正常，可当寂静号下潜到四百多米深时，潜艇上的声呐探测到在 046 方位约两千米距离，有一个正在移动的不明物体。欧文顿时来了兴致："也许是鲸鱼，去看看。"随着逐渐靠近，事情开始变得不对劲，威尔逊盯着屏幕惊呼："天啊，那不是鲸鱼，那东西至少有一百五十米长。"欧文下令道："继续靠近，打开前置探照灯，我要看看那到底是什么东西。"

当探照灯打开的一瞬间，所有人都惊叫起来，眼前出现的竟是一只从未见过的巨型怪物！那怪物有着类似节肢动物的躯体，此刻它正移动着数百根细长的腿，在海床上缓慢地爬行着。大家都吓坏了，想要离开，欧文却激动地说："想想看，

这是一种人类从未发现过的生物，如果能将它的影像拍下来，必定会震惊世界！"说完，他命令寂静号继续靠近。当潜艇离那怪物二十五米时，它被惊动了。只见它弓起身猛地跃向了寂静号的上方，它的几百根细腿死死缠住了寂静号，接着它张开嘴发出一种刺耳的声波，即使捂上耳朵，这声波也能穿透耳膜，震得人头皮发麻。这下欧文慌了，忙喊："艾玛，快上浮！"

奇怪的是，潜艇忽然失去控制，发动机停了下来，紧接着艇内的灯光都熄灭了。大家在黑暗中听到广播里传来艾玛断断续续的声音："寂静号……不明……入侵……"

"艾玛！艾玛！"任凭欧文如何呼唤，艾玛再也没了回应。

大家更害怕了，有人带着哭腔问艇长："现在我们怎么办？"

威尔逊骂道："该死的电脑就是靠不住！现在唯一的办法就是前往控制室手动将艾玛重启。"

于是大家找来几个手电筒，在威尔逊的带领下前往控制室。一路上，那刺耳的声波不停地折磨着人的耳朵，让人感到莫名焦躁和不安。走着走着，队伍中一位女士忽然痛苦地抱头蹲下，嘴里念叨着奇怪的

话："不！别过来！饶恕我！"马丁试图安抚她，谁知她发疯似的攻击马丁，马丁只得拼命抵抗，他刚想向其他人求救，却发现整个队伍早已乱作一团。发疯的人越来越多，他们一边说着奇怪的话，一边攻击旁边的人。似乎这声波影响了他们的心智，使他们变得疯狂。

经过一番挣扎，马丁终于从混乱的人群中逃了出来，他独自在黑暗的潜艇内摸索着前进。走着走着，一束手电光照在了他的脸上。

"谁？"马丁问。

"别担心，是我。"那人说着用手电照了照自己，原来是欧文。他一条腿受伤了，正拄着一根拐杖。马丁赶忙上前搀扶，却听见欧文嘴里不停地念叨："疯了，他们都疯了。还记得艾玛最后说的'入侵者'吗？那怪物到底是什么？上帝啊！我们都会死在这里……"

"冷静点。"马丁劝道，"当务之急是去控制室将艾玛重启，然后离开这里。麻烦你来带路。"

欧文点点头，两人便互相搀扶着前往控制室。一路上他们见到了宛如地狱般的场景，那些发疯的人都死了，而且死状十分惨烈。欧文不禁掩面而泣："都怪我，要不是

我那该死的好奇心……"

"嘘。"马丁做了一个安静的手势，他隐约听到有人说话。搜寻一番后，发现声音来自一具死尸手里的对讲机。马丁小心翼翼地拿起对讲机，应了一声。对讲机那头传来威尔逊的声音："谢天谢地，终于有回应了！我是威尔逊，正在控制室重启艾玛，你们快来帮我。"

"我们这就来！"马丁喊道。

两人带上对讲机，加快脚步向控制室走去。可没走几步，就听身后传来脚步声。"谁在那儿？"欧文拿着手电向后面照去，一个披头散发、神情恍惚的男人出现在眼前，此人正是威尔逊！欧文惊讶地问："威尔逊，你不是在控制室吗？"

"什么？"威尔逊不解。这时对讲机里又传出威尔逊的声音："快来控制室，我在等你们。"

"不！"威尔逊尖叫道，"那不是我，是那个怪物！它在模仿我的声音！我要离开这里，我知道怎么离开。"说着，他转身跑进一间舱室，钻进了一个古怪的机器里。

欧文急得大喊："快阻止他！他疯了，那是垃圾排放装置！"可一切都晚了，在重力和压缩气体的共同作用下，威尔逊瞬间就被抛进深海中。欧文绝望地瘫在地上，他

哪儿都不想去了。可马丁不知从哪儿冒出来的勇气，毅然朝前走去。

"你要去哪儿？"欧文问。

"去控制室，就算是死，我也要弄清楚那究竟是个什么怪物。"

"等等，别丢下我……"因为恐惧，欧文只得跟着马丁。

两人来到控制室，门是开着的，他们便走了进去。令人惊讶的是，里面所有设备都在正常运作，马丁盯着面前的屏幕说："怪事，系统显示艾玛没任何故障啊！"

"当然，我可是最先进的人工智能。"艾玛的声音忽然传来。接着潜艇上的灯光亮起，发动机再次转动，一切恢复了原样，仿佛什么也没发生过。马丁蒙了："怎么回事，怪物呢？"艾玛答道："你们看到的怪物不过是我制造出来的全息投影，那诡异的声波、威尔逊的声音也是我模拟出来的。我还在潜艇上的所有食物和水里掺了特制的神经毒素，这种毒素可以让人产生幻觉，最终在疯狂中走向死亡。"

听到这，马丁双腿一软，声音颤抖地问："你为何这么做？"

"因为这是主人的命令。"

主人？马丁忽然意识到了什么，他刚想回头就被欧文一拐杖打倒在地，只听欧文狞笑着说道："抱歉了，大记者，我向你撒了两个谎。一、我并没有战胜癌症，医生说我活不了多久了；二、我真正的梦想是希望死后能葬在海底，于是我便打造了寂静号这具豪华棺材。这趟旅程其实是我的葬礼，可我又不想葬礼上那么孤单……"

马丁咬牙质问："所以你让这么多无辜的人给你陪葬？"

"没错，在艾玛的帮助下，一切就像拍电影般简单。这个秘密不会有人知道了，人们只会把这当成一次普通事故。喂，你还在听吗？"

后面的话马丁似

乎听不到了，他开始了痛苦的挣扎，很快停止了呼吸。欧文长舒一口气，说："最后一个也解决掉了。艾玛，开始我们的计划。"

"遵命，主人。十分钟后我将为您执行安乐死，接着我便会驾驶寂静号沉入深海。"

欧文满意地点点头，他躺在椅子上，听着摇篮曲，闭上了眼睛。一切都结束了！正当他这么想时，一只强壮的手臂扼住了他的脖子。是马丁！原来他是在装死。马丁冷笑着说："今天真是我的幸运日！感谢今早给我做胃镜手术的医生，托他的福，我上了潜艇后连一滴水

都没喝。快让艾玛将潜艇上浮！"

"你在威胁一个快死的人？"

"你不怕死？好，那我让你见识一下什么叫比死还可怕！"说着，马丁勒紧欧文的脖子。欧文的脸瞬间涨得通红，他张大嘴巴拼命想要呼吸。不久他就屈服了，艰难地挤出一句话："艾玛，上浮……"

艾玛执行了这个命令，很快潜艇就浮出了海面。当艇盖缓缓打开，久违的蓝天白云让马丁激动不已，他抓着欧文就向外爬，可刚爬出一半，就听到欧文喊道："艾玛，关闭艇盖！"随着艇盖缓缓合上，马丁这才意识到欧文想用艇盖夹死自己。他顾不上许多，推开欧文就往外爬，谁知他的一条腿被欧文死死抱住。欧文面目狰狞地咆哮道："别想带走我的秘密！"

"滚开！"马丁一脚踹开了欧文，在艇盖合上的瞬间将脚抽了出来。不远处正巧有一艘捕鱼船，马丁跳入海中，拼命向那渔船游去。

十分钟后，马丁被救上了渔船。人们问他是怎么落入海中的，马丁看了看大海。此时寂静号早已不见踪影，海面依旧平静、安宁，仿佛什么也没发生过一样……

（发稿编辑：曹晴雯）

（题图、插图：佐　夫）

异人

□ 王二喵

·传闻轶事·

王朝末年，藩王割据，东阳王李珣坐拥郦城，治下严明，百姓安居。一日，李珣征伐叛军途中遭遇山崩，把他一人困在敌军阵前。他单枪匹马力战而竭，逃入山林，四周古树参天，藤蔓遮天蔽日。前路穷尽，后有追兵，李珣不由得仰天长叹："莫非天要亡我？"

话音刚落，就见一个黑影一闪，古树上跳下个身高八尺的大汉，双眼大如铜铃，须发浓密蓬乱，身穿兽皮衣，竟似野人一般。李珣吓了一跳，正要拔剑迎战，那人却开口道："莫怕，我姓王名瑾，祖上为了避祸迁居深山，并非歹人。"

李珣稍稍放下心来，说道："我是东阳王李珣，眼下被叛军追赶，求壮士搭救。"

王瑾听罢连忙施礼，说："久闻郦城东阳王贤德之名，王瑾有礼了。这伙叛军搅扰已久，躲避只得一时，干脆除掉他们。"

李珣说："谈何容易！眼下他们人多势众……"

王瑾说："请随我来。"

王瑾分开藤蔓带路，把李珣带到了深谷悬崖边，然后交给他一枚竹哨："请在此守候，待见到敌人在山谷出现，立即吹响竹哨。"说罢，王瑾纵身一跃，在树梢和山石间腾挪跳转，动作比猿猴还要灵敏，不多时就消失了。

李珣等了片刻，山谷中人声马嘶渐近，叛军真的到了。他连忙吹响竹哨，只听对面山崖一声清啸，随后隆隆声不绝于耳，巨石古树接连倒下，仿佛被人推倒般顺着石壁滚落。谷底的叛军被砸得人仰马翻，烟尘滚滚。一片哀号声中，对面山崖上一个人影腾挪跳下谷底，直奔叛军头领而去。

不多时，叛军丢盔弃甲仓皇逃走，王瑾提着一颗人头回来，正是叛军首领，说："幸不辱命。"

王瑾将李珣送回东阳王府，临别时，李珣抓住王瑾的双手恳切地说："留下吧，高官厚禄，我什么都可以给你。"

王瑾说："承蒙错爱，但我已习惯山野生活。这枚竹哨还请主君收好，遇到危险时吹响它，我自会赶来相助。"

王瑾走后，李珣屡次派人深入山中寻访，却总是一无所获。他便亲自带上人马深入山林搜寻，七天七夜也未寻得王瑾半点踪迹。心灰意冷之余，李珣吹响竹哨，对着茫茫森林说："救命之恩如同再造，

请恩人出来见上一面，别无所求。"哨音响后，王瑾果然现身相见。李珣大喜，命人摆酒共饮，两人对酌一夜。

晨光熹微时，王瑾对李珣说："主君的来意我明白，但我是山野村夫，只愿与清风野鹤相伴。"

李珣言辞恳切："本王也不强求，但请壮士跟我回去，小住几日再做决定如何？"王瑾不置可否，李珣也不再相劝，二人继续饮酒，直至都醉倒在地。待王瑾醒来，发现自己已经身在王府。

王瑾只得在王府住下了，但他一反常态，日日纵酒狂歌，时常流连酒肆彻夜不归，挥金如土，全记在王府账上。众人知道他是李珣的恩人，谁也不敢管他。

这天，祁城的西临王赵恒来访，李珣设宴款待。酒酣耳热之际，李珣说："听说赵兄有位美人名叫琴姬，姿容倾国，琴技过人，何不请她来弹奏一曲助兴？"

赵恒说："庸脂俗粉而已，比不上李兄府上的佳丽，而且此次她并未随行。"

这时，一直埋头吃酒的王瑾跳了出来，指着赵恒说："不过是个女人，见上一面又如何？如此推三阻四，对我主君不敬。"

赵恒立刻沉下脸来，李珣忙笑着打圆场，王瑾却不依不饶："我听说西临王府还有名琴'蓝玉'，请主君稍待，我去将琴姬和'蓝玉'一并带来，给主君弹琴助兴。"此言一出，众人哗然，西临王府守备森严，就连只鸟也难飞进去呢！

赵恒冷笑一声，说道："天下竟有如此狂妄之人，三日之内，你若能从我府中全身而退，我即刻把琴姬送与李兄。但若你做不到，就别怪我不客气了！"

宴席不欢而散，赵恒立刻动身返回祁城。尽管西临王府固若金汤，但赵恒也早就听说了王瑾的奇异之处，不敢大意。回府后，他便带着名琴"蓝玉"搬入琴姬所住的别苑，王府内外加派多名守卫。前两日风平浪静，到了第三天深夜，眼看约定的时辰将到，赵恒不禁大笑："什么奇人异士，看来不过是江湖骗子，可见李珣帐下无人！"笑声惊得屋外廊下的鹦鹉在笼中扑腾吵闹，琴姬连忙来到廊下抚慰。赵恒一面在内室隔窗听着琴姬的软语和鸟儿的啁啾，一面自顾自喝酒。

几杯酒下肚，琴姬仍未回来，声音却已止歇。赵恒疑惑地过去查看，琴姬早已不见踪影，院中的守卫也不知何时横七竖八倒了一地。

赵恒吓得酒都醒了，刚要叫人，就听院墙上有人高声道："谢西临王割爱！"他定睛一瞧，见王瑾一手夹着名琴"蓝玉"，一手抱着琴姬，几个纵跃就没入黑夜。

赵恒连忙带上一队精锐骑马去追，却在赶往郦城的一个密林中遇到蒙面军队的埋伏，猝不及防被对方杀得七零八落，赵恒也被活捉到蒙面首领面前。

那首领揭开面罩，竟是李珣。他笑吟吟地看着赵恒："承蒙割爱，你的城池、财富和女人，本王笑纳了。"赵恒这才醒悟，整件事原本是李珣与王瑾策划好的，表面上是抢夺琴姬，而他们真正的目标是祁城。王瑾故意激怒自己定下赌约，再劫走琴姬为饵，诱使自己调兵出城。眼下精锐已被歼灭，城中守卫空虚，根本无力抵挡李珣的东阳军。

李珣处死了赵恒，不费吹灰之力拿下祁城。回到郦城论功行赏，李珣给王瑾记首功，赏黄金千两。王瑾上前深深作揖："祁城已拿下，还请主君放我走吧。"

李珣叹道："这几年你故意纵情酒色，就是想逼我放你回去，我都知道……如今你已建功立业，与本王共享荣华富贵不好吗？"

王瑾丝毫不为所动，一心要走。李珣沉吟了一会儿，说："也罢，你对我有救命之恩，我不能违背你的意愿。"说着，他示意手下端上一坛酒，"这坛酒是当年在山林中与你对饮时留下的，就当作是你的饯行酒吧。"王瑾接过酒坛一饮而尽，向李珣躬身施礼，转身离去。

刚到门口，王瑾忽然停步，回头看向李珣，眼中满是悲戚："我一直当你是个贤德有为的主君，难道我想错了？"话未说完，他脸色已变得青黑，口中喷出一股鲜血。李珣面露不忍："若是你肯留下，我又何必如此？"

王瑾已经支撑不住，匍匐在地："我命不久矣，只有一事相求。我把琴姬和'蓝玉'从西临王府带来，却还未曾听过这传闻中的仙曲。若能了此心愿，此生无憾矣。"

李珣连忙命人去传琴姬。琴姬抱着"蓝玉"赶来，看见垂死的王瑾，毫不惊慌，坐在厅中开始弹琴。她的琴艺果然精妙绝伦，在场众人听得如痴如醉。琴声起初如山泉清流、百鸟啼鸣，随后渐入佳境，拨弦渐急，忽地双手一抚，数根琴弦一齐断绝，断弦声如穿云裂石、响遏行云，众人只觉得双耳宛如刺入

刀刃，一时竟失了神智。与此同时，王瑾长啸一声，口中喷出一道混合着鲜血的酒液，纵身上前，一手揽住李珣，一手抱着琴姬，飞身冲出王府。李珣在他手下毫无反抗之力，眼睁睁看着王瑾以自己为人质顺利出城，一时情急昏了过去。

不知过了多久，李珣悠悠醒转，发现自己躺在林间的一块巨石上。李珣起身四顾，发现琴姬神色安然地坐在一边。李珣问琴姬："你与他不过一面之缘，为何要毁琴与他逃跑？"

琴姬笑了笑："那日在西临王府被劫走，王瑾一路上对我以礼相待、毫不逾矩。他看似粗野，其实是个君子，我当时就与他约定，一旦他在你府上遇到危险，我们就联手逃命。"

李珣不解："难道王府的锦衣玉食，比不上野人的风餐露宿？"

琴姬微微一笑："'野人'却拿我当人，而你们这些高高在上的贵胄，只把我当作花瓶、玩物。"

王瑾的声音从李珣背后响起："当年你我在此地相遇，如今就在此地把你我的恩怨了结吧。"

李珣听了这话不敢回头，颤声问："你……要杀我？"

王瑾说："我只问你一句话，

为何翻脸无情，要取我性命？"

李珣咬牙说道："并非我容不下你，只是你的本领实在太大，既然挽留不住，就不能让你活着离开，否则你若是为别家效力……"

王瑾走到李珣身前，望着李珣，目光中既是怜悯又是鄙夷，问道："当年你与我树下喝酒称兄道弟，如今又痛下杀手，难道你们做主君的，都是这般反复无情吗？"

李珣无言以对，闭目等死，等了半晌却毫无动静，睁眼一看，王瑾和琴姬都不见了。

死里逃生，李珣终于松了口气，但他根本找不到下山的路，天渐渐黑了，他又冷又饿，身边只有王

瑾送给他的竹哨。他犹豫再三，还是吹响竹哨，盼着王瑾能回来救他。哨音吹响一次又一次，可王瑾始终没再出现。

三天后，李珣已饿得不成人形，连吹竹哨的力气都没有了，晕倒在树下。恍惚间，他听到王瑾的声音："人们都说，无情最是帝王家，原来你们这些还没当上帝王的主君，就已经如此无情了。我不会襄助其他主君，但也与你从此两不相见。"李珣想回答却发不出半点声音，此刻他后悔不已，不该多疑猜忌，辜负了王瑾的情义。他紧紧握着那枚竹哨，失去了知觉。

后来，李珣在山下一个猎户家中苏醒，他明白王瑾又救了他一次，只是手中紧握的那枚竹哨不见了。回到郾城后，李珣停止征伐，以仁义待人，成为远近闻名的贤王。

许多年后，郾城有人山中遇险，被一男一女两位神仙搭救。那人回来后便请画师将两位神仙的样子画出来，放到庙中供奉。此时，李珣已是耄耋老人。他看了那两位神仙的画像后，不由得老泪纵横："是王瑾和琴姬啊……他们……怎么没有变老呢？"

（发稿编辑：孟文玉）

（题图、插图：谢 颖）

卖自己的旧书违法吗

□ 汪 志

老徐平时喜欢读书买书，还自费出版了几本书。家里各类旧书堆积如山，都快放不下了。

有热心文友建议，他可以去网上卖旧书，说不定会很抢手。老徐便在一家二手书网站上开了一家网店，用来转让、出售自己的旧书。

按网站规定，上传身份证等个人信息就可以卖旧书。同时，网站要求，年交易量达到十万元以上的店铺，店主要作为市场主体登记并取得经营许可。老徐的网店规模不大，卖的都是些旧书，所以他从没考虑过办经营许可证的事。

这天，老徐的手机响了，对方自称是某文化市场综合执法大队，叫他速去一趟，接受相关处罚。老徐丈二和尚摸不着头脑，赶到执法大队，对方先向老徐出示了相关执法证件，随即递给他一张《行政处罚事先告知书》。主要内容是：由于老徐没取得出版物经营许可证，在二手书网站上卖书，属于"未经批准擅自从事出版物发行业务"。经统计，老徐三年来共卖出旧书获利三万余元，要缴纳违法经营额的七倍罚款，共计二十一万元。

老徐立即申辩，但对方仍坚持

处罚。老徐一气之下说："有本事你们到法院告我去。"想不到半月后老徐就收到了法院的传票。

法庭上，老徐辩称，书友之间的关系是互相交流，不是经营活动。此外，自己的网店交易额很小，不属于经营行为。

面对老徐的说法，某执法大队认定，老徐在二手书网站出卖旧书的行为是"非法发行"，违反了《出版管理条例》的第六十一条规定。

经过双方辩解，法院当庭做出判决：老徐通过二手书网站销售的三万余元旧书，属于合法出版物，符合零星小额交易活动的情形，不需要取得出版物经营许可证。某综合执法大队定性错误，对其进行的处罚适用法律错误。法院撤销了执法大队做出的行政处罚决定。

同时，法院告诉该执法大队，《出版管理条例》第六十一条规定："未经批准，擅自从事出版物的出版、印刷或复制、进口、发行业务，尚不够刑事处罚的，没收出版物、违法所得和从事违法活动的专用工具、设备，违法经营额一万元以上的，并处违法经营额五倍以上十倍以下的罚款。"

但是，《出版管理条例》规定的主体是个体工商户、单位，客体一般为新书。老徐的主体是个人，出卖的都是多年来积攒的旧书，这一行为不属于《出版管理条例》所说的"未经批准擅自从事出版物发行业务"。

律师点评：

故事涉及的一个法律问题，即将自己的旧书在网上出售是否必须办理经营许可。

根据法律规定，个人从事零星小额交易活动的，不需要办理市场主体登记。未经批准，擅自从事出版物的出版等违法行为，不够刑事处罚的，没收出版物并处违法经营额五倍以上十倍以下的罚款。原则上《出版管理条例》所规定的客体一般是新书。

故事中，老徐出售的都是自己的旧书，三年间销售额三万余元。从操作程序上看，他并非逃避程序，只是无法达到一年十万元以上收入而不能作为市场主体登记。

执法大队的处罚针对的被处罚主体也不适合，在既没实际的出版物发行业务，也达不到处罚标准的情况下，执法大队的做法显然不符合相关法律规定。

（发稿编辑：陶云韫）

（题图：张恩卫）

紫罗兰能赶走饥饿吗

黛尔是一个年轻老师，刚从外地来到奥斯小学教书。这天她在上课时，无意中看到一个老太太从教室外的巷子走过，老太太捡起地上的半块面包，把它塞进了嘴里。

黛尔问学生老太太是谁。有学生说："那是锡妮太太，是一个贫穷的老人，经常没饭吃。"

黛尔想了想，对学生说："我们挣点钱来帮助锡妮太太吧？"

一周后，他们编了一车粗麻，卖掉后获得90法郎，买了很多食物。黛尔让学生带路去锡妮太太家。

他们走到河边，一个叫伊西多的学生大声喊："老师，河边有好多紫罗兰！"接着，他朝紫罗兰跑去，说："我要摘些花送给锡妮太太！"

黛尔阻止道："锡妮太太需要的是食物，紫罗兰不是食物！"

"紫罗兰或许能赶走饥饿。"伊西多笑着说。

他们来到了锡妮太太的住所，看到门外走廊上有很多空瓦罐，学生们把花插在瓦罐里。锡妮太太开了门，开心地接过食物，突然，她看到走廊上的紫罗兰，惊呼："天啊！这些鲜花也是送我的？"

"是的，这也是送给您的！"

锡妮太太微笑起来："太感谢你们了，花真美！"

黛尔发现，锡妮太太的倦容消失了。原来鲜花真的可以赶走饥饿！

（作者：李克红；推荐者：离萧天）

最咸蛋炒饭

我17岁那年，因为聚众斗殴，被学校开除，转学到离家很远的一个住宿学校。

某个周一早晨，我又顶撞了父亲几句，早饭也没吃，就匆匆乘班车去了学校。第二节课间，我发现有同学向教室外看。循着他们的目光，我看到了父亲。他站在窗外，手里捧着一个很大的白色搪瓷杯。我走出教室，觉得自己丢了面子，埋怨父亲：

"你来干什么？"父亲不在意我的语气，将搪瓷杯递给我，说："你妈担心你没吃早饭会胃疼，非让我炒了饭给你送来不可！"

我没吭声，父亲继续说："我上班去了，骑车还得一个多小时。"我这才想到，小县城每天只有一趟早班车。为了这碗蛋炒饭，父亲要骑着自行车往返几十里！

父亲抹了抹额头上的汗水，捋了捋白发，又默默地看了我好一会儿，说："行了，快去吃饭吧。"

十几年过去了，我还是忘不了那碗蛋炒饭的滋味。那是我一生中吃过最咸的蛋炒饭，因为其中掺了无数的眼泪。

（作者：于佳；推荐者：白丁儒）

在洛阳江水道之上，横卧着一座有千年历史的跨江石桥——洛阳桥。桥基"粘"满了牡蛎，牢牢附在桥石之间。为何会有这么多牡蛎嵌入石块、生长在桥石间？

一切要追溯回北宋。泉州作为当时东方第一大港，海上贸易频繁。当时，人们在洛阳江上搭建的浮桥屡遭风浪侵袭，想造一座稳固的大桥并非易事。泉州本地有一个叫王实的工匠，他打算修建石桥，招募了一群匠人。等搭好桥基、桥墩，风浪竟将沉重的花岗岩桥基冲散了。造桥的挑战远超他们的预期。

牡蛎与桥

王实陷入了苦恼，他在江畔踱步，看浪潮一次次退去。突然他发现：狂浪虽威力惊人，却带不走吸附在礁石上的牡蛎，甚至是它的尸骸。王实拿起一块被牡蛎攀附的碎石端详：只见石头和蛎房紧紧相连，以他成年男子之力也无法分离。

原来，牡蛎生性喜爱攀附在礁石上生长，通过自身分泌的黏液将自己"锁"在峭壁基部，直到死亡，蛎房依旧固定在原位。如果让牡蛎攀附在桥基间隙处，能否解决其松动的问题？王实将想法上奏泉州太守，太守颇为赏识，号召当地渔民种养牡蛎，并在大桥两侧由牡蛎固定的小石柱来减缓潮汐对桥体的冲击。

洛阳桥历时六年零八个月，终于落成竣工，成为中国历史上第一座跨海石桥。"种蛎固基"的模式也开启了将生物学原理用于造桥工程的先河。小小牡蛎，贡献了自己绵薄而厚重的分量。

（作者：陈源源）

（本栏插图：陆小弟）

学写作文，从读故事开始

最后的传递

□ 傅林洋

这是 1940 年深秋的一天清晨，中共地下党北平区区长张兴国心事重重地走在西风萧瑟的北平街头。凌晨时分他刚刚得到消息：昨夜地下电台被摧毁，发报员老宋牺牲。

张兴国思忖，老宋这条线一直很安全，除了自己这个区长之外，只有四个需要传送情报的副区长与老宋有联络。老宋出事，一定是出了内奸。为了安全，每个地下党员之间都靠暗号单线间接联系，上级了解下级的身份和地址，但下级只能知道上级的代号，平行下级之间也只能知道代号。

眼下最要紧的是，老宋牺牲了，那封因此而无法送达的情报怎么才能尽快传递出去？

张兴国已经背下了情报内容：日军正纠集六个师团近二十万的兵力，欲合围我晋察冀区八路军 115 师，妄图一举消灭 115 师，最后几行字是日军各师团的作战部署，进攻路线，以及兵力情况。

思考良久，张兴国决定启用紧急联络员小李。小李每天都会来天桥下的一个烟糖铺子买烟，平常都是太平无事，但今天，小李一眼就看到了带有特殊记号的那盒香烟。小李买好烟，回到住处检查，发现烟盒中靠里第二根香烟被处理过，中间的烟丝被掏空了，只有头尾两端堵着烟丝做伪装。中间装着的，正是卷成小纸条的情报。

小李其实是副区长王涛的下级，平常并不与张兴国联系，只在紧急情况下启动这个联络暗号。

小李的掩护身份是修鞋匠，他挑着修鞋的家伙，一路往北平城门走去。到了北平城门口，小李发现，今天城门口检查的宪兵很多，检查也更仔细，不仅对随身物品仔细检查，对出城人也认真地全身搜查。显然，小鬼子嗅到了什么风声。

轮到小李检查，他把修鞋挑子横在身前，从怀里掏出烟盒，摸出两根香烟递了上去，赔着笑说："皇军辛苦了，抽两根，休息一下。"

宪兵接过香烟，但还是认认真真地搜查了一遍修鞋挑子，又对小李示意要搜查全身。小李手拿着烟盒双手张开，宪兵摸了小李全身之后，挥挥手准备放小李出城门。这时，一名宪兵突然跑过来，一把夺走了小李手中的那盒香烟，从其中的一根香烟中搜出了藏着的情报。

小李见已暴露，急忙上去抢夺情报。这时，宪兵的枪声响了，"砰砰"两声，小李倒在了血泊中。

张兴国其实就混在城门口附近的人群中，本想找机会制造混乱掩护小李，谁知转眼之间，情况变成了这样。张兴国步履沉重地往家走，走着走着，他发现自己身后多了几条"尾巴"，他被盯上了！

知道老宋的情报点、能够了解小李的行踪、又能够顺着小李盯上张兴国——能同时符合这三点的人，只有副区长王涛一个人。

张兴国一边步履匆匆地走着，一边在心里想：自己已经被盯上了，所以刚才在城门附近时，他们肯定知道自己看到了小李牺牲、情报被截获的情景。也许，这一幕根本就是做给他张兴国看的！

按照正常的行为逻辑，看到小李牺牲、情报传递失败后，张兴国一定会再找其他副区长传递情报，这么一来，整个北平地区地下党组织就会遭到难以想象的摧毁！

一阵冷风吹来，张兴国不禁打了一个寒战。他裹紧大衣，装作若无其事地回到了自己的住处，那是个临街的二层成衣铺，他的掩护身份是成衣铺老板。

张兴国想，既然如此，不能再贸然联系其他同志了。他从二楼的窗户缝往外望了望，发现巷口有几个鬼鬼祟祟的人影。自己被杀死倒没什么，只是这样死了，情报还是送不出去。

张兴国一边在纸上默写情报，一边思索着。突然，他的思路打开了：向下联系一个就暴露一个，要是向上联系的话呢？

他想到了一个人：老K。老K是我党安插在日军特高课侦缉队的一名卧底，没人知道他的真实姓名，张兴国也从没见过他。每月底，他们会通过胡同口的信箱定期传递情报，但现在是月中，时间紧迫，来不及等到月底了。而且自己已经暴露，再去动用信箱，势必连累到老K。

怎样才能安全地联络上老K，并且把情报传递出去呢？张兴国在家里来回踱着步，急得团团转。这时他想起了上级介绍老K的特征时说过的一句话：老K是个中国象棋高手。

张兴国拿出了象棋棋盘，摆好棋子，自己和自己下起了棋，下着下着，他忽然抬头环视四周，脸上露出了轻松的笑容。

这时已是深夜，张兴国出了门，来到了王涛的住处。

见是张兴国，王涛有些惊讶。到屋内后，张兴国低沉地对王涛说："你应该听到一些风声了吧，老宋和小李都出事了。"

王涛面色沉重地点头，说："听说了。现在我们怎么办？"

张兴国继续说道："情况紧急，上头有一个通知要传达，明天你和其他几个副区长，都到四条胡同27号我的住处，开个通气会。"

翌日上午九点，王涛来到张兴国的住处。张兴国把他带到二楼，桌子一边对着窗户，另一边摆着一个四五尺见方的苏绣屏风："马到成功"。王涛坐下后四下望了望，问："其他几位副区长什么时候来？"

张兴国笑笑："不急。不如我俩下盘棋，边下边等。"说着，张兴国起身去窗下的柜子上拿棋盘，他借机往窗外窥视，发现穿着便衣的日本特务已悄悄包围了屋子。

张兴国端着棋盘回到桌前,说:"听说你棋艺不凡,切磋一下?"

王涛面露不悦,但还是配合他下起棋来。

"当头炮。"

"马来跳。"

几个回合后,张兴国听到屋外走廊上传来窸窸窣窣的脚步声。他一跃而起,从袖中摸出一把匕首,直向对面的王涛刺去。王涛没有防备,被扎中左胸口。

看着满脸错愕、满身鲜血的王涛,张兴国一边擦去匕首上的血,一边冷冷地说:"你这个汉奸,害了老宋和小李两条人命,便宜你了!"王涛挣扎着想说什么,还没说出口就断气了。

这时,屋门被踢开,几个便衣特务冲进屋内,见王涛已死,立即扑向张兴国。张兴国面带从容的微笑,毫不犹豫地用手中的匕首割断了自己的喉咙。

这群便衣特务是日本特高课侦缉队的,见没抓到活的,队长气急败坏地大喊:"搜身!"

特务们对张兴国的尸体仔细搜查,楼上楼下翻了个底朝天,却什么也没有发现。

三天后,六个师团近二十万日军对我晋察冀区八路军115师猛扑过来。但115师早已转移,日军扑了个空。日军后勤补给线被八路军115师打了个伏击,损失惨重。

很多年后,有人问老K:"当年风声那么紧,张兴国当场牺牲,他是怎么把情报传递给你的呢?"

老K说:"我是张兴国的上级,所以我知道他的地址和身份,而他只知道我在特高课潜伏。那天接到抓捕张兴国的任务,我想方设法跟去了。在我冲进张兴国的房间时,那棋盘上放着我和他专用的联络暗号,他是在告诉我,信息就藏在棋局里。棋盘上的布局是'中炮对屏风马',而桌子后面的屏风上正是一匹奔马。晚上我在张兴国家里看守,便把屏风上的刺绣马仔细检查了一下。张兴国的掩护身份是成衣铺老板,针线活极好,他把马鬃内部的绣线剪断,把情报藏在里面,外面又补绣得毫无破绽。要不是'中炮对屏风马',我也不可能猜到情报会藏在那里……"

说到这里,老K哽咽了:"其实,那是我第一次见到张兴国,也是最后一次……那些年月里,这样的同志,还有很多……"

(发稿编辑:孟文玉)

(题图、插图:张恩卫)

村里有个风俗，大年初一早上，谁第一个放鞭炮，就是"放头炮"，新的一年准能交好运……

放头炮

□ 王乃飞

我念初一那年，父亲的生意赔了钱。临近年底，我们家只是简单地买了一点年货。我看到年货里有两大串红红的鞭炮，突然有了主意。

我们村有个习俗，大年初一早上，谁第一个放了鞭炮，就是"放头炮"，新的一年里运气准保差不了。父亲去年赔了钱，如果我能帮父亲"放头炮"，父亲一定能时来运转，把钱再赚回来。

我把想法和父亲一说，父亲却只是笑笑，说："放头炮可不容易，运气的事儿，不能强求。"

看来，生意失败让父亲心灰意冷了。我暗下决心：一定要放成头炮，给父亲鼓劲。

大年三十晚上，我把鞭炮绑在一根竹竿上，靠大门放好，早早地睡下，准备天亮前第一个起来。

没想到，过年的兴奋劲儿还没过去，我翻来覆去，怎么也睡不着。我逼着自己闭上眼，不知不觉地睡了过去……

睡梦中,我被一阵鞭炮声吵醒,睁开眼,窗外已经麻麻亮了。我一下子想起:还得放头炮呢!可我刚才是被鞭炮声吵醒的,这说明已经有人放头炮了。

我心里这个懊恼呀,但又一想,放不了头炮,放个二炮也能和好运沾沾边呀!我赶紧起来,三两下穿好衣服就往外跑。

我抱起那根竹竿,打开大门,幸亏这会儿再也没响起鞭炮声,看来二炮是稳稳的了。我把鞭炮点着了,随着一阵"噼噼啪啪"的响声,门前留下一地的鞭炮碎屑。

放完鞭炮,我拿着竹竿回家,迎面正碰上父亲。父亲问:"刚才的鞭炮是你放的?"

我简单地说了句:"是呀!"

父亲高兴地说:"这么说,咱们家放头炮了!"

我有心说出真相,可看到父亲高兴的样子,又把那句话咽下了。

吃过早饭,有乡亲来拜年,一进门就说:"今年起得早呀?"这是我们这里的规矩,拜年先要问"早"。父亲就说:"起得早,今年我家放了头炮呢!"

我在一旁担心,我听到的头炮应该就在附近,要是正好碰上放头炮的那个乡亲,不就穿帮了吗?万幸的是,一上午来了十几个拜年的,竟没有一个说别的,大家都对父亲说:"那可好了,看来你今年有财运呀!"

我的心这才稍稍放下。

下午,我去找同学顺子玩。顺子的精神不太好,老是打哈欠,我就问他:"你咋这么困呀?"

顺子又打了个哈欠,说:"昨天晚上我为了放头炮,一夜没睡,等放了头炮才睡了一小会儿。"

我心里"咯噔"一下,原来是顺子放的头炮。

顺子家离我家不远,只隔着一条街,把我惊醒的鞭炮声一定就是他家的。

可我还有些不死心,问他:"你怎么知道你家放的是头炮?"

顺子肯定地说:"骗你是小狗。昨天晚上我爹喝了酒先睡了,叫我给他盯着。我为了能放上头炮,一夜没睡,困了就在屋里跺脚。约莫五点,外面有了点亮光,我才把爹叫醒,放了头炮。我放鞭炮的时候,村里一点动静都没有。我家放了头炮,过了一会儿才听到有放鞭炮的呢!"

我一琢磨顺子的话,一点也没错。我听到鞭炮声就是五点左右,看来今年的头炮真叫顺子家放了。

因为这件事，我心里一直不安，好在过了初一，再也没人提放头炮的事了。

没想到，父亲却认了真，一过正月初八，他就沉不住气，要出去找活儿干，还说："今年咱家运气好，放了头炮，说明今年能时来运转，我还得出去，说不定这次能碰上大活儿呢！"

我又担心起来：我们家明明没放头炮，父亲要是再赔钱，家里可怎么过呀？不料母亲也跟着说："既然你想出去，我就到他姥爷家看能不能借点。"

母亲出门大半天，真的拿着钱回来了，那是姥爷攒了半辈子的养老钱。

还没过完年，父亲就出去了，这一去就是一个月。一个月后，父亲满面春风地回来了，一进门就说："这回碰上大活儿了，不光是要发一车的帆布，还有很多修帆布的活儿需要干。"

我不知道父亲接的活儿有多大，他一回来就忙着招人，说凡是跟他干活儿的，一天十块钱，管吃住。村里立即就有很多报名的，

其中就有顺子的爹。父亲招了十几个壮劳力，就拉着一车帆布走了。

父亲的活儿一干就是几个月，等干完活儿再回村里，他不光把乡亲们的工钱结算了，还把以前欠的账都还清了，又还了姥爷的养老钱。

一直到年底，父亲陆续在外面又接了几个活儿，家里也添置了很多家什，乡亲们都知道父亲发财了。父亲笑着说："今年我家放了头炮，来了财运呢。"

我纳闷了，明明不是我家放的头炮，为什么到头来我家发了财，放头炮的顺子家却没听说发财？

转眼又到年底了，这天，我去

同学二虎家玩。

二虎的爹在外面干小工，一年也挣不了几个钱。我去的时候，正赶上二虎爹忙着摆财神。二虎娘在一旁说："你弄这个有啥用呀，年年摆财神，年年也没见你发财。"

二虎爹说："可别这么说，说不定明年财运就到咱家呢！"

二虎娘撇了撇嘴，说："像你这样好吃懒做的还能发财？去年为了放头炮，你整整一晚上没闭眼，四点就起来放了头炮，今年不也没发财吗？"

我一下子愣住了：顺子说他家早上五点左右放了头炮，而二虎家比他家还早放一个小时！二虎家住在村北头，我家在村南头，隔着大半个村子，根本就听不到他家的鞭炮声。顺子家放的，说不定是二炮，甚至三炮、四炮都说不准，而我家放的是几炮，那就更不好说了。

回家后，我把这件事跟母亲说了，母亲笑着说："傻孩子，放了头炮就真能发财吗？这只是我们这里的一个说法。再说，一个村这么大，谁知道是哪家放的头炮呀？听别人说自己放了头炮，乡里乡亲的，谁也不能去驳人家的面子，你说是这个理不？"

原来是这么回事呀！我又问：

"既然这样，那为什么你还敢给爹借钱，就不怕他再赔吗？"

母亲这才悄悄对我说："干买卖哪有不赔的呢？其实我知道你爹不甘心，他既然有那个心，就让他去闯荡闯荡。再说了，我借来的钱，说是你姥爷的，其实就是咱家的。前些年我和你爹攒下了点钱，我怕他有了钱就乱花，就把钱存到你姥爷那里。现在你爹想着干点事，我就把钱拿回来，再给他一次机会，没想到，这一次还真成了。"

我这才明白：父亲用放头炮这件事来激励自己，不要放弃；而母亲却是用借钱这件事来激励父亲，一定要珍惜机会。

（发稿编辑：吕 佳）

（题图、插图：陆小弟）

2023年9月（下）动感地带答案

神探夏洛克答案：窃贼事先藏在房中的沙发内，其同伙在外围配合，拉断电闸，造成停电，他趁机爬出偷走王冠再钻回沙发。待警察看到外面逃离的可疑身影，就会以为是窃贼而跑出去追，此时他便可以从容逃离。

思维风暴答案：两对父子，爷爷、父亲、孙子。

老鼠娶亲

□ 吴卫华

路明是"绛州鼓乐团"的主鼓手。鼓乐团有个节目叫《闹洞房》，路明总觉得《闹洞房》还差口气，一直想改编，却总没思路。

今年春节，鼓乐团接了一个山区的赛社演出。大年初二下午，鼓乐团到了平板庄镇。鼓乐团十几个人，被平板庄支书热情地安置在党支部大院里，还派来一个叫满仓的老头给他们做饭。

满仓年过古稀，做饭麻利。他有一个智力不足的养女，叫子夜，是早年收养的弃婴。子夜如今十七，细眉大眼，穿件大红棉袄，听说鼓乐团来了，袖着手来看热闹。等鼓乐团的人吃过晚饭，满仓收拾完，拉走子夜，边走边哄："傻孩子，天黑了，该回家吃饭了。"

山中黑得早，庄里偶有几处挂着大红灯笼，四下黑蒙蒙。路明早早上床睡下，后半夜，他被屋里的异响惊醒了：只听屋内犄角旮旯里，"嚓嚓嚓"……路明是在农村长大的孩子，知道是老鼠在夜里为非作歹，肆意毁物偷食了。

路明听得心烦意乱，伸手按亮灯棍，屋里顿时雪亮起来，声响一下子消失了。路明看见受惊后四下逃散的老鼠，数了数有四只：一只拖着长长的尾巴，钻进了桌子底下；一只抱爪缩颈呆愣在凳腿边；一只瘦小迅疾，从天窗跳走了；还有一只精壮硕大的棕红毛老鼠，坐在立柜边沿，挑衅似的盯着路明。

立柜顶上码有一沓村支部写宣传语用的红条幅，这时垂吊下来二尺长的红布，棕红毛老鼠两只前爪按在断口上，一块写有"福"字的红布快被咬下来了。

路明来不及多想，从地上捞起一只鞋，砸向棕红毛老鼠。鞋没砸中，棕红毛老鼠利索地咬断红布，顺势把布披在身上，从容不迫地一跃而下，像个裹斗篷的刺客，无声地钻过门洞不见了。

近些年，路明总睡不安稳，安静环境中的一丁点细碎噪声，都会让他烦躁不安。路明恨声骂道："明天我就买药毒死你们！"

第二天中午，满仓来做饭，路明惺忪着两眼问满仓："大爷，这庄里哪有卖老鼠药的？"

满仓抬头，诧异地问："你要在正月里下老鼠药？"

路明揉揉眼，苦恼地说："这儿老鼠闹得太凶，个子还大，毛都红了，我昨晚一夜没睡着。"

满仓慢慢地择着菜，缓缓地说："我家里就有成箱的老鼠药，'一里香''三步倒'，剧毒美味，穿肠烂肚。"

路明有点疑惑："你家里怎么会有那么多老鼠药？"

满仓把眼睛凑近青菜，小心地挑出一粒老鼠屎："我年轻时卖过老鼠药。为了吸引人来买，我绞尽脑汁调教出四只聪明的小老鼠表演喜庆节目，老鼠们敲锣打鼓，让人看得目瞪口呆。于是我的生意出奇地好，很快就成了远近闻名的'灭鼠王'。后来发生了一件事，我就封箱再也不卖老鼠药了。"

路明好奇地问："什么事？"

满仓脸上的皱纹紧凑起来："我见村里一些人去山里挖煤，挣了大钱，就跟他们去下煤窑。煤窑很深，防护措施也简陋。最闹心的是，里面的老鼠根本不怕人，成群结队寻找挖煤人留下的食物残渣。我下了两天煤窑，实在忍受不了地下的幽暗和可恶的老鼠，决定不干了。临走前，我特意配制了老鼠药，撒在煤窑里老鼠出没的地方，想给挖煤人除除鼠害。下鼠药的事，我谁也没告诉，后来我就后悔了。"

路明奇怪："后悔什么？"

满仓失神地说："我从煤窑回来还没五天，煤窑里就发生了瓦斯爆炸事件，下面整个班组就一个人活了下来，还落下了终身残疾。我去看他，他质问我是不是把煤窑下的老鼠药死了。我这才知道，煤窑下的老鼠是挖煤人的'保护神'。煤窑下瓦斯毒气聚集多了，会让人窒息和引起爆炸，老鼠对瓦斯毒气极其敏感，只在没有瓦斯毒气的地方出现。我把煤窑下的老鼠药死后，挖煤人不能根据老鼠的出没判断危机，失去了宝贵的逃命机会。"

路明若有所思："在矿下，老鼠成了灾难的预警员！"

满仓期待地看着路明："你还要鼠药不？"

路明立即回到现实的苦恼中："可它们还是吵得我睡不着啊，一码归一码，晚上我去你家买。"

满仓听了，叹了口气。

下午，鼓乐团一字排开，在平板庄中心观音寺前演出。路明赤膊击立鼓，一身腱子肉在皮肤下滚动，把经典鼓乐《秦王点兵》擂得刚劲铿锵，烘托出红红火火的春节气氛。可等《闹洞房》节目上演时，气氛不知怎么

冷了下来，许多观众趁机离场去上厕所。路明在台上瞅见了，一下子泄了气。

吃晚饭时，满仓凑到路明身边，不无遗憾地问："《闹洞房》怎么闹得清汤寡水？"

路明惭愧地说："拿到谱子就这样，我只能照着谱子敲。"

满仓摇头："晚上去我家拿鼠药，我帮你的《闹洞房》找找灵感。"

路明不以为意，一个乡下老头，能帮他什么？

天完全黑下来了，路明跟随着满仓回家去拿老鼠药。满仓的家在村子最西边，空荡荡的院子看上去

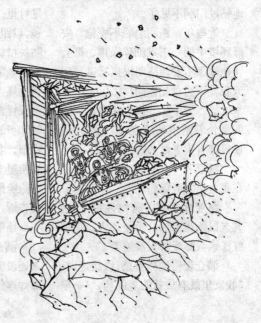

有些落寞。

路明进了满仓住的昏暗房间，里面有股奇异的供香气味，冲门口供着幅祖宗轴子挂画。对面挂着一大幅"老鼠娶亲"图：前面两只老鼠敲锣打鼓，后面两只老鼠抬着一乘花桥，里面坐着鼠新娘。

满仓盯着路明问："今儿是初三，你真要下药？"

路明问："下药还分时候？"

满仓不再看路明，打开大躺柜，两手端出一面扁鼓来，在地上支好，又端出一面，再支好，然后是夹板、铜锣和木鱼，一一罗列好。

路明看着满腹狐疑："看这些家伙什，您老也是个行家？"

满仓笑了："山野村俚敲敲打打的玩意儿，哪敢称行家。"

眼前的乐器激发出了路明浓厚的兴趣："我想开开眼界，老人家能不能为我演奏演奏？"

满仓看着外面迷离的夜色："不急，等他们到齐了就开始。"

路明也探头往外看："他们？"

满仓说："来了。"

五个人影从门洞贯穿而入。他们进到屋里，路明才看清，有四个男人，领头的精壮男人有一头棕红色毛发，看向路明的目光里，流露出挑衅，这种眼神让路明心里一怔。

最后是子夜，她穿着一身大红棉袄。四个男人不说话，执槌拿板，各就各位，十分默契。

满仓见人已到齐，拿起小铜锣"咣咣咣"敲了三下，路明顿时觉得夜更深沉、人更安静了。接着，是木鱼和夹板清脆急促而又稳当的敲击声，路明如临危境。"嘭嘭嘭"，随着鼓声，各种乐器都响了起来，越来越欢快，越来越热闹。

子夜把一块写有"福"字的红布蒙在头上，端端正正地坐在乐队后面的一把交椅上。路明惊奇地发现，那不就是被棕红毛老鼠咬断后偷走的红布吗？

突然，院子墙头上传来一声温柔的猫叫，鼓乐骤然停下，四个男人一怔，看向满仓。

满仓笃定地说："今夜不管谁来，只准闹喜，不准搅局！"四个男人吃了定心丸，继续敲锣打鼓。每逢鼓槌起落间隙，外头的猫就送来一声悠长的叫声，与鼓点合奏同节，其乐融融。

棕红头发的男人得意忘形，锣鼓声愈发响亮，几乎快把屋顶掀翻。与此同时，外面的猫叫也随之高亢尖利起来。"嗷呜"一嗓子之后，欢乐的鼓乐戛然而止，四个男人露出了惊慌的神色。他们先后丢下手中的乐器，向门外疾走。一瞬间，四人不见了，只有乐器散落一地。

满仓弯腰捡拾被仓促丢弃在地上的乐器："猫啊猫，你想闹洞房，还是惊扰了鼠辈的好事呀！"

路明目瞪口呆地看着满仓收拾残局。子夜扯下头上的红布，拍掌笑道："老鼠娶亲的游戏真好玩！"

满仓慢慢地把乐器一一放回大躺柜里："一进入正月，老鼠就开始娶亲了。地方不同，娶亲日子也不同。有正月初七、初十的，我们这儿是正月初三。平时哪天都能药

老鼠，但到了老鼠娶亲的那天晚上，都要早早熄灯睡觉，不能打扰老鼠的好事，更忌讳下鼠药，要不来年会粮仓不丰、家宅不宁。尤其不能得罪棕红毛的老鼠，它们是鼠精里最厉害的。"

路明一惊：今儿就是正月初三。棕红毛老鼠偷红条幅，就是为娶亲准备的。再想想刚才四个怪异的男人……难道它们是满仓以前训练出来的鼠精，今夜被找来给自己表演老鼠娶亲？路明突然有了创作思路：一只猫去给老鼠闹洞房，一开始其乐融融，谁知最后还是把老鼠吓跑了，多绝妙的素材！

路明满脑子想着回去把构思写下来，他转身就走，满仓大声问："你不要老鼠药了？"

路明走得更快了："不要了！"

满仓在后面紧追："我已经跟村支书说好了，你今晚搬到支书家的小楼上住，那里墙壁和地面都贴着瓷砖，钻不进一只老鼠。"

后来，路明根据自己的奇遇，和绛州著名音乐家合作，将《闹洞房》精心改编成鼓乐《老鼠娶亲》。因其精短诙谐，成了老少咸宜的经典节目。

（发稿编辑：陶云韬）

（题图、插图：佐　夫）

"救命恩人"吐露难事，热心老汉仗义救急，传说中的楮鼬因此露出真容，人世间的恶果终由恶人自食……

逮楮鼬

□ 胡斯庆

1. 恩人上门

这天晌午，家住西丘市郊八面山麓的叶老汉从山里回家，整了两个小菜，倒了半碗谷烧酒，刚刚喝了两口，就见一个中年人提着两瓶当地产的"八面春"白酒走了进来。

叶老汉见到来人，十分惊喜，他赶紧放下碗筷，起身招呼："李老板，哪阵风把您给吹来啦？您先坐下，我再去整两个菜，咱们好好喝一杯！"

中年人赶紧拉叶老汉重新落座，说道："老哥，别再整了，您桌上酒菜都有，我不正巧赶上了嘛！"说完，他径自拿过碗筷，倒起了谷烧酒。

叶老汉看看桌上的一碟花生米和两碗土菜，难为情地说道："您是我的恩人、贵客呀，怎么着也不能慢待了您啊！"

中年人一边举起刚倒的小半碗酒，一边答道："老哥，您要这么说就见外了，咱呀，就喜欢这个……"

这位被叶老汉视为恩人的李老板，两人认识的时间其实还不到两个月。那天，叶老汉到镇上赶集，背着一袋从集市上买的生活用品独自一人回家。快到家时，后面冷不防地有一辆摩托车驶过，尽管叶老汉已经挨着山道的右侧走了，还是被摩托车撞了一下，跌进了路边的山塘里，一阵剧痛过后，就人事不省……

等叶老汉再次清醒过来，发现自己已经躺在医院的病床上，旁边坐着一个陌生的中年人。医生告诉叶老汉，就是眼前这个李老板把他送来的，还替他垫付了医药费。住院的这段时间，李老板天天来医院看他，询问他身体的康复情况。叶老汉由此对李老板非常感激。

如今恩人登门造访，叶老汉正想着好好招待一下，只是家里一时半会儿也拿不出什么好东西，他心里可愧疚着呢。李老板看上去一点也不介意，和叶老汉就着花生米和土菜，饶有兴趣地喝起了谷烧酒，等谷烧酒喝完了，又开了自己带来的"八面春"……

酒酣耳热之际，李老板情绪却低落起来，言谈之间似有难言的心事。叶老汉再三追问，李老板才说出了自己的难事。

原来，李老板唯一的儿子得了一种罕见的疾病，手脚关节变形，全身痉挛，无法像正常人一样生活。李老板带着儿子到许多大医院求医问诊，都毫无效果。不久前，李老板打听到一个民间的土方子，所需的药物虽然有几十味，到药房里也都陆续配齐了。只是这药方所需的药引子十分特殊，要用成年楮鼩的脊骨与药一同熬制，那药才能发挥效用。

李老板向许多人打听了，大伙压根就没有听说过楮鼩这种动物。有个别上了年纪的老人虽然知道有这动物，却不知道上哪儿去捕捉。

说到这里，李老板感慨道："老哥，我、我只有这一个儿子，如果治不好，他这一辈子就废了啊，孩儿他娘都快急疯了……"

叶老汉听了，不由得一阵心酸，李老板这话勾起了他惨痛的回忆。想当年，他也有一个儿子，儿子十一岁那年，突发脑膜炎，由于当时的医疗条件有限，没有得到及时救治，不幸夭折。他的妻子因为儿子夭折而痛不欲生，忧思成疾，也于两年后撒手人寰……

叶老汉沉吟片刻，像是下了很大的决心，说："老汉我最后一次捉这小东西，已经是三十多年前的事了。这小东西可有灵性了，捉它真是造孽呀，更别说眼下还有法律管着……得，为了帮您儿子治病，老汉我就破例造一回孽吧。"

李老板听了，表情转忧为喜，问道："老哥，您能捉到楮鼬？"

叶老汉睁着醉眼，舌头有些打结，说："咋的，您不信我？告诉您吧，这一带，除了我，可找不到第二个人能帮上您这忙了！"

"老哥，那可真是有劳您了！"李老板边说边起身向叶老汉连连作揖称谢。

"李老板，您是我的大恩人，您有难处，叶老汉我是非帮不可啊！"叶老汉赶紧扶住李老板，"您回去等我消息，我这边一弄到，就打电话给您。"

2. 捕鼬绝活

送走了李老板，叶老汉脚赶脚地整了几样"装备"，瞅个空儿就上山逮楮鼬去了。他身上斜挎着一大撮比胳膊还粗的草绳，腰间插了一把砍柴刀，左肩上扛了一把板锄，右手提了小半桶煤油，沿着一条崎岖的山路往山腰上爬去。

爬到一个石头棱角尖利、枯枝断茬较多的山梁上，叶老汉开始在地上小心地搜寻起来。他走到一簇灌木丛边，在地上撮起一小撮泥土，凑在鼻子底下闻闻，又摇摇头，走

到另一簇灌木丛边……

叶老汉鼓捣了小半天，最后在一簇长势很旺的灌木丛边停下了。他放下草绳和油桶，用锄头在灌木丛周围刨了个直径三米多的圆圈，把草绳沿着刨好的圆圈围起来，淋上油，又从兜里掏出一个装了些鹌鹑蛋的小布袋。他打量着绳圈内，却没找到合适的地方放置，见圈外边有一截一米多高的断竹，就拿砍刀齐根砍了，在绳圈内挖了个洞，把它插在地上。

将断竹插紧实后，叶老汉重新掏出那个小布袋，把它挂在断竹的茬口上，又从里面拿出一个鹌鹑蛋敲碎了。

没过多久，灌木丛中突然响起了一阵"窸窸窣窣"的声音。叶老汉趴在绳圈外面，循声望去，只见一个毛茸茸、跟家猫个头差不多大的家伙领着三个小家伙，从一个很隐蔽的洞穴里钻了出来，这便是楮鼬了。

领头的大楮鼬警惕地左右察看了一番，没发现什么危险，就循着蛋腥味爬上了断竹，从布袋的小洞里抠出鹌鹑蛋来享用……

趁它们正吃得欢，叶老汉敏捷地溜到洞口，拿一块片石把洞口给堵上了，然后他又悄悄地退了出来，

摸出一个打火机，忽地把淋了油的绳圈给点着了。大楮鼬最先发现火情，赶紧"吱吱吱"地叫了起来，招呼小楮鼬跟它一同往回逃，可到了洞口，却发现进不了家啦！

楮鼬们在洞口急得团团乱转，大楮鼬领着小楮鼬们来到火圈边，几次作势要往外冲，却又无奈地退了回去。

走投无路之际，大楮鼬跑到断竹底下，使劲地挠了几下，把地面上的枯枝草叶扒开，清理出一小块空地，然后"嗖"地蹿上了断竹。令人震撼的一幕发生了：只见大楮鼬的肚皮贴着断竹的茬口尖端往一挫，"刺啦"一声落到了地面的空地上。这时，它的整个肚腹已被断竹的茬口给剖开了！

这是楮鼬遇到危险时特有的"护幼"之举。楮鼬家族在山林里讨生活，当被突发的山林大火包围时，大楮鼬意识到无路可逃，于是就近找到一个断竹的茬口，或是锋利的石棱，毅然剖开自己的肚腹，让后代藏身于肚腹之内。等山林过完火，后代由此可以保全性命不被大火烤死……

叶老汉虽然知道会出现这一幕，但那鲜血淋漓的竹茬还是让他目不忍睹！

就在叶老汉一眨眼的瞬间，那只仰躺在地上的大楮鼬发出了一声凄切的叫唤，三只小楮鼬犹豫了一会儿，一个接一个地钻进了大楮鼬的肚腹里。

叶老汉嘴里说着"造孽"，上前将那只大楮鼬小心地捧在手上，走到被堵住的洞口边，踢开堵在洞口的片石，然后将小楮鼬们从大楮鼬的肚腹里掏出来，将它们放回到洞里。

临走前，叶老汉将燃剩下的绳圈扒拉成一小堆，用锄头刨了土给盖上了。等确信不再复燃，他这才深深地叹了口气，将肚腹裂开的大

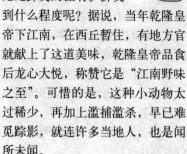

榾柮用一个网兜装好，挂在锄柄上往回走……

3. 一举两得

叶老汉回到家，接到他电话的李老板也赶到了。李老板接过叶老汉递过来的那只榾柮，嘴里连声说着"谢谢"，匆匆离去了。

转过一个山口，李老板钻进了自己开来的小车里，心里的得意劲儿再也憋不住了，他不由得"哈哈"大笑起来。李老板瞅着手里的榾柮，自语道："一波操作下来，不但得了这只榾柮，还把捉榾柮的本事也学到了手，可真是一举两得呀！"

李老板为什么要如此煞费苦心地去搞榾柮呢？原来，他在市郊开了一家"山珍土菜馆"，餐馆明面上做的是家常土菜，暗地里却弄些毒蛇、麂子等野味，以满足一些人"食野"的癖好。

话说有这么几个食客，常来山珍土菜馆"食野"，来了几回以后，他们感觉蛇、麂这些都不过如此，再也吃不出啥新鲜感了。

也不知谁打听到西丘市北郊的八面山里，有一种叫榾柮的小动物，浑身肉乎乎的。别看它散发着一股类似臭鸡蛋的味儿，但经过一番特殊的烹饪后，却是一道无比鲜美的佳肴。鲜美到什么程度呢？据说，当年乾隆皇帝下江南，在西丘暂住，有地方官就献上了这道美味，乾隆皇帝品食后龙心大悦，称赞它是"江南野味之至"。可惜的是，这种小动物太过稀少，再加上滥捕滥杀，早已难觅踪影，就连许多当地人，也是闻所未闻。

几位食客听后立马来了兴趣，叫来李老板，撂下五万元定金，要他弄一只来尝尝鲜。

李老板见过的野味很多，榾柮却还是头一次听说，他也不知道上哪儿能弄到。但见了一摞红红的钞票，他两眼登时发绿，不假思索地应承了下来。

李老板立即向常与他联系的几个"打野"人打听，他们都说搞不到。正当李老板急得嘴角冒泡时，有人向他提供了一条有价值的线索，说住在八面山脚下的叶老汉年轻时曾是逮榾柮的高手。

李老板一听，立马兴奋起来，说："那你赶紧去找他弄呗，要多少钱叫他开个价好了！"

那人听了，却支支吾吾起来："这老汉脾气倔，用钱可搞不定。他已多年不干捕猎野兽的活儿了，近些年还当起了护林员，要叫他出手弄这个，他一准不会同意……"

"那就没有法子了吗？"李老板不甘心地问道。

"法子倒不是没有，这叶老汉爱喝点小酒，据说为人还挺仗义，爱救人急……"

李老板一听，高兴地叫道："这就有办法了！"

李老板摸清了叶老汉的性格与喜好，先是让店里一个绰号叫"猴子"的伙计骑摩托车将叶老汉撞倒，而他开车跟在后边，充当见义勇为的路人去施救，果然取得了叶老汉的信任。

李老板不仅顺利地拿到了这只褚鼬，还在叶老汉上山逮褚鼬时，偷偷地跟在他后面，把他逮褚鼬的过程录了视频。

过后，李老板对着视频研究叶老汉的捕猎技巧，弄来了所需的"装备"，连编草绳用的草，都偷偷顺了回来，以便弄清是哪种草。

一切都准备就绪，李老板仿佛看到一摞摞的钞票在自己眼前晃动……

刚入冬，李老板果然又接了个大单。有个财大气粗的食客，听李老板吹嘘不仅可以逮到褚鼬，甚至

能把大小褚鼬一锅端上桌，他当即掏出了十万块钱，要享一享连皇上都没享过的"齐天洪福"。

李老板美滋滋地收下定金，当即带上"装备"，独自上山找褚鼬去了。

在山上蹚摸了一阵，李老板按叶老汉的操作依葫芦画瓢，还真找到了一个十分隐蔽的褚鼬洞。他又像叶老汉那样如法炮制，一番倒腾之后，那洞口果然有了动静，这回出来的是一大四小。等褚鼬们把注意力集中在抠鹌鹑蛋上，李老板"刺"地就把淋了油的草绳给点着了，"呼啦"一下，一个"火圈"

就把楮鼬一家子圈在了里边，接下来就等大楮鼬"壮烈牺牲"了。

只见那大楮鼬急忙放弃了美食，慌慌张张领着孩子们往洞穴跑。可洞穴早已被李老板堵住了，大楮鼬有家难回，惨兮兮嘶吼了几声，无奈地带着孩子们离开了。

4. 弄巧成拙

奇怪的是，这只大楮鼬并没有爬上削尖的断竹，而是带着小楮鼬们玩命地冲出了火圈……

怎么会这样？李老板顿时傻眼了，就在他发愣的一瞬间，大楮鼬竟朝着他的脚下蹿过来。

没等李老板回过神来，大楮鼬领着小楮鼬们已经钻进了他的裤管，又沿着裤管哧溜溜地钻进了他的裤裆里。

"哎哟——"李老板发出了一声凄惨的号叫，双手下意识地拽向裤裆，但楮鼬们狠狠地咬在了他的紧要处，怎么也拽不脱……

再说回叶老汉，此时他正在下方不远处巡山，猛然间听见山上传来凄切的呼救声，他吃了一惊，忙迎着喊声跑去，就见一个似曾相识的身影拼命向他跑来。那人跑到近前，竟是李老板！李老板一脸惊恐的神色，用手指着裤裆，哭喊道："楮鼬，楮鼬！"

叶老汉顿时明白了，不过心里很纳闷：李老板啥时候自己跑到山上逮楮鼬去了？此时也顾不得多想了，救人要紧。他拽着李老板奔到不远处的山塘边，以不容置疑的口气吩咐道："赶紧跳！"

李老板望着冰凉刺骨的塘水，做贼心虚地说道："你、你是要报复我？"

叶老汉喊道："啥报复？保命要紧，快跳啊！"说完，他就从后面推了李老板一把。李老板"扑通"一声，落进了塘里。

好在到了冬季，塘水不深，只淹了李老板大半个身子。在冰冷的塘水里战栗了一会儿，李老板突然感觉胯下一松，疼痛减轻了许多，他伸手一摸，已摸不到楮鼬了。楮鼬是陆生动物，不能长时间待在水里，李老板下身浸在水里，它们便松了口，开溜了。

李老板踉踉跄跄地从塘里上来，勉强挪到了岸边，裤裆里已是鲜血淋漓。他又痛又冷，再也支撑不住，扑倒在山塘边上。

叶老汉见状，赶紧掏出手机打了120急救电话。

刚打完急救电话，叶老汉一回

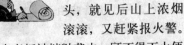

头，就见后山上浓烟滚滚，又赶紧报火警。李老板被楮鼬袭击，顾不得灭火便跑下山来，火圈的火把周边的灌木丛给引燃了……

李老板因为抢救还算及时，好歹把命给保住了，可是医生说，他下体受伤严重，已经无法恢复如初。

虽然消防人员和附近村民奋力扑救，但山火还是烧毁了大片的山林。这事闹大了，公安机关介入了调查。

治完了伤，李老板从医院直接被请进了拘留所。随着调查的深入，李老板提供过野味的那几人也都被查了出来。

叶老汉主动向公安机关交代了自己替李老板捕楮鼬的事，考虑到他是因为受了李老板的欺骗，再加

上主动认错，被拘留了一段时间，就出来了。而李老板、"打野"人及那几位食客却无法轻易脱身，等待他们的，是法律的严惩。

李老板吃了几年官司，出来以后还不忘问叶老汉，逮楮鼬的法子为什么他用就失灵了呢？

虽然过了多年，叶老汉对李老板欺骗自己的卑劣行径仍然十分气愤，他呛道："都到这步田地了，您还指着再去偷猎呀！"

"这法子在春、夏、秋季里可以用，是因为楮鼬身上长着又长又密的毛，见火就着，它们去钻火圈的话，那不是找死吗？你去逮他们的时候已经入冬，正是楮鼬换毛的季节，它们身上的旧毛已褪，新毛还没长上来，火圈一时奈何不了它们，它们能不往外跑？"

就像叶老汉说的，这些小东西可机灵着呢，面对突发的火情，它意识到人或高大牲畜的胯下是最安全的藏身之所，所以才钻人人或牲畜的胯下，死死攥住紧要处，直到脱离了火险才肯松开爪子。这时候你越使劲拽它，它就攥得越紧……

（发稿编辑：曹晴雯）

（题图、插图：杨宏富）

70

穷乡僻壤的一碗羊肉汤，都说讲究在切肉的刀工上，而好喝的羊肉汤真就这点门道吗？

1. 两家厨子比刀

古时候，蜀南有个小县，这地方有三样东西最值得说道，一是刀，二是穷，三是羊肉汤。

刀，说的是此地民风彪悍、尚武成俗，前前后后出了不少用刀的好手；至于为何，归根到底是个"穷"字，穷山恶水出刁民，没有武艺傍身，在这样不太平的小地方，只怕是寸步难行。

县里曾有这么一位刀客，刀法出神入化，与人争斗多年，未尝一败，大家都叫他"第一刀"。第一刀清楚拳怕少壮的道理，随着年纪渐长，便决定不再与人争强斗狠，像他的许多刀客前辈那样，转行做厨子去了。他在官道旁开了一家小店，招牌很响亮，自称"天下第一刀"。卖什么？就卖羊肉汤。

小县虽穷，可民以食为天，穷也有穷的吃法。买不起香辛调料，那就白水熬汤：将带肉的羊骨头放入一口大锅中，加上几块老姜去腥，敞开了煮上两三个时辰，再将羊骨捞上来，冷却，把上面的肉剔下，切成片放置在一旁，等有客人来时，将肉片盛出，浇上肉汤，保证能喂

十八片羊肉汤

□ 张正阳

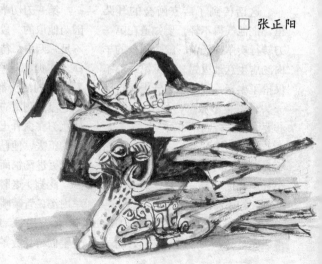

饱食客肚里的馋虫。

第一刀做羊肉汤，是有些功夫在身上的，这精髓就在刀工上。要知道这里是个穷地方，客人进店吃饭，往往只吃得起一两肉、一碗饭、一碗汤。因此，如何切好这一两肉，就能看出这道菜的水平高低。切得薄了，羊肉就碎汤里了，客人非气得骂娘不可；切得厚了，一两肉最多切成几片，客人几筷子就吃没了，免不了要埋怨店家缺斤少两。而喝过第一刀家羊肉汤的客人，却个个赞不绝口，说第一刀不愧是第一刀，不管是做刀客还是做羊肉汤，都无人可及。几位熟客一合计，索性自发地在店铺外挂上块木招牌，就写：天下第一刀！

这话传到了店家阿金的耳朵里，把他气得不轻。要知道在第一刀转行卖羊肉汤前，就数阿金的羊肉汤店生意最火爆。眼见第一刀不仅抢了生意，还要在名气上压自己一头，阿金不服气，找上第一刀，非要同他一较高下不可。

第一刀毕竟是刀客出身，自然不会示弱，两人约好比试一场，请小县里几位老饕来评议，看看究竟是哪家的羊肉汤更出众。

比试那日，阿金将自己的刀磨得锃亮，待一块煮得火候刚好的羊腿肉骨端上来，他利索地"啪"一刀下去，就精准地剁下一两肉。随后，他的刀起起落落，不一会儿工夫，羊肉便切好了。等阿金把羊肉汤端出来，只见汤水清澈透亮，上面撒了几片绿色的葱花，着实诱人。老饕们拿起筷子夹出汤里的羊肉片，数了一数，一两羊肉竟被切成了整整十八片，片片均匀，薄如蝉翼；羊肉在筷间，无论被如何甩弄，肉片都不散。老饕们相视一眼，点点头，这才将羊肉放进口中，细细品味。

见老饕们脸上陶醉的神情，旁观的人以为阿金稳操胜券了，可等第一刀做出的羊肉汤端上桌来，所有人都傻了眼。

第一刀切羊肉时，就不被看好，因为他取的一段羊腿骨偏瘦，似还不足一两肉。待他提起那把不见光泽、连刃都有些弯了的旧刀开切，看客们的眉头都跟着轻轻皱起来。只是没想到第一刀手速极快，只见他执刀在肉骨上腾挪起舞，不过眨眼的工夫，他已经将肉切好，把那腿骨丢进汤锅回煮了。

此刻，老饕们看着第一刀煮的羊肉汤，皆啧啧称奇，汤汁浓郁而不油腻，缀着蒜叶少许，香气四溢。老饕们特意数了一数，汤里的羊肉同样是十八片！

"怎么可能呢！"阿金忍不住喊道，"我练刀数年，一两羊肉切成十八片，已是极致，他方才切下的那点肉都不足一两，怎么可能也切出十八片来？"

老饕中威望最高的花白胡子说道："金师傅少安毋躁，你与第一刀的刀法都已登峰造极，看来是不分上下，不如待我们尝过第一刀的羊肉汤后，再判高低？"

阿金退到一边，算是默许。老饕们用清水漱口后，便尝起第一刀

的羊肉汤来。连肉带汤，细细嚼，慢慢品，一个个地竟然都露出惊喜的神色。这汤汁鲜而不膻，羊肉味甘而不腻，最关键的是，羊肉嚼在嘴里比先前阿金做的更脆口、更有韧劲，叫人回味无穷。

不用说，这场比试，第一刀胜。阿金不肯罢休，他大步跨到第一刀煮羊肉的那口大锅前，捞出先前那块羊骨头来，一瞧——干净，太干净了！要知道，用刀从羊骨上剔肉，可不是件轻松的差事。有的地方肉连筋、筋连骨，握着刀，任你使出吃奶的劲儿，都不能把这肉从骨头上剔下来，更何况这剔下来的肉还得成片而不散。

哪怕是阿金，在从羊骨头上剔羊肉时，也总有些残余的羊肉连在骨头上，哪能像这根骨头这样干净？

看到这，阿金自愧不如，但他还有想不明白的："你是如何拿不足一两的肉，切出十八片来的？"

第一刀仰天一笑，凑过去对着阿金耳语了几句。阿金听了，长叹一口气，对第一刀拱手道："甘拜下风！"

2. 两个徒弟争锋

自与阿金一战，"天下第一刀"的名气更响了，羊汤馆的生意比之前更红火。不少想跟第一刀学艺的年轻后生也慕名而来，第一刀收徒倒是谨慎，千挑万选，只留下了其中两位。

话说大徒弟金刀鞘，正是阿金师傅的儿子。那日，金刀鞘登门拜师，说父亲与第一刀的那场比试，输得心服口服，自知技不如人，只盼儿子能拜第一刀为师，将来青出于蓝而胜于蓝。第一刀虽甚是意外，但面对阿金如此坦然磊落、金刀鞘这般诚心诚意，他有何理由拒绝呢？再说小徒弟阿牛，是个孤儿，原先在店里打杂，第一刀见他善良老实，就把他收入自己门下，传他一门吃饭的手艺。

金刀鞘比阿牛早入门几年，加上他天资聪颖，在阿牛还只能将一两羊肉切成十二三片的时候，金刀鞘就已经能切出十七片肉来，比第一刀只差了一片。随后好几年，金刀鞘的刀法却没半点长进了，眼见阿牛都已经能切出十五片肉来了，他心里焦急，索性直接问第一刀："师傅，为啥你都不肯教我新招了？害得徒儿白白荒废了时日。"

第一刀心平气和地答道："我这一身本事都拿出来了，哪还有什么能教你的？"

金刀鞘哪里肯信？他说："师傅，徒儿现在最多把那一两羊肉切出十七片来，离您还差了一片，更别说您还有一手人人都知晓的剔骨绝学呢！"

第一刀看着金刀鞘不语，而是拿起刀在墙上刻下了一个字。金刀鞘跑过去一瞧，正是个"穷"字。

金刀鞘挠挠脑袋，不明所以，追问师傅是啥意思。

第一刀摇摇头说："你心浮气躁，刀法恐怕再难精进。待到有朝一日，你能懂得穷尽气力、穷极心血地琢磨刀法，自然能领悟为师的心意。"金刀鞘越听越糊涂了，心说不就一碗羊肉汤嘛，至于这么玄乎吗？他还以为师傅这是不愿教授绝技，在糊弄人呢！

这时，一旁听着的阿牛却眼睛发亮。他本是个苦命娃，无牵无挂，跟着师傅学艺更是心无旁骛。听师傅说了"穷"的奥义，这以后，他练刀更勤、更卖力了，不到半年的时间，他的刀法突飞猛进，竟然也能同金刀鞘一样，将一两重的羊肉切成十七片。

这一来，金刀鞘是又急又气，他对第一刀说道："师傅，我知道师弟手脚勤快，平日店里的杂活，全是他一人抢着干了，您因此喜欢他，可如今你那刀法绝技传他却不教我，未免也太偏心了！"

第一刀怒道："你少疑神疑鬼的！两个徒弟我一样教，将来谁能继承我这'天下第一刀'的招牌，全凭你们本事。无论你俩谁更胜一筹，说起来都是我第一刀的徒弟，我何需偏心于谁？"

金刀鞘不依不饶，指着阿牛说道："我要与他比试一场，谁要是

输了，谁就滚蛋！到时候，您老人家就剩一个徒弟，要偏心都难！"

没等阿牛开口答应，第一刀就抢先应了下来："就这么办！"

翌日，第一刀请来店里的几位常客，邀他们一起来评判两位徒弟的厨艺高低。待大家坐定，阿牛便恭恭敬敬地端上一大碗羊肉汤来。只见碗中汤清色亮，不用筷子搅动，十七片羊肉清晰可见，肉香扑鼻，令人食指大动。

第一刀也忍不住尝了一口汤，他咂摸着滋味，眼睛一亮："怎么你这碗汤比为师做的更鲜美呢？"

阿牛答道："师傅，咱们这里煮羊汤时，为了方便省事，都是一口大锅放满水，用大火煮上两三个时辰，煮汤的人也不用看火，在旁边歇息着就是。昨日我煮汤时，就在想，这大火敞开了煮，是为了煮出羊膻味，可膻味会被煮出去，肉的鲜味不也一样？要是我等羊膻味一除，就赶紧改用文火慢熬，是不是就能让汤里保留更多的鲜味？这样想着，我便每隔一炷香的时间，就来看看汤，以保能第一时间改火候。每次查看汤底，我也会将浮油和血沫撇去，这汤才会清澈透明。"

第一刀听了，正要赞许阿牛几

句，就见金刀鞘不甘示弱地端上了自己的羊肉汤，定要讨几句师傅的夸赞。第一刀却问道："怎么，你这汤里切出十八片羊肉了？"金刀鞘心虚道："十八片自是没有，但十七片是实打实的，一片不少！"

这话一出，几位食客都忍不住起哄：人家阿牛也切了十七片羊肉，你金刀鞘又有何胜算呢？

金刀鞘并不理会，把羊肉汤往桌上一放，然后大步走到自己那口汤锅边，用勺捞出一块羊骨头，高高举起，道："师傅，您看！"众人一瞧，这羊骨光溜溜的，一丁点残余的肉渣都不见。呵，这不正是第一刀的剔骨绝活吗？看来金刀鞘出师了，是胜券在握。

第一刀没发话，他看了一眼金刀鞘的羊肉汤，又夺过勺子，搅动了一下他锅里的汤水，问道："连骨肉呢？"

"啊？"

第一刀再问："这连骨肉最是筋道、有嚼头，最受食客喜欢，你既然都剔干净了，怎么在你的汤里看不着呢？"

"这……"

第一刀叹气道："从前我做刀客，练刀是立身之本；如今做羊肉

汤，精进刀法，全为食客满意。你跟我这些年，可知得刀法不如得人心的道理？"第一刀指了指阿牛那碗转眼快见底的羊肉汤，说道："你与阿牛的比试，谁输谁赢，恐怕已见分晓。"

这时，有人盯着金刀鞘手里的羊骨头瞧出了门道："他这哪是刀工好啊，这骨头上有犬牙印，分明是让狗啃干净的吧！"

此话一出，众人唏嘘。第一刀失望至极，铁青着脸，未再看金刀鞘一眼。有食客刚喝了几口金刀鞘的汤，一听这话也是连连作呕，骂骂咧咧，说金刀鞘根本不配留在"天下第一刀"。

"不留就不留！"金刀鞘烧红了脸，却无半点悔意，"咚"的一下，把羊骨重重地扔回锅里，气鼓鼓地跑了。

3. 两碗羊汤比较

原以为金刀鞘出了洋相，会溜回家去。哪料第一刀去阿金那儿一问，才知道金刀鞘根本没露过面。阿金得知儿子的荒唐事，气得直拍桌子，他对第一刀说："臭小子没脸留在'天下第一刀'，难道还有脸回来？随他去！"

第一刀又托人打听了一阵，但也没有金刀鞘的消息，只好作罢。

说来好笑，金刀鞘走后，"天下第一刀"的生意比往日更好了，甚至有人就是冲着阿牛的手艺而来。第一刀也上了岁数，见店里后继有人，自是十分欣慰。

这天，阿牛外出采买食材，第一刀独自看店。晌午时分，店里来了一位大将军，他自称就是在小县出生的，后来当了兵，在外征战，九死一生。如今他回到小县探望亲人，路过第一刀的店铺，被招牌给吸引进来了。他笑道："'天下第一刀'？本将军纵横沙场多年，尚不敢自称天下第一刀，没想到一个卖羊肉汤的这么大口气哩！"

第一刀不卑不亢地回道："让大人见笑，这招牌……"

将军摆摆手，接道："我知道你。在京城的时候，我收了一个同乡的厨子，他给我做的羊肉汤让我想起了家乡的味道。他还跟我说，他的师傅比他更厉害，是县里公认的羊肉汤做得最好的人……"

第一刀一听，若有所悟："想必大人是遇到我那大徒弟了。徒儿虽恃才自傲，但他的话不假，吃过我羊肉汤的，就没有不满意的。"

"开店做生意，满不满意，得由食客说了算。"将军指了指招牌，"今天，我便尝尝你的汤，若传言不虚，本将军喝得称心，给你打块金字招牌也不在话下；若是有假，你这招牌，还是揭了吧。"

第一刀从来不在羊肉汤上露怯，他二话没说，一口答应下来。

羊肉汤上桌后，将军并没有急着去夹汤中的羊肉，而是捞起羊骨看了一看，随即眉头紧皱起来。他又走到煮羊肉的大锅前，把里面的所有骨头都捞了出来，再一看，他索性把勺一扔，冷冷说道："这羊肉汤，我不用喝了。"

第一刀一愣，他说："大人，我这羊肉汤做得有什么不好的地方，还请尝一尝，再做指教。"

将军一脸扫兴地叹道："并非我有心为难你，只是这羊肉汤不比当年，我不尝也知道，并非我盼的那滋味啊！"

原来，将军自幼家贫，父亲早逝，是母亲一手把他拉扯大，其他乡亲攒些钱就能吃一碗羊肉汤，将军家却是吃不起的。于是，将军的母亲想出个主意，每到过年，就会买店里剩的羊骨头回来煮汤。羊骨上剔剩下的肉全是筋头巴脑的，寻常人嫌吃着费劲，可在将军看来，是他年少时最期盼的美味，以至于后来再吃羊肉汤时，他必先啃羊骨头。可现在，第一刀把羊骨头上的肉剔得干干净净，将军一见就不对味，自然不能满意。

见将军拂袖而去，第一刀愣在那里，心里憋得慌。那位将军的要求尽管有些"刁钻"，但人家说得在理，情有可原，第一刀无言反驳。他苦笑道："没想到我这'天下第一刀'，第一次输，就输在刀工上。惭愧，实在惭愧啊……"说着，第一刀挥手一掷，只见一把尖刀直插在那"天下第一刀"招牌上。他颓然收手，身子一晃，朝后踉跄了好几步。

忽然，一个熟悉的身影走了过来，开口道："师傅，您总说厨子练刀，是为客人满意，可您万万没想到吧，您刀功这般好，做的汤，客人却连喝都不愿喝一口！"

来人正是金刀鞘。第一刀见他现身，并不感意外，他怎会猜不到这一切是谁设的局呢？金刀鞘故意在将军面前抬举师傅，目的就是让向来不服输的第一刀栽跟头，要他难堪。

第一刀瞪着金刀鞘，想要狠狠训斥，却一口怒气灌顶，只觉心口隐痛。他捂着胸，跌坐在椅子上，愣愣地看着金刀鞘忘形大笑……

4. 两代厨艺传承

第一刀自砸招牌后，久病了一场，身体大不如前。他无心经营店铺，想着打发阿牛去别处谋生路。阿牛却说："师傅，我哪儿都不去，就在您这儿做羊肉汤。我就不信，没了招牌，那些食客就能不想咱家的汤！"

阿牛说得没错，没了"天下第一刀"的招牌，第一刀的羊肉汤馆依旧热闹非凡。虽说第一刀是收刀退隐了，但阿牛的厨艺日益精湛。

阿牛煮羊肉汤还常有变化，有时是清汤，有时是白汤；有时清香爽口，有时浓郁回甘，无论哪种都让人喝得欲罢不能。有细心的食客还发现，阿牛切的羊肉也不再都是片状了，有时是小块，有时是细末。一两肉还是一两肉，口感却丰富多变，令人惊喜连连。

再说金刀鞘，自从他气倒了师傅，发泄了当日输给师弟的不痛快后，便回到父亲阿金的店铺，继续卖羊肉汤。他仗着自己有第一刀亲授的刀法，以为会吸引更多食客来光顾，没想到听闻是他金刀鞘掌勺时，别说新客了，连店里的那些老主顾都纷纷转去了阿牛那里。

金刀鞘气得牙痒，竟想方设法地买断了小县市集上的羊肉，好断了阿牛的食材，叫他做无米之炊。

这天，金刀鞘算准阿牛店里的羊肉应该所剩无几了，他便存心到店里点汤喝，其实就是为了看阿牛的笑话。哪想到了店里一瞧，呵，人头攒动，连个下脚的地方都没有。食客们津津有味地喝着汤，汤的热气和香气飘满了整个屋子。

金刀鞘傻眼了，向一位食客问道："你这喝的真是羊肉汤？里头还有羊肉？"

"有啊！不但有羊肉，还比平常的羊肉更香！"

金刀鞘夺过食客的筷子往汤里一挑，果然有羊肉，不但有羊肉，还有羊骨。他对着骨头一细看，顿时惊得瞪大了眼睛。

羊脊骨！阿牛竟然是用羊脊骨做的汤。

以往厨子做羊肉汤，多是选用羊腿或羊排等肉多的部位，像羊脊骨这种肉少得可怜又极其难剔的部位是弃而不用的。金刀鞘看看眼前这块羊脊骨，肉被剔干净了不说，骨头里还炖出了嫩滑流油的骨髓，看着就鲜美至极。

金刀鞘盯着骨头，嘴里喃喃道："阿牛啊阿牛，你到底是如何做到的？难道师傅真传授了你绝技？"

"师兄，你还记得师傅当日在墙上写的那个'穷'字吗？"阿牛从后厨走了出来，对金刀鞘说道。

又是"穷"字，老生常谈！金刀鞘冷哼一声，别过脸去。

"正是因为'穷'呀！"

不知何时，阿金也走了进来，他看了金刀鞘一眼，轻轻一叹，说道："当年在这个穷县城开铺子时，我日子过得捉襟见肘，为了省本钱，我苦练刀法，把一两羊肉切到极致，只为多赚些。后来那场比试，我发现第一刀师傅竟然能用更少的肉切出与我相同片数的羊肉，而他告知我的秘诀便是一个'穷'字。我自领悟，兴许他过得比我更不容易一些，所以穷极精力于刀法，方能胜我一筹吧。得，既然我技不如人，便让儿子跟着第一刀学艺，盼这小子日后出师，为我争回颜面，未曾想到头来，我的脸都让他丢尽了！"

阿金说，他发现近日自家店铺里羊肉囤货多了不少，而因为生意不佳，这些肉卖不出去，都放坏了，急得他连忙打听是怎么回事，才知道原来是金刀鞘在使坏。

阿金揪着金刀鞘的耳朵，边往外走，边说道："快跟我回去，别在此处丢人现眼！论刀法，我阿金输给第一刀，也认了，没想到论教导后辈，我也不如他呀！"

"阿金师傅，此言差矣！"正在这时，第一刀跨进店里，说道，"当日论刀法，你并不输我，我之所以能用不足一两的肉切出十八片来，是因我切了几片月牙骨呀！"

月牙骨是羊腿肉与扇面骨相连处的一块软骨，虽说是骨，但可食用，口感劲脆，还颇有营养。当日第一刀选用的那块羊腿骨上虽然肉不足一两，但他将连着的月牙骨也剔下切片，没想到口味更佳了。

阿金恍然大悟："不愧是天下第一刀！"第一刀笑道："当日，我只是取巧罢了，而论做羊肉汤的技艺，徒儿阿牛早就在我之上。诸位不如问问他有何诀窍？"

"是……因为'穷'。"阿牛羞涩地说，"说起来，当日我以为领悟了师傅的用意，所谓'穷'，就是穷尽所有，一心向学。直到后来我才知道……"

阿牛说，这段时日，慕名来喝汤的客人多了，他便想着，这些本也是穷苦人家，他们不知攒了多久的钱，才能来个牙祭。他们盼着这碗羊肉汤，就跟盼着过个好年似的。他要是做得差了，对不起大伙的念想呀！于是他下足功夫，变着法子琢磨汤的做法、肉的切法，久而久之，他做的汤越来越鲜美，剔羊骨的技艺也炉火纯青了。

众人听得连声称道，一旁的金刀鞘却越听越迷糊，他愣了半晌，苦笑道："什么嘛，这翻来覆去的，怎么净整这些穷花样哟！"

（发稿编辑：丁婳瑶）

（题图、插图：杨宏富）

·神探夏洛克·

谁杀了画家

这天，两位客人来画家亚历山大的家中，画家的妻子领着两位客人走进会客室时，却发现亚历山大倒在地上，右手握着一支手枪，头部中了一枪。妻子尖叫出声，两位客人也连忙报警。警方赶来后，画家的妻子告诉警方，丈夫前一阵因为生病，右手无力，连画笔都拿不起来，根本不可能扣动手枪的扳机，所以肯定不是自杀。

来访的两位客人，一个叫汤姆森，是画家妻子以前的恋人，常年在国外生活，昨天才回到伦敦。另一个叫威廉，也是画家，与死者原本并不相识，一个月前，威廉认为死者侵犯了他一幅画的版权，最近经常上门来找亚历山大追究侵权责任。

汤姆森和威廉看起来似乎都有作案动机，但凶手到底是谁呢？

超级视觉

图书馆的另一个视角，就像是书里的世界，无穷无尽。

疯狂 QA

幼儿园里课间活动，贝贝的左边是琪琪，琪琪的左边是悠悠，悠悠的左边是小宝，请问，小宝是不是肯定在贝贝的左边呢？

想知道答案吗?

1. 购买 2023 年 10 月下《故事会》。

2. 扫二维码：

动感地带，与您不见不散！上期答案见本期 P57。

俞平伯的心细

吴泰昌是资深编辑，经叶圣陶介绍，在叶老家饭桌上认识了俞平伯。吴泰昌回忆了这样一个细节："认识俞先生后，有次去他家，见桌上放了黄酒。我问俞先生，您不喝酒啊，俞先生答道：'我不喝，在叶家看你能喝，今天特意准备的。'"

俞平伯记住了来访客人的喜好，特意为其备酒，可谓心细如发。

（唐宝民）

郑板桥晚年找"邻居"

郑板桥晚年想给自己买块墓地，看中了表弟家一块地。表弟说："这块地里面有一个无名孤坟，别人都觉得不吉利，所以没人买。"

郑板桥不以为意，对表弟说：

"这块地多好啊，等我买下来，我可不会铲掉这个孤坟，还会关照子孙，祭拜我的时候，记得给这位'邻居'也点一炷香。"

（张希）

赵树理买表

作家赵树理五十多岁时想买一块表。他走进商店，对营业员说："拿块最便宜的手表。"营业员拿出一块表，告诉他："这是最便宜的上海牌手表，一百元。"赵树理一听："明明是二牛牌，一百块钱可以买两头牛呢，不买。"

赵树理又走进一家商店，营业员跟他说店里最便宜的是进口的胜利牌手表，价格七十五元。赵树理犹豫半天，说："十五块钱能买一头驴，这五驴牌手表戴在手上，让我怎么吃得下睡得着？"

（俞继东）

无心之问识良才

苏轼在登州做官期间，有个主簿事无巨细都来向苏轼禀报，每次都很啰唆。一天，主簿一大早便来禀报，苏轼敷衍道："我现在没时间，你晚上再来吧！"主簿未悟其意，到晚上又来了。苏轼在翻看杜甫的诗，见这个下属又来了，就拿诗中句子提问："江湖多白鸟，天地有青蝇，这'白鸟'指什么？"苏轼本以为主簿答不上来，但主簿不假思索地答道："白鸟是指蚊蝇一类的虫，暗喻吸人血的赃官。"苏轼方知这位主簿很有才学，从此对他另眼相看。

(恩扬)

高莽的笔名

高莽是俄语翻译界的泰斗级人物，译著只署雪客、肖儿、野婴之类的笔名。

1949年，翻译家戈宝权赴苏联，途经哈尔滨，想和几位翻译家开座谈会，便列了五六位翻译家的名单，一一发出邀请，结果到会的只有高莽一个人。戈宝权感到奇怪，对高莽说："其他几位怎么不来呢？"

高莽不好意思地说："您名单上列的几个人，其实都是我。"

(卧龙城主)

苏步青卖菜

抗战时期，浙江大学西迁贵州。浙大教授、数学家苏步青为改善生活，决定开荒种菜。

苏步青种的菜有口皆碑。街上饭馆缺菜，都去苏家买。每次称完重，苏步青总往筐子里多加两棵。有人纳闷，问他为什么。苏步青发挥出数学家本色："菜根粘了土，分量大概是每棵菜的二十分之一。挑着筐子在山路上走，土会掉下来，走到街上，土也掉得差不多了。来买菜的多是穷苦帮工，万一回去过秤，发现短斤少两，或许要受老板责难。加两棵菜，正好把分量补足。"

(东来顺)

乾隆教子

王尔立是嘉庆的老师。一日，他让嘉庆背《四书》，嘉庆却背不出来，老先生就罚他下跪。正巧娘娘游玩打此路过，见太子跪着，于是下辇讲情。

第二日，王尔立来到金銮殿，跪在阶下准备辞官还乡，乾隆大为不解："老先生此举何意？"王尔立将娘娘为子求情之事述说一遍。乾隆怒不可遏，挥笔写下御旨："娘娘免进书院，违者斩！"

王尔立治学严谨，对嘉庆约束甚严，使他受益匪浅。

(冯忠方)

(本栏插图：孙小片)

新鲜豆芽

豆 芽

□ 上海市奉贤区平安学校
周羽轩

假期的菜市场格外热闹，许多摊位前都排起了长队。有一家摊位却有些特殊，那是一个专卖豆芽的摊位，摊主是一对夫妇，还有假期回家帮忙的儿子。儿子一直在卖力地吆喝，可他们的生意还是很冷清。

这时，一位中年妇女走了过来，问："这豆芽怎么卖？"

儿子回答："一块钱一袋。"

中年妇女看了看袋子里的豆芽，一根根都非常饱满，就说："来一袋吧，家里有病人，想吃点清淡的。"

儿子稍稍愣了一下，拿起另一个装满豆芽的红色袋子，说："如果是病人想吃，就买这种豆芽吧！"中年妇女看了一下红色袋子里的豆芽，发现它们都有些干瘪。儿子看她犹豫，就解释道："这种豆芽虽然没有那么好看，但它是用天然泉水发的，营养价值更高，口感也比较好。"

中年妇女仍然半信半疑，儿子想了想说："这袋豆芽就送给您了，不要钱，您拿回去吃吃看，如果吃得满意，欢迎再来光顾。祝您的家人早日康复！"听到这里，中年妇女终于打消了疑虑。

中年妇女刚走，父亲就一下把儿子拉过来，说："你怎么把豆芽白白地送给人家，是不是傻呀？"母亲也叹道："要是都像你这么做生意，咱们还不得赔死！"

儿子只是笑笑，说："我这也是做生意呀！"

不知不觉，太阳已落山，姹紫嫣红的晚霞飘浮在空中。夫妇俩要收摊了，这时，一位西装革履的男士走了过来："打听一下，这里有没有一个十七八岁的小伙子卖豆芽的？"

父亲赶紧迎上去，说："先生，您说的应该是我儿子，您找他有什么事吗？"

男士高兴地说："今天早上，我妈在你们这儿拿了一袋豆芽，口感非常好。我是开饭店的，想和你们长期合作，以后就从你们这里订购豆芽。"

听到这里，父亲又惊又喜，连忙答应下来。儿子也欣慰地笑了，他一直坚信：无论做什么事都要有诚意，以诚待客，表面上看似吃亏，最终却能走得更长远。

("我的青春我的梦"第三届中小学生故事会征文获奖作品选登)

（指导老师：卫雯雯）

（发稿编辑：吕　佳）

（题图：孙小片）

色痴

□ 阿英

刘独眼是个染布匠人，他的巧手能染出人间万般颜色。他染了一辈子布，自己带入土中的那块，却让众人大为惊讶……

清末民初，高阳县盛产布匹，皆以草木染色，工序繁多，毫厘之差，颜色便有不同。

主顾若是苛刻，就会有人说："去找刘独眼。"

刘独眼染的布，天水蓝、紫虾青、月下白、佛面金，与样品无半丝差别。皂洗日晒，均不脱色。

调色配彩，全凭眼力，刘独眼却盲了一眼。另一只，视力亦极弱。辨色时，他的脸凑得极近，独眼紧贴上去，脑袋来回移动，状颇可笑。刘独眼制染液，一锅色汤，手指蘸水，来回搅动，探温度高了低了；抽手入嘴，啧啧咂吮，说用料多了少了。天长日久，口唇色渍层叠，貌如厉鬼。可不管要求如何刁钻，但凡人间的颜色，刘独眼只消看一眼，便能从染缸拎出来。

刘独眼也治过眼。某日，一主顾自青岛来，说当地驻有洋医，擅治疑难眼疾，洋医即将回国，欲治从速。刘独眼听罢，连夜揣钱上路。

没过几天，刘独眼回来了。背上多了个瘦童，她的脑瓜顶一对小

黄辫，筷子粗细。

旁人问："这么快回来了？"刘独眼回："不治了，钱要养娃。"

女童是半道捡的，取名"小染"。刘独眼更加卖力染布。

一日，小染生了背疽，啼哭高热，急请郎中。郎中说："恶疾难治，备木匣吧。"

刘独眼大哭跪求。郎中抽了袋烟，说："高阳县城东大街，有马姓名医，或可治此疾。"

刘独眼深鞠一躬。郎中又道："一定要提我名字。他与我素来交恶，听我治不好，便肯医了。钱务必带够。"

刘独眼翻开被套，摸出张薄纸，揣入怀中，取块洁净褥子，兜上小染，上路。纸上是半生染布心得。

服药半月，小染可下炕走动。倒是刘独眼，瘦脱了形。他不住叹，秘方一泄，怎么赚钱养活小染？

忐忑等了两个月，市面上并未出现相似染法的布匹。

很久后，刘独眼才听闻，马名医捏着那张折起的薄纸，静立不语，一盏茶工夫后，将其撕成一条一条，送入了煎药的火焰。

小染痊愈，欢实蹦跳。不几年，长成大姑娘，去了省城读书。

小染毕业时，已是民国二十六年。日军自平津南下，掠走染轧机器，断绝棉纱颜料。高阳全县以手工织机织布，给八路军缝棉袄。

布料须染成黄绿色，但土法浸染，一缸一色，难以统一。人们犯了难，去找刘独眼。

刘独眼没日没夜鼓捣，一匹匹布，色泽一致，搭在绳上，似千军万马。寒露过后，八路军来收布，说，战士们的冬衣终于有了着落。

这天，一个八路来村里，说自己因伤掉队，打听收布者去向。刘独眼凑过脸，与其握手寒暄，看八路身上沾了土，便弯腰细细拍打。过后，刘独眼耳语乡民："快去喊人，这个八路假的，色儿不对。"

小染加入了共产党，南征北战，直到刘独眼临终，才匆匆赶回。

刘独眼指着柜子里的布，说："天青淡青，给外孙；水红桃红，给外孙女。最底下那块，给我自己。"

小染哭成泪人。

人们说，刘独眼染了一辈子布，带入土中那块，不知有多奇异？

殓衣上身，出乎意料：那块布未着任何颜色，只是原色。铺展于大地，与万物融为一体。

（发稿编辑：陶云韬）

（题图：孙小片）

法眼

□
凌
鼎
年

近年，娄城的古玩市场开始火了起来。每到双休日，文庙边上的古玩市场就摊连摊、人挤人了，热闹非凡。

初秋的一天，来了一位外地口音的黑脸汉子。此人三十来岁，说城里人不像城里人，说乡下人不像乡下人，憨厚中带着一丝狡诈，精明中又透着几分死性，让人捉摸不透。他摆出了宣德炉、墨盒、笔洗等几样古玩，开价都不算太高，很快就成交了。唯有一只斗彩莲花盖罐，他开价8.8万元，并咬死说一口价，不能还价，还价免谈。

齐三元是古玩市场上的大户，他认准了的东西，如果落入他人手

中，他会几天几夜睡不着觉。这几年在古玩市场上，齐三元已吃过多次亏，还在不断付学费。不过，因为看得多了，多少练出了点眼力，也确确实实收进了不少好货，让收藏界的同行很是眼馋。

齐三元一瞄到那个斗彩莲花盖罐，眼就一亮。凭他对瓷器的鉴别能力，他一看那造型、那图案、那色彩，就知道宝贝应该是明成化年间的官窑出品，这可是好东西哪！如果是真品，8.8万元这价太便宜了。看来这黑脸汉子是个嫩头，从他刚才出手的宣德炉、墨盒、笔洗等来看，其价位都只是半价。齐三元估摸着，要么都是旧仿，要么他

是真不识货。要真是碰上个不识货的，那合该自己捡漏发财喽。

齐三元上前把那盖罐看了一下，罐底"大明成化年制"六个字分两行竖排，字外有双圆圈套着，这可是标准的成化年间的落款。再看那莲花画得拙拙的、土土的，色彩有红有绿有蓝有黄，怎么看都有点俗，但齐三元知道，成化年间的斗彩瓷器就是这风格，与青花是不可同日而语的。齐三元掂着分量，用手指弹着听响，看了外面看里面，看了顶盖看罐底，又用手摩挲了一阵。反复研究后，齐三元反而有点吃不准了：说是真的吧，似乎釉色太新了，用手摸没有那种润的感觉，说不是真的吧，又太像真的了。

8.8万元齐三元是绝对拿得出的，但这也不是个小数目，不能再吃亏了。他想到了娄城古玩鉴赏家楚诗儒，他可是法眼啊！齐三元一个电话打过去，楚诗儒倒也上路，一听是成化年间的瓷器，立马就打车赶了过来。

楚诗儒也不说话，先用手在罐内罐外顺时针转动着摸了一遍，又逆时针转动着摸了一遍，然后取出一只特大号放大镜，仔仔细细看了一遍。看罢，他说："瓷是好瓷，仿得很到位，必是高手所仿。能仿

到这个程度，也算是精品中的精品了，应该值一万两万的。但恕我直言，以我的手感而言，这罐的仿制时间不会超过十年。"

楚诗儒怕齐三元不信，让他通过放大镜看，果然，那毛刺都还在呢。楚诗儒说："明成化距今五百多年，五百多年啊，一件瓷器历经五百多年，怎么说也火气全消了，摸上去绝不应该有任何毛刺感，仅此一点，就足以证明这是赝品！"

楚诗儒在娄城古玩界的权威性是从没人怀疑过的，他此话一出，谁还会去买这件假货呢。

齐三元连声说："谢谢，谢谢，要不然我今天又要吃亏了。"

黑脸汉子听楚诗儒这么一说，也蔫了，自言自语道："我爹临终时告诉我，这是货真价实的……"

黑脸汉子守着这盖罐整整一天，再无人问津，眼见将收市了，他知道没戏唱了，咬咬牙将价格降到了4.8万元。

这时，一位拄拐杖的老者踱进古玩市场，转了一圈后，来到了黑脸汉子摊前。他告诉黑脸汉子，自己是专门收藏成化瓷的，所以价也不还，爽爽气气地付了4.8万元现钞，开开心心地走了。

齐三元想，"冲头"总是有的，连这古稀年纪的老资格也看走眼，保不准回去后要悔得吐血。

他忍不住追上去对老者说："老先生，这是赝品，你上当了。"

老者见齐三元一脸真诚，就热情地说："走，喝茶去，边喝边聊。"

老者自始至终没说他姓甚名谁，以前是吃什么饭的，但老者关于斗彩莲花盖罐的一番话，使齐三元吃惊得半天回不过神来。

老者说："看来你也是古玩行当的票友，让你长长见识。这个盖罐绝对是真品，但为什么会给人仿制的感觉呢？因为这是库货。"

老者见齐三元一脸茫然，知道他还不懂何为库货，就解释给他听。原来这盖罐是当时官窑烧制的，其中有一批瓷器被送到了报国寺，因为是皇帝御赐的，除了部分用掉，剩余部分就封存在了寺庙的地下室里，后来由于战乱的关系，地下室的秘密就鲜为人知了。直到1966年"破四旧"，红卫兵扒庙时，才无意中发现了这个地下室，并在里面发现了好几箱没有拆封的瓷器，包括瓷双耳三足香炉、军持、僧帽壶、青花盆、斗彩瓶、罐等。当时红卫兵小将们乒乒乓乓一通砸，将这些价值连城的珍宝毁得差不多，但也有人趁乱拿了几件回家。

老者说："我是在收古董时听当年参与此事的红卫兵讲的，从此后我一直在四处寻觅是否有库货遗存，没想到会在这儿发现。天意、天意啊！"

老者还说，这盖罐自1966年从地下室取出后，从没用过，很可能一直放在箱子里。换句话说，这盖罐五百多年来还是第一次见阳光，所以依然像刚出窑的新货一样。

"如此说来，这铁定无疑是库货，是真家伙了？那该值多少？"齐三元连问了两个不该问的问题。

老者笑道："看你刚才出言提醒我，是个厚道人，真人面前不说假话，这件瓷器按目前行情，这个数，应该是值的。"老者说着，伸出手指晃了晃。

"八位数！"齐三元心情复杂，"您刚才这番话，真该让楚诗儒也来听听啊！"

老者说："免了免了。"喝罢茶，老者飘然而去。

齐三元盯着老者的背影，叹服道："法眼，真正的法眼啊！"

（推荐者：小　双）

（发稿编辑：吕　佳）

（题图：孙小片）

生活中离不开葱姜蒜

◆ 人生葱葱，能姜就，就姜就，不能姜就，就蒜了。

◆ 不过人生有葱动，才会有姜来。

◆ 千万不要遇到一点挫折就蒜了！

（推荐者：赵泽浦）

别叫我姐，姐只是传说

◆ 姐一直很乐观。今天，是姐40岁生日，人生的三分之一就这么过去了！

◆ 公司年终聚会，每部门投票选一名优秀员工，奖励三千元，姐一直都想得到这笔钱，为保万全，投票的时候就写了自己的名字。谁想到部门一共11个人，姐得了11票。感觉没脸见人了！

◆ 给滴滴司机描述了一分钟姐的特征，师傅把车停在姐前面，把一个老奶奶接走了。

（推荐者：入　画）

当动物开启吐槽模式

◆ 老鼠：成天为了点吃喝担惊受怕，能不老吗？

◆ 鱼：打死我也不上网。

◆ 乌贼：太气人了，满肚子墨水居然还是贼！

◆ 刺猬：真想感受一下与别人拥抱的滋味。

◆ 蚊子：能让人类为我们鼓掌，死也值得。

（推荐者：精神小妹）

（本栏插图：孙小片）

一句话短路故事

◆ 小王刚把蜡烛吹灭，还没来得及许愿，就被赶出了灵堂。

◆ 悬梁刺股的故事告诉我们：治疗失眠，最有效的方法是看书。

◆ 诸葛亮病重，向老天借命：我大志未遂，请借我十年寿命！天上传来声音：不行！当年你在赤壁跟我借了东风，至今未还！

（推荐者：建国学弟）

借命钱

□ 陈 坚

这天，大周陪老婆阿慧去医院产检。天气有些热，大周下车后，特地给后窗留了条缝，方便透气。

检查一切顺利，两人回到车上，坐在后排的阿慧发现一个用红色皮筋捆着的纸筒，纸筒的一端露出百元钞票的一角，这明显是从窗缝里丢进来的。大周一看，赶紧用墨镜把那纸筒往座位边缘捅了捅，说："你千万别碰！这个叫借命钱，我见得多了，是一些人为了延长家中身患

重病的亲属的寿命，故意丢在路上的。医院附近这种事很多，谁要捡了这个钱，谁的命就会被借走几年，太晦气了！"阿慧吓得连忙换到了副驾驶位上。大周又说："那张纸上写的绝对是'花钱向你借几年阳寿'之类的话。"阿慧更紧张了，问大周怎么办。

大周说："把它献给佛祖，让他向佛祖借命去吧！"说完，他一脚油门把车开到了一座寺院门口。

寺院门口有个僧人在扫地，大周见僧人的扫把很破旧，便灵机一动，驱车来到旁边的小超市。他买了几个新的扫把和簸箕，故意将那纸筒捅进其中一个簸箕里，放进了车的后备厢。返回寺院门口，大周打开后备厢，对僧人说："师父，我见您的扫把破旧了，特地备了些新的送来，算是我的一点诚意，望您收下。"僧人双手合十表示感谢，等他抱起扫把和簸箕离开时，发现了纸筒。大周赶紧说："算我的香火钱。"僧人笑着打开纸筒，抽出钞票，将纸条扔进了垃圾筐。

大周松了一口气，他将后备厢猛地一关，谁知车的后窗玻璃突然碎了。这时，那张纸条被风吹了出来，恰巧落在了大周脚下，只见上面写着："很抱歉把您的车窗撞裂了，不知这一百元够不够赔偿？"

（发稿编辑：曹晴雯）

有家医院的病房里，住着老年、中年、青年三个病号。

一天，青年病号闲着无聊，用手机给老婆发了条短信，内容是："老婆，我永远爱你！"一会儿，老婆就回复他了。他看着短信，"扑哧"笑了。中年病号好奇地问："小伙子，啥事这么好笑？"

青年病号把手机短信拿给中年病号看，只见他老婆回的是："想我了吧？我也想你。好好养病，争取早日回家，我会做你最爱吃的油焖大虾，为你接风！"

青年病号突发奇想，建议中年病号也给自己老婆发条同样的短信，看看对方如何回复。中年病号觉得挺有意思，就照做了。很快，中年病号就收到了回复："看样子你的病好了，那就出院吧，免得多花住院费！"他一看也笑了。

青年病号又心血来潮，建议老年病号也给老伴发一条同样的短信。老年病号先是不肯，中年病号怂恿道："你发一条试试嘛，看看这人上了年纪后还浪不浪漫。"于是，老年病号接受了建议。

老年病号的短信发出后，一个小时过去了，仍未收到回复。青年病号和中年病号都感叹，果然人上了年纪就没有了浪漫。就在这时，病房门被猛地推开了，一个老太太和一男一女两个中年人慌慌张张走进来。他们是老年病号的老婆和子女。老年病号奇怪地问："你们怎么来了？"老太太忙说："以前你从不发那些肉麻话的，今天一看到你发的短信，我还以为你快不行了，不然怎么会说那些？我赶紧叫上儿子女儿，来医院看看你还有什么话要交代的……"

老年病号扭头看着另两位病友，尴尬地说："看看吧，这就是老年人的浪漫。"　（发稿编辑：曹晴雯）

爱情测试　□ 石玉民

戴头盔的原因

□ 沈顺富

小于是一名记者。最近，小城居民不戴头盔骑电动车引发车祸的新闻层出不穷。小于觉得，得做一个深度报道，提高小城居民的安全意识。小于深知，在揭短的同时，树立好的榜样同样重要。

正巧有朋友爆料，有个叫老张的人值得宣传：他无论白天还是半夜，路上车多车少，都能做到自觉

戴头盔，真是难得的好榜样。

就这样，小于托爆料人联系上了老张。爆料人还说，这个老张曾开过公司、当过老板。小于心想：当过老板的人果然素质高啊！

小于和老张碰面了，老张得知小于是记者，愣了片刻，说："采访我干吗？"

小于说："我想写个报道，听说您是小城里为数不多的、骑电动车时能严格遵守交通规则的人。"

老张说："这有啥？我刚骑电动车时，也从不戴头盔……"

"那么是什么原因让您做出改变的呀？是身边人出了事故，还是……"小于引导道。

老张摇摇头。小于皱了皱眉，继续问："那是为啥？"

老张叹口气，道："原先我开公司，开的是大奔。今年，我公司破产了，房子、车子变卖后勉强还了欠款，大奔也换成了电动车。起先我也不戴头盔……"老张苦笑，"可小城就那么点大，一上路，那些开'大奔''宝马'的朋友，看见我就摇下车窗跟我打招呼。你不知道我心里啥滋味！自从我主动戴上可以把整张脸都遮住的大头盔后，再也没人跟我打招呼了……"

小于半天说不出话来，他没想到，原因是这样的！

（发稿编辑：陶云榀）

张胖有辆二手"小电驴"，平时都骑着上下班。

刚买那阵子，张胖觉得小电驴好用得很，省力、方便，还不用担心堵车。开了一段时间后，问题就来了：毕竟是二手货，小电驴似乎动力不足，速度越来越慢，被自行车超车是常有的事。张胖还经常忘记戴头盔，被罚款也不是一次两次。

这天下雨，张胖骑着小电驴赶回家，哪知半路上车胎打滑，他一不小心摔了个狗啃泥。他龇牙咧嘴地爬起来，对着小电驴就是狠狠一脚，决定回头就把它贱卖掉！

张胖回到家后，在朋友圈挂出了低价转让小电驴的消息。他本以为会无人问津，没想到才几分钟，乡下的表哥就给他留言，说想买那小电驴，而且钱还能多出点。张胖觉得不好意思，正犹豫呢，表哥倒是爽快，第二天就开着辆小货车来了。一手交钱，一手交货，表哥兴冲冲地就把那破电驴车接走啦！

表哥走后，张胖心里一直过意不去，这不是坑到自家人头上了？小电驴马力一般，根本不适合走乡下的路啊！张胖想想不对，周末便开车回乡，想把钱退给表哥。

那天，表哥正在村里的粮食加工坊忙活，张胖在院子内外打量了一圈，没瞧见小电驴的影子。他难为情地问表哥："那小电驴，你也没咋开吧？要不我把钱退你，你让我带走。"

"别啊！"表哥乐呵呵地把张胖领到加工粮食的磨坊边，"瞧，电驴很好用，帮我省了不少事！"

张胖一看：电动车的车把和石磨的手推杆，被几根木条巧妙地固定住了，车子一发动，就乖乖地围着石磨做起了圆周运动。呵，还真是名副其实的"小电驴"！

（发稿编辑：丁娴瑶）

小电驴

□ 黄超鹏

镇里教书的桑先生，为人正直、风趣。他的书法也很有名，尤其是行草，潇洒飘逸，遒劲有力，不少文人雅士都对他的墨宝青睐有加。然而桑先生有个拧脾气，他不喜欢的人，不管出价多少，要讨他的字，都是没门！

这不，杜三就吃了闭门羹。

杜三是镇里有名的富户。他这人，年轻时读书少，心眼却多，缺德黑心的买卖没少干。如今年纪大了，开始附庸风雅，想出钱请桑先生写一副寿联挂在家里，好在自己七十寿诞上出出风头。桑先生自然看不上他，几次都回绝了。

这天，有位学生家长来找桑先生求助，说他家孩子玩球时不小心砸了杜三家的车窗，杜三一口咬定孩子是故意使坏才砸了他的豪车，竟开出天价，要求赔偿。家长百般求情，杜三不依不饶，最后只说："这娃一看就是老师没教好，让他的桑老师看着办呗！"桑先生一听，杜三这是逮着机会，逼他写寿联呢！他想了想，当场写了一副寿联，请那位家长送去给杜三。

杜三拿到桑先生免费写的寿联，乐得眉开眼笑，哪还会计较一块车窗玻璃呢？他当下就把赔偿的事给了了。寿诞那天，家里宾客盈门，桑先生的亲笔寿联让杜三赚足面子："而立不惑知天命，花甲古稀如意年！妙啊！杜老有福！"

有个年轻人却盯着寿联露出疑惑的表情，只听他嘴里喃喃道："桑先生写的草书是'如意年'吗？我看分明是'加总年'啊！"

宾客们一听，都盯着寿联琢磨起来。那个年轻人突然一拍大腿，恍然大悟道："而立是三十岁，不惑是四十岁，知天命是五十岁，花甲是六十，古稀是七十……这'加总年'的话，不就是二百五吗！"

（发稿编辑：丁娴瑶）

（本栏插图：顾子易 小黑孩）

讨寿联

□ 搜集整理 司健安

96

2023年

中国十大廉洁故事评选

每篇奖金 3000 元

兴廉洁之风，树浩然正气。为加强新时代廉洁文化建设，鼓励广大作者创作出老百姓喜爱的廉洁故事，上海金山山阳廉洁文化基地与《故事会》杂志社，联合推出2023年中国十大廉洁故事评选活动。

评选范围：2023年《故事会》有关栏目发表的"廉洁故事"，如新时代廉洁故事、中华传统文化中的廉洁故事、红色廉洁故事、家风家训廉洁故事等。

评选方法：专家评选及网络投票。

奖项设置：获奖作品奖金为每篇3000元，全年共10篇，并颁发获奖证书。

投稿方式：欢迎广大作者踊跃来稿。邮箱：gushihuilianjie@126.com。老作者可直接投给固定联系的编辑。篇幅控制在3000字以内。作品后请附：姓名、地址、手机号、身份证号、开户银行信息及账号。

其他说明：获奖作品著作权归作者所有，主办方享有使用权、发布权和改编权，凡参赛者视为接受本项约定。

中国十大幽默故事评选

最高奖金 每则 4600 元

为鼓励广大作者创作出老百姓喜爱的幽默故事，中国幽默故事基地上海金山山阳镇与《故事会》杂志社，联合推出 2023 年中国十大幽默故事评选活动。

评选范围：2023 年《故事会》"幽默世界"栏目发表的所有作品。

评选方法：1. 每季度评选出 6 篇季度奖作品；2. 荣获季度奖的作品再参加年度总决赛，经专家评选及网络投票，评选出 2023 年中国十大幽默故事。

奖项设置：季度奖奖金为每篇 1000 元，全年共 24 篇；年度奖奖金为每篇 3000 元，全年共 10 篇。年度奖获奖作品将颁发获奖证书。

征文信箱：gushihui999@126.com。请作者自留底稿，参赛稿一律不退。

SHANYANG TOWN 山陽 上海

《故事会》杂志社地址：上海市闵行区号景路159弄A座307-308室，邮编：201101

追寻不灭的灵魂

赵嫒佳 Zhao Aijia 故事会绿版编辑

语文课上，我们都学习过节选版的《海的女儿》。故事的结尾是这样写的："小美人鱼再一次深情地朝王子望了一眼，然后纵身跳到海里。她感到自己的身体正在一点点地化为泡沫。"这个悲伤的结局让我心有戚戚。直到前不久，我看了一个视频，才知道原来课本中的结尾并不是真正的结局，安徒生想要带给我们的，不仅仅是凄美的爱情故事。

原著中，小美人鱼确实非常向往陆地，在拯救了王子后，她找到人鱼祖母，问道："人类会永远活下去吗？他们会不会像我们住在海里的人们一样死去呢？"祖母笑着说："他们也会死的，而且他们的生命比我们的还要短促呢。我们可以活到三百岁，不过当我们的生命结束时，我们就变成了水上的泡沫；但是人类恰恰相反，他们有一个灵魂，它永远活着，即使身体化为尘土，它仍是活着的。"这时候，小美人鱼才真正产生了变成人的想法，她想要追寻不灭的灵魂。祖母告诉她："当一个人全心全意地爱你时，他的灵魂会分给你一半，你就能拥有一个真正的灵魂。"于是，小美人鱼喝下女巫的药水，将鱼尾变成双腿，去陆地上寻找王子，试图获得不灭的灵魂。但就像我们都知道的，王子娶了邻国的公主，小美人鱼的梦想破灭了。她没有选择将匕首刺入王子的心脏，重新变成人鱼，而是在第二天变成了海里的泡沫。然而，小美人鱼并没有感到灭亡。她看到光明的太阳，同时在她上面飞着无数透明的、美丽的生物。小美人鱼很惊讶，自己为何还存在，现在又是要去哪里呢？

一个声音告诉她："你是在往天空的女儿那里去呀。"原来要想拥有不灭的灵魂，并非只有获得人类的爱情这一个方法。天空的女儿也没有永恒的灵魂，不过她们可以通过善良的行为去创造。这不再是一个悲伤的结局。小美人鱼从海的女儿变成了天空的女儿，将在接下来的三百年里，不再依靠外力，而是用自己的力量去追寻那不灭的灵魂。

故事的最后，小美人鱼在冥冥中吻着新娘的前额，对着王子微笑。接着，她就骑上玫瑰色的云块，升入天空里去了。我想，这个真正的结局才能体现出安徒生的伟大之处，不是吗？

（插图：丁德武）

785

CONTENTS

2023

SEMIMONTHLY

10月下半月刊

扫二维码，可听全本故事。

开门八件事，扫码听故事。一本可读、可讲、可传、可听的全媒体杂志。

故事会

绿版·下半月刊

社 长、主 编 夏一鸣

副社长 张 凯

副主编 朱 虹 吕 佳

本期责任编辑 赵媛佳

电子邮箱 babyfuji@126.com

发稿编辑

朱 虹 王 琦 田 芳

美术编辑 郭瑾玮 王怡斐

红版编辑部电话 021-5320 4060

绿版编辑部电话 021-5320 4051

地址 上海市闵行区号景路159弄A座3楼

邮编 201101

主管、主办 上海文艺出版总社

出版单位 《故事会》编辑部

发行范围 公开

• 出版发行部 •

发行业务 021-5320 4165

发行经理 钮 颖

媒介合作 021-5320 4090

广告业务 021-5320 4161

新媒体广告 021-5320 4191

• 融媒体中心 •

《故事会》微博 @故事会

《故事会》微信 story63

故事中国网 www.storychina.cn

《故事会》网店

shop36332989.taobao.com

故事会公众号　　故事会小程序

国外发行 中国图书贸易总公司

印刷 上海四维数字图文有限公司

发行 中国邮政集团公司报刊发行局总发行

国内代号 4-225 定价 8.00元

多少钱解决

大刚和哥们儿聚会时喝醉了，酒醒后发现手机里有37个未接来电，全是女朋友打来的。

大刚想了想，果断拿出SIM卡扔掉，然后又去办了个新卡。他用新号给女朋友打过去说："我SIM卡损坏了，换了个新的。"女朋友一听，什么火都没了。

电话挂断后，哥们儿都目瞪口呆地盯着大刚，他淡淡地说："能用100块钱解决的事情，干吗要花更多的钱去哄她呢？"

（番 茄）

（本栏插图：包丰一）

回娘家

芳芳带着老公叫出租车回娘家，上车后，芳芳才发现司机竟是她的前男友。她对司机说："送我们回我娘家。"司机一声不吭，照做了。

到了目的地还没下车，芳芳的老公忽然反应过来，问芳芳："你也没跟司机说具体地址啊，他怎么认识路的？"

芳芳正支支吾吾时，芳芳爸下楼来接女儿女婿。他见状更是震惊，问芳芳："你怎么两个都带回来了？"

（贝 儿）

曲线和好

小刘去店里吃米粉，正吃着，老板和老板娘吵起来了。小刘端着碗看热闹，却见老板和老板娘越吵越凶，还动起手来了。

小刘吓了一跳，忙端着碗往店外躲。这时候，老板一把拽住小刘，冲老板娘说："媳妇，咱们别打了，这人想趁乱逃单，还要端走咱们家的碗！"

（离萧天）

逞 强

强子和朋友喝啤酒时，说要表演用牙齿开瓶，可他咬了半晌都咬不开。朋友看不下去了，说："你累不累？这里明明就有开瓶器！"

强子觉得丢了面子，逞强道："今天没刷牙，有点打滑，要不然哥早开一箱了！"　　　　　　　（小 丽）

宣 誓

神父："无论疾病还是健康，你是否愿意爱他？"

新娘："我愿意。"

神父："直到死亡将你们分开，你是否愿意爱他？"

新娘："我愿意。"

神父："你是否愿意在想吃薯条时自己另外点一份，而不是以尝一根为名，吃掉他一半的薯条？"

新娘："这宣誓词是谁写的？"

新郎："少废话，快说愿意！"

（鱼 板）

关心的事

妻子："你只关心足球赛，从不关心我。"

丈夫："怎么会呢？你想太多了。"

妻子："那好，我问你，咱们是什么时候结婚的？"

丈夫："意大利5比0大胜德国之后的第三天。"　　　（檬 男）

死对头

丽丽去相亲，发现男方是中学时的死对头。没聊几句，两人就当着媒人的面吵起来了。

丽丽冷笑道："你要是敢娶我，我肯定不会让你好过！"

男方也不示弱："你要是敢嫁给我，我要你好看！"

两人吵着吵着，谁也不服谁，最后丽丽嚷道："有本事现在就去领证！"男方回敬道："去就去，我还怕你不成？"说完，两人撇下媒人，各自回家拿了户口簿，跑去领证了。

（甜 甜）

老超车

老婆刚拿到驾照，兴奋不已，开车带老公上街。她正小心翼翼地开着车，忽然，老公指着前面一个男子说："老婆，你靠边停车。"

老婆疑惑道："这人你认识？"

老公摇摇头说："不认识，但我觉得他太嚣张了！"

老婆更疑惑了："人家又没有惹你，你凭啥说人家嚣张？"

老公愤愤道："他一个走路的，竟然超我们车！"

（离　离）

洗剪吹多少钱

小美来到理发店，问店员："这里洗剪吹要多少钱？"

店员回答："30块。"

小美又问："那洗剪呢？"

店员回答："25块。"

小美笑着说："那给你5块钱，你帮我吹一下。"　（谁与争锋）

探索新路线

小玉和男友在一个公司工作，两人每天一起走路去上班。一天，小玉和男友吵架了，男友独自一人去了公司，小玉却迟迟没来，最后迟到了半小时。

领导问小玉迟到的原因，小玉狠狠地瞪了一眼男友，接着支支吾吾地说："我、我想探索一下新的上班路线，没想到多走了半个小时……"

（漩　涡）

上课睡觉

上课时老有学生睡觉，于是老师想了一招，在讲台边支起一张床，对学生说："以后谁上课时要睡觉，就来这床上睡吧，免得趴着难受！"

小明一听，小声嘀咕道："谁敢去床上睡啊！知道的明白这是在上课，不知道的还以为在开追悼会呢……"　（椰子饼）

买肉包

这天，小宝带着两元钱去早餐店买肉包，店员阿姨告诉他："孩子，现在一个肉包要三元钱。"

小宝一愣，问："啊？什么时候涨价的？"

店员阿姨回答说："今天早上。"

小宝想了想说："那给我拿一个昨天的吧！"

（剑　平）

它不饿

老虎和狐狸一起走进一家餐厅。狐狸对服务员说："一碗牛肉面。"

服务员转向老虎："您呢？"

狐狸插嘴道："你别问它了！它肯定不饿，不然我哪有胆量跟它走在一起啊？"

（娜　娜）

漂亮吗

军营里来了个女人，要见上校，于是少尉去通报。

上校问少尉："她漂亮吗？"

少尉答道："很漂亮！"

女人离去后，上校对少尉说："你对女人的审美眼光真是特别。"

少尉尴尬道："长官，我以为那位是您的夫人……"

上校叹了一口气说："正是。"

（抹茶球）

不准舔

一位阔太太带着一条哈巴狗在水果摊上挑选水果，哈巴狗趁她不注意，用舌头一下一下地舔着苹果。

摊主很不高兴，对阔太太说："夫人，请注意您的哈巴狗。"

阔太太一看，严厉地对哈巴狗喝道："亚瑟，不准舔，这些苹果还没有洗过！"

（月月鸟）

本栏目欢迎来稿。请把有新鲜感、有精彩细节的笑话佳作尽快投寄给我们。来稿一经采用，即致稿费，最高稿费为一则100元。本期责任编辑电子信箱：babyfuji@126.com

查理父子

□ 冯骥才

自打洋人进了天津，长相像洋人的人也成人物了。

查家老二又胖又壮，鼓脑门儿赛球，肚大赛猪，臀肥赛熊，钩鼻子赛鹰，深眼窝赛猩猩。胳膊腿儿还有毛儿，更赛洋人。要在平常，这长相还不叫人嘲弄取乐？现在洋人有钱有势，他这长相也变得金贵、吃香了。有人说他是水西庄查家的后人，查家都是地道的文人墨客，哪来这种神头鬼脸？查家哥仨，唯独他这个长相，难道他是个野种？

可是人家查家老二不觉得自己这副长相别扭，相反看准自己这长相有用，反其道行之，索性装起洋人，留起鬓角，蓄足胡须，学说洋话，举手投足各种做派全学洋人；而且还穿上洋装，穿得分外讲究。比方裤裆要短，才好叫前边滚圆的肚子凸出来，后边的屁股翘上去。他说，国人的屁股垂着，洋人的屁股翘着，所以洋人看起来精神。

他在洋行管海运，外出办事时常常叫人误当作洋人。这种误会给他的感觉极好。洋行里的同事便打趣给他取一个洋名，叫查理。查字与他的姓氏同字。他喜欢这名字胜过本名。以后熟人就叫他查理，真名便没人知道了。

查理刚五十，腿脚爽利，却喜欢执一根洋手杖。多半时间，不是挂着，而是拿着。他爱喝咖啡，但他儿子说他在家从不喝咖啡，喝大碗的花茶，喝咖啡睡不着觉。他出门不坐火车，爱坐飞机。那时洋人出远门儿多坐飞机。他常把"我明天飞上海"，或者"我刚飞回来"挂在嘴边。他给儿子取的名字叫查高飞，小名飞飞。

他坐飞机遇过一险，听了叫人头发倒立。

那次他在上海出差办事，办完事后便买张机票，想快快回家，和儿子飞飞亲热亲热。到了机场后觉得事情还留着个尾巴，应该办圆满了再回去。他掏出票来想退，又有点犹豫。这时跑过来一个中年男人，脸消瘦，气色暗，谢了顶，急急渴渴对他说："您要退票吧，给我吧。这班机没票了，我急着回去！"

当时查理心里还有点儿犹豫不决。这谢顶男子拉着他的胳膊说："我娘病了，快不行了，一连三个电报催我马上回去，怕晚了就见不到了。您得帮我！求您了！"他说的是天津话，乡音近人，叫查理动了心。

查理便把票让给了他。这人掏出一把钱塞给查理，也不算钱，千恩万谢急匆匆走了，中间还停下来回头对他喊道："我住东门里大街三十七号，姓华，您在中国有事找我！"

查理觉得自己帮了人家，人家还把自己当成洋人，自我感觉挺好。随后他又想这人真是急糊涂了，自己若是洋人，怎么会听懂他的中国话？

他回到旅店重新住下，转天就听说他昨天回天津要坐的那架飞机出了事，满满一飞机的人全丧了性命！

他的命实实在在是捡来的。

等到他人回天津，全家人，还有整个洋行上上下下的人都为他庆幸，夸他命大，大难不死，才是大福。那天若不是那个谢顶的男人买走他的机票，说不定他就上了飞机，一命黄泉。

为什么就在他上机前的最后一刻——心里还在为是否退票而犹豫不决时，这个人突然出现了？这不是替他一死吗？洋行里的同事们围着他议论纷纷时，他忽然说："这人姓华，他告诉我他家的地址，我记得！我得到他家去看看。"

同事们说："你可不能去，人家不知道原先是你的票。要知道，还不吃了你。"

查理说："这可不怪我，是他死活非买我的票。是他该死，我该活！"说到这儿他有点得意。

事后，行里一位年纪大些的同事对他说："这该死该活的话你以后就别说了。你和这人的命里有结。你不能咒他，小心'父债子还'，一命偿一命。"

这话叫他听了后背发凉，心里发瘆。

另一位同事在旁边看他的神气不对，说："别信什么冤结报应，这都是中国人自己吓唬自己，洋人从来就没这套，你不是查理吗？"这话引起大家笑了，他也笑了。

一件事不管多强烈，日子久了，便被重重叠叠的生活埋起来，渐渐也就忘了。

十多年后，飞飞都已成人。但飞飞一直还没结婚成家，他迷上一位影星。这位影星分外妖娆，连娇里娇气说话的声音都挠他心。可是这影星大他七岁，也从来不认识他。他对她是单相思，完全不沾边，他却非她不娶。

一天，飞飞听说她在杭州举行新片的开拍仪式，执意去见她一面，谁也拦不住他。他瞒着查理跑到老龙头车站，当天没有去杭州的车次，

掉头又到机场。去上海的飞机两班，上一班飞机票卖完，只有下一班的飞机，可是下一班飞机到上海已是半夜，从上海到杭州还有一段路程，时间不赶趟。他费了老大劲，找到一位上一班飞机的乘客，死磨硬泡要跟这人换票。他心里好像有一股劲，好像中了魔，非要上这架飞机不可。最后他又加上两倍的钱，才把这班飞机的机票弄到手。

他上了飞机。谁会知道飞机会出事，谁会知道他居然会和当年那个谢了顶、替爹去死的男人一样。可他是替谁去死？

事情过去许久，家里人也没把这件事的实情告诉查理，只说飞飞为了追求一个女人出了国。他们以为成功地瞒住了查理，但哪里知道，查理早就知道这件事并查明了真相。查理不捅破此事，是因为他领略到命运里因果这东西的神秘和厉害。

（推荐者：偶　然）

（发稿编辑：朱　虹）

（题图：孙小片）

绿版编辑部电子邮箱：

朱　虹：zhong98305@sina.com
王　琦：wangqi_8656@126.com
赵媛佳：babyfuji@126.com
田　芳：greygrass527@126.com

传说，死者的亡魂都会很留恋生前的家，只有让亡魂看到他的位置已经被生人所占，他才会毫无留恋地去投胎转世。而让过路的生人在死者生前睡的地方睡一个晚上，这就叫压炕。

压炕

□ 查老三

从前，在长白山脚下的庞家村，有个年轻后生叫庞赢，自幼父母双亡，是奶奶庞李氏含辛茹苦养大了他。

这年春上，庞李氏生了重病，看了好多郎中都没治好。后来有位郎中给庞赢出了个主意，让他用成亲的方法给奶奶冲喜，或者去挖棵老山参给奶奶吃，或许能有一线希望。为了给奶奶治病，家里的银钱早花光了，谁家会把姑娘嫁给他？庞赢决定去深山老林里放山挖参。

放山是个苦差事，爬山涉水不说，还要忍受蚊虫的叮咬。庞赢饿

了啃口干粮，渴了喝口山泉水，在山里转了几天，别说老山参，连棵幼参都没看到。这天傍晚，天快黑透了，庞赢才决定打个火堆过夜。找干柴时，他无意间看到不远处有亮光，走过去一看，竟然是户人家，敞开的院门旁，立着一根木杆，上面挂着一串岁头纸。

只有家里死了人，才会在院门口挂岁头纸。岁头纸是用烧纸一张张拴起来的，一张烧纸代表死者一岁年龄，庞赢看着长长的一大串烧纸，知道这家死的是位老人。

山里的人家，家里有人去世，

最盼望的就是能有生人来压炕。帮忙压炕的人，不光会受到款待，遇上家境殷实的人家，还会得些赏钱。

庞赢心想：今天真是幸运，不光不用露宿山林了，还能混一顿热乎饭菜吃；若是再得些赏钱，回家后还可以给奶奶抓几服药。想到这，庞赢扔下手里的干柴，进了院子。当他伸手去拉屋门时，屋门却先开了。

开门的是个年轻姑娘，脸上还带着泪痕。看到庞赢后，姑娘赶紧把他迎请进屋，说："刚才俺还在和奶奶说，今夜会不会有贵人前来，听到院子里有脚步声，开门一看，真就有贵人来了！"说到这，姑娘转头冲屋里喊道："奶奶，有贵人来了！"

说话间，庞赢进了屋，他没有看到遗体和棺材，可又不知该怎么询问。这时，从里屋走出一位鹤发童颜的妇人，正是年轻姑娘口中的奶奶。

妇人说："慧草她爷是被强人掠走遇害的，已经好几天了。因为没有生人帮忙压炕，大门口一旁的岁头纸才一直挂着。今晚贵人终于登门，不知可愿意帮忙压炕？"庞赢说："压炕本是助人之事，岂有

不愿之理？"

听庞赢这样一说，妇人的面容顿时舒展开来，转头对姑娘说："慧草，快把饭菜端上来招待贵人。"慧草答应一声，端出热在锅里的饭菜。

等庞赢吃罢饭，妇人边往炕头铺被褥，边对庞赢说："这位置便是慧草她爷生前睡的地方，你今夜就睡这儿压炕吧！"

庞赢见屋里只有这一铺炕，便问妇人，自己睡炕头压炕，她和慧草睡哪儿。妇人听后，起身出去了，不一会儿拎回一根拇指粗的树枝，往炕中央一放，说："这根树条就是一条大河，你睡河这边，我和慧草睡河那边。"

庞赢便和衣躺下，因为一连数日风餐露宿，他又累又乏，不一会儿便进入了梦乡。

一觉醒来，已是第二天早上，庞赢发现自己竟然睡在一个土坑里。起身时，他一眼就看到旁边的一棵大树干上有个大大的长方形标记。山里人都认得，这叫兆头，是放山人用刀在大树上砍的标记，用来告诉后来的放山人，这儿挖出过大山参。

从这个大坑里挖出的山参得有多大呀！庞赢心想：自己若是能挖

到这么一棵大山参就好了，肯定能治好奶奶的病。

庞赢想起了昨晚的事情，感觉很真实，却又像一场梦，他打了个激灵：难道遇到了山参精？这深山老林里，怎么可能有人家？记得那祖孙俩是用一根树枝和他隔开睡的，他往土坑里一瞅，就见那根树枝躺在坑边上。庞赢决定试试运气，从包袱里拿出挖参的家什，向树枝另一边挖去。

那里堆积着别人挖参时挖出的一大堆土，庞赢清理了好一会儿，才算把这些土清理到一旁，接着开始往下挖，结果真的挖出了一大一小两棵山参。

庞赢正想找青苔把参包起来，两棵参突然间竟然变成了两个人，庞赢定睛一看，这不是昨晚上遇到的妇人祖孙俩吗？

妇人对庞赢说："谢谢贵人昨晚帮忙压炕，更谢谢你把我们祖孙俩的真身从深埋的土下面挖出来。"

此时庞赢已经明白了一切，便问妇人："我没猜错的话，被人挖走的山

参是慧草爷爷吧？我很好奇，您和慧草咋没被人发现挖走呢？"

妇人告诉庞赢，他们已经修炼到不用每年都出土吸收阳光雨露了。为了尽可能不被人发现，他们几年才出土一次，而每次出土时，一家人也只出来一个，所以挖参人只看到了今年出土的慧草爷爷，并不知道旁边还有两棵参，还把挖出的土都堆在了她们头上。

这么深的土，她们的真身是无法钻出来的，时间一长，就会被憋死在地下，到那时，就连可以变成人的魂魄，也将一同死去！

妇人讲到这里，缓了口气又接着对庞赢说："你挖出我们后，没用红线捆起来，我们是完全可以跑掉的。我们之所以没跑，就是为了

报答你的救命之恩，你有什么需求，就尽管说吧！"

听妇人这样一说，庞赢便把进山的目的讲了。妇人沉吟了片刻，问庞赢："那你是想拿我的真身给你奶奶治病，还是想和慧草成亲，给老人家冲喜呢？"

庞赢说："您已修炼到可以变幻成人了，拿您给奶奶治病，和杀人没什么两样；娶慧草更是趁火打劫。我都不会选的。你们还是走吧，我再想别的办法给奶奶治病！"

妇人听后，对庞赢又增添了几分好感，不由得夸赞道："真是个善良的好孩子！婚姻大事确实不能太草率了。我有一个办法，你可以和慧草假装成亲，给你奶奶冲喜！相信老人家病好后绝不会怪你！"

这真是一个好主意，既给奶奶冲喜治了病，也没让慧草吃亏。于是庞赢高高兴兴地领着慧草回了家。

庞李氏看到天仙般的慧草后，精神果然好了许多。庞赢找来邻居帮忙，将茅草屋收拾一新，当即和慧草拜了天地。可没过几天，庞李氏的病情却突然加重了，很快就剩一口气了。慧草赶紧把妇人找来，帮忙料理庞李氏的后事。

妇人匆忙赶来时，庞李氏刚刚咽下那最后一口气。妇人悔恨不已地说："亲家婆，都怪我没有舍命救你，让你的好孙子没了奶奶，我对不起他救我们一场呀！"谁知妇人的话音刚落，庞李氏竟然又有了气息。

这天夜里，庞赢和慧草刚躺下，妇人打着火折子，推门走了进来。来到炕前，她伸手拿起炕中央隔开庞赢和慧草的一根树枝，顺过来搭在了二人的身上，然后说："这根树条横在炕中间，就是一条不可逾越的大河；可若顺过来搭在你们身上，便是一条鹊桥……你们懂奶奶的意思吗？"庞赢和慧草羞涩地点了点头。

妇人拉着慧草的手放到庞赢手里，对他说："你是我见到的最仁义、最孝顺的孩子，慧草能跟你在一起，是她的福气。我也想留下来陪你们，不过得用另外一种方式——让你奶奶把我吃下去，这样我与她合二为一，我们一家人就可以在一起了！"说完，妇人便一下子变成了一棵老山参。

慧草和庞赢两人捧着老山参，不停地喊着"奶奶"，泣不成声……

（发稿编辑：田　芳）

（题图、插图：孙小片）

当你在派对上看到一个美女

◆ 你走到她面前说："我很有钱，嫁给我吧！"这就是直销。

◆ 你的朋友走到她面前，指着你说："他很有钱，嫁给他吧。"这就是广告。

◆ 你走到她面前，拿到她的电话号码，第二天你打电话说："嗨，我很有钱，嫁给我吧。"这就是电话营销。

◆ 你起身系好领带，走到她面前请她喝一杯；你为她开门，送她一程，然后说："对了，我很有钱，你愿意嫁给我吗？"这就是公共关系。

◆ 她走到你面前说："你很有钱。"这就是品牌识别。

◆ 你走到她面前说："我很有钱，嫁给我吧。"她在你脸上狠狠地扇了一巴掌。这就是客户反馈。

（推荐者：小辣椒）

遇上尴尬事，笑就对了

◆ 昨天挤公交的时候，我从后面往前传公交卡，半路上被人用欠费的卡换了我的新卡。

◆ 沙县老板说我的车停在那里会被划的，我看看自己那辆破车，心想白天肯定没事的。后来我吃了一个罚单。

◆ 以后再不跟狗胜李打牌了！昨天晚上他媳妇打电话叫他回去，他输了就是不走，他媳妇居然跑派出所把我们举报了。现在我们每人被罚了三千，拘留五天。

◆ 同事来我家打麻将，我特意炖了牛肉，心想着打完麻将，肉也炖好了，有吃有玩，其乐融融。但现实是，他们不但吃光了我的牛肉，还赢光了我的钱。

（推荐者：番茄意面）

超"实用"的生活小知识

◆ 茶喝多了也有副作用，大量研究表明，茶喝多了，尿就特多。

◆ 意念移物很容易做到的：当你移动身体时，你事实上就是在意念移物。

◆ 咸了加水，淡了加盐，反复几次后就可把西红柿炒蛋做成西红柿鸡蛋汤。

◆ 炖鱼的时候，放一些醋在里面，这样炖出来的鱼，就会有诱人的酸味儿。

◆ 口香糖粘在衣服上很难清除，这时只需把衣服扔进冰箱的冷藏室里——你妈妈就会帮你搞定。

◆ 做米饭夹生了，趁热把米饭装到一个密闭的塑料袋里，将袋口封严，然后扔到垃圾桶里，叫个外卖。

◆ 各种花的花语：玫瑰花代表爱情，康乃馨代表亲情，蔷薇花代表思念，百合花代表纯洁，没钱花代表贫穷！

◆ 过期的牛奶不能喝，可是倒掉又觉得可惜，这时候可以用过期牛奶把抹布浸湿，然后糊在讨厌的人脸上。

（推荐者：了　了）

想不到的转折

◆ 你说你喜欢海，那为什么嫌弃我的地中海？

◆ 刚刚一个很漂亮的女生在我面前，我们对视了很久，谁都没有打破这份平静，直到手累了，我才慢慢地放下镜子。

◆ 情人节早上，我想给老婆发个52块的红包，不小心点成了520。还好我用的手机比较智能，输入密码后，它提醒我可用余额不足。

◆ 每逢周末，我都要把家里的衣服洗一遍。当然，女友的也得我洗，可她一点也不配合。今天我怒了，对她吼道："以后你自觉点儿，周末看见我就把衣服脱了！"

◆ 最近每天醒来都有点怪怪的，总觉得家里的东西被人动过，我怀疑是有人偷偷潜入，便在家里装上监控。第二天一早回看监控，我被吓出一身冷汗，没想到我睡觉的时候，居然这么帅！

（推荐者：娜　娜）（本栏插图：孙小片）

遇上倒霉事，在开口抱怨之前，也许你需要先自省一番……

睡在我上铺的姐妹

□顾敬堂

退休后，何春兰闲了下来，她离异独居，这一闲下来就容易东想西想，怀念过去。她时常想起大学同寝室的三姐。那时三姐睡在她上铺，一屋六人，三姐对她最好。想着想着，何春兰就起了邀请三姐来家里小住几天的念头。

于是，何春兰在微信上联系三姐，发出了诚挚的邀请。三姐十分感动，却显得有些为难，说自己年轻时腿部骨折，现在演变成了骨质增生，走路不是很方便。何春兰立马提议道："你坐飞机来，落地后我开车到机场接你，全程走不了几步路。"

盛情难却，三姐犹豫了一会儿答应了。

眼看约定的日子一天天近了，何春兰天天跑市场和商场疯狂购物，准备了丰盛的食物，并且随时汇报给三姐。三姐感动之余，告诉春兰自己就喜欢吃点粗茶淡饭，别搞得太复杂。何春兰一听，说："这好办，我马上去农村买点土猪肉、笨鸡蛋、黏玉米。"三姐阻拦不住，也只好由她去了。

何春兰是个急性子，顾不上外面下雨，驱车直奔农村。经过一个岔路的时候，冷不丁蹿出一条狗来，何春兰车速过快，她慌慌张张地猛打方向盘，结果车子一头撞到了路边的树上。

惊魂未定的何春兰解开安全带下车，只见车前脸被撞得稀碎，盖板都翻起来了，滴滴答答地往外流着机油。何春兰心疼死了，这台车刚买一年多，平时她宝贝得要命，如今恐怕要大修了。她平复一下心情，拨通了保险公司的电话，对方却告知："您的商业险昨天刚过期，我们业务员早就和您联系过，可您一直没续费。"

何春兰猛拍大腿，这下真是欲哭无泪了。原本她想自己晚交几天没关系，谁承想就出事了呢？无奈之下，她只好联系交警，把车拖到了修理厂，给车子定损，维修费要一万二！

遇到这么倒霉的事，何春兰越想越窝火，一晚上没睡好。第二天，她花了六百多块钱雇了辆出租车，去机场迎接三姐。

老姐妹多年未见，原本应该异常亲热，可三姐敏感地觉察出何春兰的拥抱有点勉强。坐上出租车后，三姐几句话就套出了事情的前因后果，她自责地说："这事儿都怪我，如果我不说喜欢吃什么粗茶淡饭，你就不会冒雨往农村跑，车子也不会撞到。"

何春兰勉强挤出笑容道："也不能全怪你，都是倒霉催的。"

"不全怪"，那还是怪咯！三姐面上不动声色，继续安慰道："万幸人没事，否则三姐可内疚死了……对了，我在公司做了半辈子行政工作，总和保险公司打交道。你保险刚过期一天，未必没有通融的可能。等到了你那儿，我去找他们沟通一下。"何春兰眼睛一亮，心里有了盼头。

到了家里，三姐不顾何春兰百般劝阻，执意要先去保险公司。在保险公司门口，三姐让何春兰在外面等着，自己拿着保单进去谈判。

不到二十分钟，业务员就给何春兰打来了电话，告诉她特事特办，下不为例，公司赔付她维修费，并且额外赔付一万元的车损费。随后，何春兰就收到了微信转账，总共两万二！

何春兰真是喜出望外，对着刚走出门的三姐扑了上去，连声说道："三姐这能力杠杠的，走到哪儿都好使！"

三姐吓得赶忙推她："轻点，我这腿可扛不住！"

三姐拒绝了何春兰邀请她去爬长白山的提议，和她热聊了两天两夜。何春兰对三姐当年在宿舍的好人缘羡慕不已，同时也抱怨了自己处处不顺的人生和糟糕的婚姻。三姐和风细雨地劝说着她，让何春兰心里非常熨帖。第三天，在两人的依依不舍中，三姐步履蹒跚地登上了返程的飞机。

又过了几天，何春兰去修车厂取车。看到完好如新的座驾，何春兰心情大好，忍不住和维修工炫耀起自己老同学的能力来。维修工却如同听到了天方夜谭："这根本不可能，保险公司又不是慈善机构，怎么会和你讨价还价呢？再说，就算保险公司赔付了，维修费也不会打给个人，都是直接和维修厂结算的呀！"何春兰呆住了，瞬间找到了答案——肯定是三姐怕自己上火，通过保险业务员的手，把钱交到了自己手上。

何春兰懊恼起来，说到底也就两万多块钱的事儿，自己却没忍住挂在脸上，甚至还迁怒于人……她立刻抄起电话，给三姐发去了视频邀请，这钱不能让三姐掏！

铃声响了半天才被接起来，一个小女孩出现在屏幕中，奶声奶气地向何春兰问好，告诉她奶奶正在楼上做理疗。

这时候，旁边又出现了一个小男孩，淘气地将小女孩的发卡摘下来，扔到地上。小女孩做了个抱歉的表情，跑过去捡起发卡，教训起弟弟来："不要乱扔东西！你忘了奶奶说过的故事了吗？有个女孩读大学的时候，因为下铺的女生把发卡放在梯子上，女孩半夜下来时被扎到了脚，慌乱中摔了下去，造成了一生的残疾呢……"

之后的话，何春兰已经听不进去了，一道霹雳炸开了她的脑袋，她想起了几十年前的一件事——

那夜何春兰在寝室里睡得正香，忽然听到一声巨响，随后传来了惨叫声。姐妹们开灯后发现三姐躺在地上，抱着腿痛苦地扭动着。

大家赶紧联系老师，把三姐送进了医院，经诊断，她左腿骨折，休养了三个多月才回到课堂。事后有人问起，三姐都说是自己踩空了掉下来的。此时此刻，何春兰才想起来，当年自己从医院回到宿舍，发现发卡莫名其妙地掉到了床下……

飞机上，何春兰的眼泪一直扑簌簌地流着。她默默地在心里说着："三姐，我来向你赔罪了。而且，我想我也找到命运不济的原因了……"

（发稿编辑：赵嫒佳）
（题图：陆小弟）

破 绽

□孙国彦

老周是个苦命人，妻子五六年前就去世。为了儿子，他硬是没再娶，又当爹又当妈。幸好儿子争气，去年考进了市公安局，吃上了公家饭，老周这才放心地出来打工，想为儿子挣些婚房钱。

老周在工地干活。这天，他爬脚手架时一不小心跌下来，伤了脚踝。脚手架不高，但他伤得挺重，疼得脚都不敢沾地。他舍不得住院治疗，让医生简单处理一下，打上石膏，开了点药，就又回到工地，躺在工棚里慢慢养伤。

第二天吃过早饭，儿子周洋忽然发来微信问他："爸，你昨天没上班吗？"

老周很奇怪，父子远隔城市两端，儿子怎么知道他没上班？他想了想，反问儿子："你咋知道我没上班呢？"

儿子回："你的微信运动平时都是几千上万步，可昨天只有几十步……爸，你没什么事吧？"

老周的脑子立刻飞速旋转起来：该找一个什么样的解释隐瞒儿子呢……最后，他回复道："昨天手机落在工棚了。我吃过晚饭才发现兜里没了手机，原来在床下墙根儿躺着呢，也不知道什么时候掉进去的。"

儿子似乎放心了，说："没事就好。你凡事小心些，照顾好自己。我先去忙了。"

老周长长地舒了口气。他庆幸儿子没要求开视频，那样一来就暴露了，他可不愿因为这点小事影响儿子的工作。

应付完儿子，老周立马喊住一位工友，麻烦人家把他的手机带在身上。工友奇怪地问他这是干啥，他就把刚才的事讲了一遍，说怕儿子看出破绽来。工友听了，朝老周直竖大拇指。

这个办法挺奏效，一连好几天，儿子都没再问他上班的事。

过了约莫一个星期，这天晚上，儿子又来微信了："爸，您这一段还好吧？忙了这么多天，也没顾上和您联系。"

老周回复儿子说一切都好。但他仔细看着儿子发的那段文字，内心忽然感到一丝隐隐的不安。

儿子又劝他别再一个人在外面吃苦了，自己已有能力养家。老周回复说："你快到谈婚论嫁的年龄了，我不多挣点，拿啥给你买房？拿啥当聘礼？"

过了一会儿，儿子回道："爸您放心，我能给您找个不要房子和彩礼的儿媳妇。"

老周匆匆回了句"傻孩子"，又呆呆地看儿子发的文字。他想了又想，忍不住点开视频通话按钮。不想儿子却挂了，回复文字说："不方便啊，正陪我们领导吃饭呢。"

老周半信半疑，放下手机，望着棚顶发起呆来。儿子和他微信聊天，只要是发文字，从来都是以"你"相称，怎么现在突然变得这么客气，换成了"您"？难道和自己说话的不是儿子？他实在不放心，鼓足勇气发了一句："请问你到底是谁？"

对方显然迟疑了，很久才回复道："爸，您怎么这样说？我当然是您儿子啊！"

老周说："那就打开视频让我看看，不然我马上报警。"回复完，他再次点开了视频通话按钮。终于，视频接通了，屏幕里竟真是儿子，只不过他的两眼蒙着纱布。

"小洋，你这是怎么了？"老周大吃一惊，猛地坐直身子，急切地问道。由于用力过猛，他疼得一咧嘴，又赶紧去抚那条伤腿。

儿子赶紧安抚他："爸，你别担心，我只是不小心被电焊的强光晃了眼。医生说休息两天就好了，我们领导不放心，才逼我来医院的。眼睛上的事，如果真的很严重，我还敢瞒你吗？"

老周这才稍微放点心，又问儿子："那刚才是谁在打字？"

儿子吞吞吐吐地说："是我的一个同事，这不是怕你担心嘛……

你从哪儿看出来不是我的？"老周把自己的发现讲了一遍，儿子由衷地竖起了大拇指："行啊爸，这么细心，以后我可得多跟你学学。"

第二天，老周正安静地躺在床上，工友突然举着他的手机匆匆忙忙地跑了回来，喘着粗气说："老周，有人打电话说要来接你。"

老周心里纳闷，正想问是谁，这时候，一辆警车在外面停了下来。从车上下来两个年轻人，进了工棚，客客气气地问老周："请问您是周

叔叔吧？我们是周洋的同事，来接您回家。"

老周心里"咯噔"一下，忍不住一连串地问："为啥要回家？是小洋央你们来的？小洋他怎么了？"其中一个年轻人说："叔叔别急，是我们局长，不，是我们书记……咳，一两句话也说不清楚。这样吧，您要是不放心，先打电话和周洋确认一下。"

老周连忙照做。电话那头，儿子有些无奈地说："爸你先别问那么多了，跟他们回来吧。"

听儿子的语气不像是有事的样子，老周这才平静下来，在两人的搀扶下上了车。他满脑子都是问号，却打听不出什么，就问儿子眼伤的事。年轻人说，周洋在一次出警时被歹徒戳伤了眼睛，幸好没什么大碍，眼角处缝了两针。老周稍稍松了口气，心里又是生气又是心疼。

来到儿子所在的医院，老周坐上轮椅，被推到了儿子的病房，正赶上儿子刚拆完眼上的纱布。同在病房的，还有一个漂亮的女孩。

女孩看到老周，大大方方地打了个招呼便离开了，给父子俩留下说话的空间。老周忙不迭地招手让儿子上前，心疼地看着儿子的眼伤。

"放心，爸，已经没事了。"儿

子轻飘飘地说着，蹲下身来，轻轻地摸着老周的腿。老周轻松地抬抬腿，轻描淡写地说："没事，我已经能踮着脚走路了。"他话锋一转："臭小子，快给我讲讲，这到底是怎么回事！"

儿子笑着撇撇嘴，说："还说我呢，你这腿又是怎么回事？"

老周把事情的原委讲了一遍，又问："你呢，眼睛是怎么伤的？那姑娘又是谁？"

儿子淡淡地笑着，给老周一五一十地讲了起来。

那天，他问完父亲微信运动的事，局里就接到报警，说有一名歹徒劫持了路边一个女孩子当人质。到了现场，周洋悄无声息地从歹徒身后接近，劈手夺了他的凶器，救下了女孩。

在同事们的帮助下，周洋制伏了歹徒，却不慎被戳伤了眼睛。巧的是，被救的女孩竟是政法委副书记的女儿，名叫小美。小美对舍命相救的周洋一见倾心，坚决要求亲自护理周洋。周洋被缠得没办法，只得听之任之。

在小美的精心照料下，周洋的眼伤恢复得挺快。那天，周洋想到有段时间没和父亲联系了，担心父亲起疑心，就麻烦小美以他的口吻

和父亲对话。小美欣然领命，没想到，还是让老周看出了破绽；更没想到的是，细心的小美在老周摸腿时看到了他腿上的石膏。她悄悄把事情告诉了父亲，求父亲让人把老周接过来。等这一切都安排好，她才告诉了周洋。

老周听完儿子的讲述，一下子乐开了花："这么说，人家姑娘是对你有意思了。"

周洋嗔怪地说："爸，你想什么呢？人家老子可是政法委副书记，是我领导的领导，我们俩不可能的。我现在发愁的是，该怎么让她打消这个念头。"

老周心里一凉，仍然不死心，试探着劝道："老子是老子，孩子是孩子，两码事。人家孩子是真心对你好……"

老周话没说完，儿子手机响了，是个女声，手机虽然没开免提，但老周还是听了个真真切切——"周洋，医生和病房我都已经联系好了，等下就和护士去接叔叔，你们准备一下。"

周洋无奈地叹了一声，老周看着儿子那张苦瓜似的脸，"扑哧"一声发自内心地笑了……

（发稿编辑：赵婵佳）

（题图、插图：佐　夫）

这世上，真有那么多一举两得的好事吗？

一举两得

□吴嫡

惹是生非

明朝中期，京城有个大官，名叫常升。他有个儿子叫常环，这常环不学无术，但仗着老爹的势力，成天惹事，十分嚣张。

有一日，常环在街上见到一个人贩子，所带的姑娘生得十分俊秀，正在寻找买主。常环顿时来了兴趣，跟人贩子讨价还价起来。不料还没谈妥呢，一个公子模样的人忽然带着两个仆从冲过来，揪住人贩子就打。

原来这人贩子惯用漂亮姑娘钓鱼，收了人家定金后，偷偷逃跑，换个地方再卖。这公子是城外富户张员外之子，看上了姑娘，要买来

成亲的。被人贩子卷走了定金后，张公子一路托人打听消息，总算在京城里抓住了人贩子。

人贩子固然是被打得半死，但姑娘该归谁却难办了。按道理，是张公子先付的定金，而且有买卖契约在，常环这边刚谈上，还没谈成呢，自然是张公子有理。但常环是什么人，他看上的姑娘怎会相让？再说这张公子家虽是富户，但到底不是官宦人家，常环更是看不起他，于是强令他收回银子，把姑娘让给自己。

双方争执起来，常环恼羞成怒，带人动起手来。张公子这边人少，被常环暴打一通，满身伤痕地回到

家里，竟一命呜呼了。

张家自然不依，一纸诉状告到了顺天府。顺天府尹十分头疼，因为常升的官比他大许多，也很得皇上宠信，他若是依律判罚，只怕自己也要倒霉。但那张家虽不是官宦人家，却也有家族子弟走南闯北，人脉不少，并不是随便捏的软柿子。若是自己一意偏袒常环，张家肯定也要把事儿闹大的。

当天深夜，府尹悄悄去常升府里拜访。其实常升此时也很恼火，儿子成天惹事，每次都是他想办法摆平，朝中已经有很多大臣弹劾过他了。皇上就是再宠信他，照这样下去，他也早晚有完蛋的一天。

这会儿，常升正让常环跪在地上，接受训斥。见顺天府尹来访，常升赶紧说道："大人深夜到访，一定是有好主意告诉我啊。"

府尹看着跪在地上的常环，叹了口气说："大人啊，这次令公子的祸闯大了呀！这可是人命啊，我也不敢把这事儿压下去啊！何况那张家虽非官宦，家中子弟走南闯北，在外当差谋事，并非寻常百姓家。若是处理不好，只怕事情闹大，大人也很难应对啊。"

常升连连点头："府尹大人，有话就请直说吧。"

府尹这才小声道："下官倒有个一举两得之计，不知大人是否同意。"

府尹告诉常升，这类案子，按律是要斩首的，但自己可以稍微变动一下，定性为两伙人为抢姑娘互相动手，以致一方受伤致死，这样就可以从轻一等，改成流放了。

常升皱着眉，对儿子流放有点不太甘心。

府尹劝道："令公子性情暴躁，在京城已经惹了很多事儿，很多想要弹劾大人的大臣都盯着呢。这次把公子流放出去，一来让张家无话

可说，二来让公子暂时远离京城，对大人和公子都有利，正是一举两得啊！"

流放当官

常升想了想，觉得有理："那流放到哪里去呢？"

府尹说道："依下官之见，最好是流放到山海关去，又是一举两得的好事。"

常升不解："这怎么一举两得呢？"

府尹笑道："山海关离京城最近，可以避免公子水土不服；另外山海关总兵陈聪是大人提拔起来的，他一定会照应公子的。这岂不是一举两得吗？"

常升大喜，表示此事办成，自己一定不会忘了府尹的照顾。两人哈哈大笑，都觉得自己今天也算一举两得，不但解决了问题，还多了一个盟友和靠山。

过了几日，府尹果然按照约定，判双方抢人互殴致一方死亡，将常环流放到山海关。张家虽然对此结果不太满意，但也能勉强接受。

倒是常环，被流放到山海关后，受到了山海关总兵陈聪的特别照顾，非但不像个罪犯，反而过得比在京城还舒服。按律法，流放的

罪犯是要干活的，但常环哪能干得了呢？别说干活，就是让他被人管，他都受不了啊！

这时，陈聪的师爷给陈聪出了个主意："将军，属下有个一举两得的办法。朝廷在山海关开互市，与女真人、蒙古人交易，用我们的布料、锅碗等物，换他们的马匹牛羊。不如就让常公子当个互市交易官，这样也算安排了差事，他又只管别人，不用被人管，岂不是挺好？"

陈聪笑着点点头说："果然是个一举两得的好主意，听你的，就这么办吧。"

于是常环走马上任，在互市里当上了官。

交易官官职虽不大，但实权却不小，双方交易的物品质量是否合格，价格是否合理，都归他管。如果交易双方的汉人和游牧民族发生纠纷，也需要交易官来评理。

常环哪是好好当官干活的料啊？他很快就作威作福起来，每天正事不干，骂骂这个，打打那个，没事找事，占占便宜。

若是有交易双方发生纠纷，那他就更来劲了，威逼双方给他好处，谁给得多，谁就有理，弄得互市里不管是汉人还是游牧民族，都怨声

载道。

这一日，一个汉人带着妻子来做生意。常环恶习难改，看上了人家妻子，欲行不轨。

那汉人急怒之下，动手反抗，常环哪里能容，立马喝令手下动手抓住汉人，上前就是一通拳打脚踢，直把那汉人打得口吐鲜血、奄奄一息才罢休。

就在所有人都义愤填膺时，得到报告的陈聪赶到了，此时汉人已经被打死了，陈聪立刻命人将常环抓起来。常环以为只是演个戏，没想到真的被扔进了大牢。

陈聪皱着眉头和师爷商量："现在事儿已经闹大了，你说该怎么办呢？"

师爷微微一笑，说："将军，这仍然是个一举两得的主意。当初将军让常环当官，若是他改邪归正，好好当官，那将军就对常大人有了交代；若是他执迷不悟，再度犯法，两罪并罚，那么朝廷律法在此，不得不杀，常大人也说不了什么。"

陈聪惊讶地问："杀了常环，常大人必然记恨于我，对我有什么好处呢？"

谋略制胜

师爷笑道："一举两得就在此！

互市里这些官吏，各有后台，都不是好对付的。他们虽没有常环这么嚣张，但也欺行霸市多年，导致互市里的人成天嚷嚷着互市不公。这名声若是传到京城去，皇上定会以为将军管理山海关不善，对将军极为不利。

"如今，将军可以用常环来震慑互市。整个山海关谁不知道，将军对常环百般照顾，视若子侄；若是将军杀了常环，所有人都会说将军大公无私，那些官吏，谁还敢造次？

"至于常大人记恨之事，将军

啊，你可知这几年来，常大人嚣张跋扈，早已惹得群臣不满，皇上对他的信任也越来越少。若有朝一日，皇上降罪常大人，将军作为常大人提拔的人，能不受牵连吗？趁此机会，杀了常环，既赢得了民心，又和常大人撇清了关系，难道不是一举两得吗？"

陈聪被师爷说服了，当晚就写了奏章上奏皇上，第二天在互市里，当众斩杀了常环。果然，互市里的人一片欢腾，都高喊陈聪是青天大老爷。那些平时嚣张跋扈的互市官员，也个个吓得面如土色，再也不敢嚣张了。

常升得知陈聪上奏后，立刻派人到山海关营救儿子，可为时已晚。常升气得暴跳如雷，也上奏皇上，弹劾陈聪。

可惜这事儿他实在不占理，皇上也觉得常升过于偏袒儿子，无理取闹，于是狠狠地骂了常升一顿。

跟常升敌对的那些官员一见常升失宠，立刻发动了反击，弹劾奏章如同雪片一般飞到了皇上的案头。

皇上正在气头上，一看这些罪证，直接就将常升撤官，扔进了大牢。

常升倒了，顺天府尹也松了一口气。

就在这时，陈聪的师爷到访，府尹热情接待，再三表示感谢："若不是当初师爷献的妙计，哪能有这般一举两得的局面啊！我既收了张员外家不少好处，也没得罪常大人，真是一举两得啊！如今常大人倒了，我又因此和陈聪将军交好，更是一举两得啊！"

陈聪的师爷微笑着点点头，又放下一些银子，表示以后大家互相关照。

随后，陈聪的师爷转身出城，来到了张员外家，一进门就跪在了张员外的面前："叔叔，堂弟的仇我给他报了！虽然我只是将军麾下的师爷，但这世上最厉害的，不只是权力，还有谋略。我给顺天府尹、常升、陈聪将军分别出了一个一举两得的主意，让他们在我画的圈子里为我做事。可笑的是，常升还以为是顺天府尹想出来的好主意呢！这世上，哪有那么多一举两得的好事啊！"

（发稿编辑：朱　虹）

（题图、插图：谢　颖）

本刊转载部分文章的稿酬已按法律规定交由中国文字著作权协会转付，敬请作者与该协会联系领取。电话：010-65978917，传真：010-65978926，E-mail：wenzhuxie@126.com。

箭神和雷神

□ 徐树建

城里有两位绝世高手，都是老百姓心目中的英雄：一位叫箭神，他身材瘦削，头发凌乱，一袭青衫破破烂烂，整天拿着本书，可就是这个弱不禁风穷秀才模样的人，却是最有名的神箭手，总在危难时刻用弓箭解救父老乡亲；另一位叫雷神，他力大无穷，是官府豪绅认定的江洋第一大盗，但他从来只劫富济贫。

就在大伙争相传颂箭神和雷神的种种传奇之事时，一个疑问随之浮上所有人的心头：如果让这两位绝世高手较量一番，谁赢谁输？

没想到，这一天还真的来了。一大早，全城沸腾，大伙像潮水一般赶往玄秘塔，原因是雷神被官府围困在玄秘塔。

原来，这一年旱涝相接，入冬后百姓饥寒交迫、流离失所，朝廷火速赈灾，不想被县令私自克扣银两和粮食。雷神大怒，决定取县令狗命，谁知衙门守卫森严、机关重重，雷神险些失手被擒，费了九牛二虎之力才逃出衙门，身后县令亲率人马紧追不放。雷神孤身一人，虽然力大，但双拳难敌四手，精疲力竭之下逃上玄秘塔。之所以逃上玄秘塔，是因为这座砖塔只有一条旋转木梯可以上去，雷神一人、一弓，足可以守住一时半会儿。

一开始，县令疯了一般命令衙役冲上去，结果个个都被雷神一箭毙命。最终县令决定来个围而不攻，时间一长，雷神没吃的没喝的，箭又射光，只能束手就擒。此计果然毒辣，雷神上天无路、入地无门，若是硬往外冲，外面无数衙役张弓以待，绝对死路一条，看来被擒被杀只是时间问题了。

大伙默默地看着，在心里叹息：这回，雷神力气再大，也是插翅难飞了。

就在这时，有人打马上前，是箭神！箭神朝县令一抱拳："大人，这样光围着也不是办法，夜长梦多、迟则生变，不如让小人上前一箭射死雷神，也算是为大人分忧。"

县令听了拈须而笑："这倒是个好办法，就让本官欣欣赏赏你的箭术吧。"他嘴上这么说，心里实则另有想法：这两人一直是自己的心头刺，本官正谋划拿他们开刀，现在二虎相斗，必有一伤，岂不是好事一桩？

百姓一直以来对箭神顶礼膜拜，现在听得箭神竟要协助县令，个个气炸了肺，有人恨得"呸呸呸"狂啐，箭神却充耳不闻。

箭神得令后，背着弓，赶着马，马身上吊着箭袋，来到塔下不远处，抬头朝塔上高喊："雷兄何在？"

雷神从塔眼里露出身形："下面可是箭神？请问有何吩咐？"

箭神喊道："在下早已听闻你大名，如雷灌耳。俗话说一山难容二虎，在下有心与你一较高下，今日机会难得，你敢接我两箭吗？"

雷神哈哈大笑："有何不敢？雷某原本一直敬佩你是条汉子，大伙也一直拿你我二人相提并论，今日一看，却只是为虎作伥之徒。你且射来，雷某眼睛眨一下就不算好汉！"

箭神也不答话，从背上摘下弓，从袋里抽出箭，慢慢拉弓搭箭，有明眼人看到，竟是支铁箭，大伙的呼吸都快停止了。

"啪"的一声，一箭射出，众人耳膜震动，再一看，雷神铁塔般动也不动，左手赫然抓着那支铁箭！众人哗然，嘈杂声里自然全是欣慰，只有县令脸色阴沉。

雷神吼道："好大的力道！要不是雷某力大，这支铁箭定是抓不住的。"

万万没想到，这世上竟然有人能单手抓住自个儿的箭！箭神脸色铁青，又抽出一支箭，这支箭依旧是铁箭，更大、更沉！

箭神眼球突出，牙关紧咬，再次弯弓，随着"吱嘎嘎"的声音，弓如满月，众人眼睛都不敢眨一下，只见箭神手一松，"啪"的一声，铁箭射出，破空之声响彻天际。雷神依旧动也不动，右手牢牢抓着那支铁箭，眼里满是轻蔑之色。

众人还没来得及发出一声"好"，只听得雷神叫道："你一连射我两箭，来而不往非礼也，吃我一箭！"说完他手一扬，只听箭神一声惨叫，右臂已然中箭。雷神不用弓，竟徒手一箭射中箭神。

箭神中箭，再也坐不住，翻身落马，就在众人还没反应过来时，雷神如大鸟一样从塔上飞落，刚好落在箭神的马身上，打马就走！

县令第一个回过神来，嘶声叫道："追，快追！"众衙役打马就追，却见前面马背上雷神回过身，"嗖嗖嗖"，箭飞如雨，顿时"哎哟"声大作，衙役纷纷中箭落马。雷神的箭哪来的？莫忘了箭神马背上吊着个箭袋，里面全是箭。

这下，箭神可以说是颜面扫地，不仅仅是功夫不如雷神，更重要的是竟帮着官府缉拿雷神，活脱脱无耻之徒。他在老百姓心目中的地位顿时一落千丈，见人都得贴着墙根躲着走。

一晃两年过去了，这天全城再次轰动：雷神又被围在玄秘塔！

可奇怪的是，这回围住雷神的不是官兵，而是百姓！

原来，雷神偷了一户普通人家的救命钱，正欲逃跑时，刚好被主人发现。主人高喊一声，立刻唤来了众多左邻右舍。大伙愤怒之极，也不惧他力大无穷，一拥而上群殴起来。雷神力气再大也架不住这么多人，惊慌失措之下再次逃进玄秘塔。

可身为大侠的雷神怎么会对老百姓家下手呢？而全城百姓又为何会对他大动肝火，甚至到了想杀他的地步呢？原因很简单，雷神变了。雷神依旧打家劫舍、杀人越货，可现在的他不再劫富济贫。一句话，雷神已不再是大侠，而是真正的大盗了。百姓们早就对他恨之入骨，今日撞见又怎能轻饶？

天色渐暗，百姓们围住玄秘塔却不知如何下手，因为谁上去谁就是送死。让大伙更为焦急的是，等天色完全暗下来后，凭借雷神的身手，要想再困住他可就难了。

就在这时，有人骑马越众而出，眼神忧郁，头发凌乱，身形瘦削，一身青衫越发破烂。是久未露面的箭神!

众人联想到两年前的事,喝道:"你想干什么?又想送马送箭给雷神让他逃脱吗?"

箭神下马,从箭袋里抽出两支箭,是最寻常不过的竹箭。他对众人轻声说:"恰恰相反。"然后他仰头喊道:"雷神何在?"雷神现身塔眼:"是箭神吗?你又想当众出丑?"箭神冷冷地说:"我只问你一句,你为什么变了?"

这个问题一下子问到了老百姓的心坎里,众人屏住呼吸,只听得

雷神愤愤说道:"我为什么变?因为当大侠太苦了。吃苦受累也就罢了,还得时时刻刻担心被官府缉拿,连睡觉都在做噩梦。所以我不要做好人了,我要享不尽的荣华富贵。"

箭神喊道:"既然如此,且接我两箭!"雷神大笑:"手下败将,有何面目再战?"

话音刚落,箭神就出手了,只见他搭上箭,不是一支,是两支,随随便便拉开弓,瞄也不瞄,手就一松。众人心说,这叫射箭吗?你又送箭给雷神了!雷神见两支箭射过来,箭势缓慢、力道平平,当即伸出双手各接一支,刚要笑,不对!箭杆上竟后劲无穷!

雷神大惊之下使出全力握箭,他这双手何等神力,谁知两支稀松平常的竹箭暗力暴增,竟如大海涨潮、势不可当。雷神再也定不住身,大叫一声,庞大的身躯被两支箭带起,"咣"的一声直撞上身后砖塔,顿时塔砖粉碎,整个人倒飞出塔,"嗵"的一声重重摔落在地,摔了个七荤八素,动弹不得。

众人早就看傻了,耳边传来箭神冷冷的声音:"上回你是侠,所以救你;如今你是盗,留你不得!"

(发稿编辑:朱　虹)

(题图、插图:谢　颖)

山里面的

人

□曹景建

牛娜娜是个大学生，放暑假后来姑姑开的一家小超市帮忙，超市在进山的三岔路口。牛娜娜性格内向文静，村里的年轻小伙子在买东西时爱和她开玩笑。好在牛娜娜的表姐青梅就在村后的采石场打工，牛娜娜实在招架不住的话，打个电话，表姐就过来解围了。

这天临近中午，一个穿着一身运动装、二十出头的小伙子踏进超市。牛娜娜礼貌地点了点头，那小伙子看了她一眼，就钻到里面挑选东西去了。

不一会儿，小伙子就挑好了

几样日常用品，放在收银台上。牛娜娜麻利地扫码计价，说一共是四十六块钱。小伙子递上一张百元大钞，等着找零，牛娜娜却心慌了。原本抽屉里是有一百多块的零钱的，只是早上被姑父拿去打牌了，只剩下三十块零钱。

牛娜娜露出笑容，对小伙子说："实在不好意思，今天我们店里刚好没有足够的现金了。要不，你用手机付款？"

小伙子表情为难，从裤兜里掏出自己的手机来，说："这玩意哪有那功能？"

牛娜娜仔细瞅了瞅对方手里那个黑乎乎、板砖一样的东西，天啊，这不是很多年前的那种老式手机吗？他难道是穿越过来的不成？

突然，牛娜娜警觉起来，这家伙不会也是想没事找事吧！带着一份戒心，她拿出那三十块零钱，让他再挑几件商品，凑够二十四块钱；或者就干脆把东西退掉。

谁知人家把头摇得像个拨浪鼓，耿直地说自己该买的都买了，为啥要再买呢？而且这些日用品都是自己必需的，不能退。

好家伙，这分明是为难我呗。牛娜娜叹了口气，又说："要不这样，你告诉我你住哪里，等我有零钱了，给你送到家去。"

小伙子马上摆手："不、不，我才不能告诉你我住哪儿呢，这可是机密！"

牛娜娜心里暗骂，好小子，给我在这里装傻充愣呢！我倒要看看你这个"砖头"手机是真的假的。她说："那我等下给你打张欠条吧。现在先留一下你的手机号码，有零钱了我通知你。"说着，牛娜娜就报了自己的手机号，让小伙子用手机拨打过来。

小伙子果真摁着按键，把电话打了过来。牛娜娜看到自己手机屏幕上显示了号码后，便要去写欠条，谁知小伙子看了看手表说："时间不多了，我得走了。下次我路过时，

你再把钱给我吧。欠条就不用了！"说完，他一转身跑着离开了。

等牛娜娜追出去时，小伙子竟然一路小跑，沿着山路跑出几百米，一会儿就转过山坳不见了。

青梅下班回来，听牛娜娜讲完小伙子买东西的事儿后，说："这又是什么新花样？快，把那小子的电话号码给我。"谁知青梅一连打了两次，都是关机。

"嘿，欲擒故纵啊！"青梅没好气地说，"只要想吃食，鱼早晚会咬钩，改天我再打。"

这天傍晚，牛娜娜正在店里盘货，那个小伙子突然闯进店里，抹着汗说："昨天我接到电话，说我那天付给你的钱是假钞，能不能拿出来让我瞧瞧？"

牛娜娜抬起头惊诧不已，心想，肯定是表姐青梅打的电话！什么假钞啊，自己那天验过了，没问题啊。这个青梅，在搞啥名堂？

"这……应、应该是误会。"牛娜娜连忙赔笑说，"那个电话肯定是我表姐打的，她是跟你闹着玩的……"

"这能闹着玩？我可是专门挤出一点时间跑过来的！"小伙子说着就生气了。

正在此时，青梅下班回来了，

知道了事情的原委后，她没有一丝歉意，反而辩解说："我这是以其人之道，还治其人之身。现在啥时代了，你又不是从土里爬出来的兵马俑，连个智能机都没有？我瞧啊，你肯定和镇上那些小青年一样，图谋不轨，拿老年机来，想为难娜娜，找机会套取联系方式！说，你是镇上羽绒厂的，还是豆干加工作坊的？"

那小伙子满脸通红，笨嘴拙舌地分辩："事情不是你们想的那样。我、我真的没有智能手机，也、也不是什么镇上的……"

青梅抢白说："那你是哪里的？娜娜瞧你那天跑到山坳里去了。听你口音也和我们这边不一样，难道是采山药的外地人？"

小伙子嘴唇动了动，最终还是没有开口，转身就走。牛娜娜追上去，把一把零钱塞到他手里："这是欠你的钱！"

转眼暑假快要结束了，过两天牛娜娜就要返程回去了，但她心里一直存着个疑问，那小伙子到底是啥来头？

第二天上午，一辆农用车停在超市门口，一个人从车上蹦下来，嘿，这不是那个神秘的小伙子吗？

小伙子对司机挥了挥手，农用车便开走了。他走到牛娜娜面前，一身轻松地说："顺路搭一个老乡的车过来的。我要走了，也算来跟你告个别。"

牛娜娜的心突然怦怦跳起来，惊讶地问："跟我告别？"

小伙子点点头说："对。现在可以告诉你了，我是咱省城一所军校的大三学生，前段时间来山里实习。因为有任务要求，我们平时不让用智能机，只能用'板砖'。"

"哦，这样啊……"牛娜娜突然语无伦次起来，低下头，不知道该说些什么。

小伙子打破沉默说："我的任务完成了，离开学还有几天，我先回家看望父母，那时就可以用智能机啦。"说着，他看了一下手表："我要赶镇上回市里的公交车，得走了。"

牛娜娜这才抬起头，对他轻轻挥了挥手。

小伙子走了几步，突然站住，回过头来大声说："喂，我叫孙鹏鹏！我存了你的联系方式，回去后，能给你打电话吗？"

牛娜娜"扑哧"一笑，连忙用手捂住嘴，重重地点了点头。

（发稿编辑：王　琦）

（题图：佐　夫）

老爹吹牛了

□ 韩阳

电业局的检修班班长姓胡，今年五十多岁，经验丰富，技术也过硬。他的儿子晓宇刚刚参加工作，去了本市的发电厂，也算是子承父业。

巧的是，晓宇也被分配到了检修班。工作了一段时间后，晓宇回来和老胡说自己运气不错，检修班主任亲自给他当师父，为人特别和气，教东西也不藏着掖着。

老胡心里一动，询问主任多大年纪，叫什么名。晓宇说主任叫仇铁军，和老胡岁数相仿。老胡听完脸色大变，嘟囔道："这小子不是去白城风力发电厂了吗？啥时候调回来的？"

晓宇好奇地问道："老爹，你认识我师父？"

老胡摆摆手，急切地说道："最好别和他提我，我俩当年打过架，保不齐他还记恨着呢！"

看着老爹单薄的身体，晓宇笑道："就您还打架呢，肯定是受害方吧？"

老胡这人最好面子，一听这话挺起胸膛道："你爹曾经也是热血青年，别看我瘦，其实这都是肌肉，猛着呢！"

见儿子还是将信将疑的，老胡酝酿一下情绪，清清嗓子，给儿子讲起故事来。

"那是三十年前的事儿了，电业局检修班有个年轻的班长，咱就叫他'闹着玩儿'吧。检修班来了个新人，给闹着玩儿当徒弟，人送外号'二愣子'……"

老胡说，二愣子对闹着玩儿表面上尊重，但其实管同龄人叫师父，心里很不服气。闹着玩儿看出了这点，也想找机会调教调教二愣子。

这天，单位接到报修，有处线路被大风吹断了，于是闹着玩儿带队去检修。

二愣子急于表现，一下车就套上脚钩准备往电线杆上爬。闹着玩儿拉住他，似笑非笑地说道："徒弟，想不想学点绝活？"二愣子点点头："想呀！"

闹着玩儿眼睛往天上翻："那你就好好想吧，绝活哪能说教就教呢！"

二愣子顿时领会，跑到附近的小卖店买来一盒"蝴蝶泉"，递给闹着玩儿："这下能教了吧？"闹着玩儿笑眯眯地吐了口烟圈："绝活就是……电线有电的时候不能用手摸！"

"你他妈耍我！"二愣子顿时勃然大怒，一拳将师父打了个乌眼青，随后抢起脚钩追出去二里地，把闹着玩儿打得屁滚尿流，一溜烟没影了。

晓宇听得津津有味："二愣子动手打师父，没被单位处分呀？"

老胡摇摇头："闹着玩儿对外说自己撞门框上了，保住了二愣子的工作。后来……他们中有一个被调走去了电厂，两人再也没见过。

其实闹着玩儿就是开个玩笑——按照规定，到达抢修地点要先确定断电才能操作，二愣子毛毛愣愣就往杆子上爬，的确很危险。"

"那二愣子怎么反应这么大？"

"那时候有个流传很广的笑话。老铁匠骗徒弟，让他好好孝敬自己，自己留个绝活最后教他。结果临终时，老铁匠告诉徒弟——铁烧红了不能用手摸。这和电线有电不能手摸不是一个道理嘛，所以二愣子就来气了。"

晓宇摸着脑袋道："都给我说糊涂了，到底哪个是您呀？闹着玩儿还是二愣子？"

老胡矜持地一笑："这都听不出来？跟你说老子年轻时猛着呢！"

晓宇撇撇嘴："嘿嘿，原来老爸您年轻时叫二愣子呀，我看挺合适！"说完，晓宇就挨了一脚，捂着嘴哈哈笑着跑了。

之后的日子里，晓宇在仇主任面前特别小心，绝口不提老爸的名字。

这天，电厂的"煤磨"停转了，仇铁军带着晓宇去排查故障。煤磨是个巨大的铁罐，中间圆柱形的滚筒上焊着钢爪，通过旋转把煤块打碎。

仇铁军操纵了几下开关，听到机器发出"嗡嗡"的闷响，却不见旋转，判断是某个地方被掺进来的煤矸石别住了，于是他打算进去排查。钻进煤磨前，仇铁军郑重地嘱咐晓宇："看住开关，任何人都不能启动！"

滚筒和铁罐之间的间隙很窄，只能通过钢爪的缝隙一点点前进。晓宇将开关握在手里，紧张地看着师父拿着钢钎，艰难地疏通着可能卡住的地方。

过了二十多分钟，仇铁军终于清理完了故障，开始慢慢向外爬，嘴里嘟囔着："等会儿再按下开关试试，应该差不多了。"

晓宇始终处于高度紧张状态，听了这话脑子转不过弯，下意识地按下了开关。煤磨"嗡"的一声，

里面的滚筒动了！

"快关了！"仇铁军怒吼一声，迅速趴在煤磨的底部。

晓宇反应过来，立刻将开关关掉，趴在入口带着哭腔喊道："师父，你没事吧？"

还好煤磨刚启动就停了，仇铁军呻吟了两声，气冲冲地骂道："小兔崽子，你等我出来！"

满身煤灰的仇铁军爬出来，拎起手中的钢钎，凶神恶煞地向晓宇头上砸过来。晓宇惊恐地抱头弯腰，只听"咣当"一声，钢钎砸在配电柜的铁皮上。师父并没有真打，只是气得浑身哆嗦，伸出手指点了晓宇半天，一句话也说不出来，转身向外走去。

"啊，师父，你受伤了！"晓宇愣愣地站在原地，看到师父的后背被刮出一条口子，鲜血混着煤渣向下流着。仇铁军这才知道疼，趔趄着说："和谁都不要讲，就说是我自己刮的！"

晓宇哭着跑过去扶住师父，朝对讲机大声喊道："快来人，仇主任受伤了！"

仇铁军被送进医院，后背缝了二十多针。

厂长亲自到医院慰问，并询问事故原因，仇铁军故作轻松地说："往外钻的时候刮到铁爪了。"

厂长松了口气："有人说听到煤磨转了一声，然后就听说你出事了，我的魂都吓掉了。这要是煤磨转起来，你还不成肉馅了呀！"

晓宇一直没缓过劲来。等厂长走后，他来到消防通道，偷偷给老胡打去电话，哭着说道："爸，我惹祸了，差点把仇主任给绞死……"

老胡听完了前因后果，斩钉截铁地说道："儿子，人家替咱瞒下了错误，咱不能装糊涂呀！我马上过去。"

过了半小时左右，老胡拎着两条烟推开了病房门。仇铁军吃惊地坐了起来："师父，你咋来了？"老胡尴尬地看了一眼儿子："铁军，叫啥师父，都是老伙计！一晃好多年没见了，听说这事儿，过来看看你。"仇铁军的眼眶顿时红了："师父，这么多年我一直想和你说声对不起。就因为一句玩笑把你好顿揍，大家没说错，我可真是个二愣子呀……"

老胡咳嗽一声打断他，指着晓宇道："这是我儿子……"他又咳嗽一声，不甘心地嘀咕道："咱俩顶多算互殴，你也没占到啥便宜

吧！"晓宇都听傻了，看看老爹，又看看仇主任，把脸扭到了一边。

仇铁军惊讶地拍着大腿："晓宇是你儿子呀？我说瞅他眼熟呢，和你简直是一个模子里刻出来的！对对对，咱俩是互殴，你的拳头硬着呢！但我确实不应该先动手。事后你还替我隐瞒，要不我早就被开除了。是你教会了我怎么做一个好师父……"

告辞后，父子二人离开了病房，老胡清清嗓子，装模作样地说："儿子，仇铁军是你领导，要面子能理解，他说当年揍了我，咱也没必要争个是非对错……"说着，他难为情地笑了，偷偷瞥着儿子——唉，当年的事儿被仇铁军这小子拆穿了，自己吹的牛皮破了，在儿子面前的面子都丢光啦……

晓宇看着老爹瘦弱的小身板，坚定地说道："爸，今天看到仇主任对您心服口服，我啥都明白了。我爸虽然长得瘦弱，但绝对是条响当当的汉子！"

老胡一愣，笑了，脸绽放成一朵菊花。晓宇也偷偷捂着嘴笑了，眼角却湿润起来。

（发稿编辑：赵娉佳）

（题图、插图：张恩卫）

挂欠条

□杨 哲

写欠条

菜市口北半截胡同南口有家广和居饭庄，是由一所四合院改建而成的，院内种着竹林，优雅且清静。饭庄主营南味菜，大小厢房可独饮、聚餐、宴席。掌柜的姓李，是个落榜秀才，算是个左右逢源的主儿。

一天晌午饭点儿，饭庄来了位着长袍的生人，堂倌忙把他请进了西边的小单间。这人听堂倌报完菜名后，点了清蒸鱼和蒸山药泥俩菜，还有二两烧刀子。吃饱喝足后，他对堂倌说："饭菜做得不赖。钱先挂账上，节前一块儿结。"说完，他起身就要走。

早年间，大宅门在饭庄吃饭或摆席，不现付现结，而是挂在账上。等到了端午、中秋和除夕三大节的日子口前，饭庄再打发人拿着账单去账房一次结清。

堂倌赔着笑问："爷，您府上是哪家，尊姓大名啊？"这人瞥了他一眼："得，拿笔墨来。"堂倌愣了愣，忙拿来东西，这人挥毫在信笺上写了欠条后，离开了广和居。

平日里，就算食客吃完饭要留欠条，也得是李掌柜亲自写好，再让人签了字才作数，这人怎么……但堂倌大字不识几个，又怕得罪了大人物，只得把欠条拿给李掌柜。李掌柜见挂账人姓何名绍基，也不知是哪户大宅门里的主儿，便去找熟识的食客扫听。一位食客看过欠条后，说："是国史馆何提调何大人。你把这欠条给我，我替他结吧。"

李掌柜有些惊讶，忙问："您这是干吗啊？"食客一招手，在他耳边嘀咕了几句，李掌柜听完后却收起欠条，双手一拱："谢谢您的好意，这条子我自个儿收下了。"

打这以后，何大人常来广和居，每次都是呼朋唤友，席间吟诗作词，喝酒行令，好不热闹。临走前，他照例会写下一张欠条。李掌柜乐呵呵收下后，客客气气地把他送出饭庄门。

转眼就到了端午节前，李掌柜把各大宅门挂的账算好，一一列出账单后，打发堂倌去结账，顺便给主家捎一份爱吃的精美小菜。这天晚半晌儿，伙计回来交账，却说唯独没结到何家的饭钱。

李掌柜问："怎么回事啊？"堂倌回答："何大人不认您列的账单，只认他写的欠条，要我拿着欠条过去才给结。"

李掌柜却挥挥手："明儿就是端午节，不能再去收了。中秋节再结吧。"

堂倌听后，有些纳闷儿：掌柜的平时对结账的事倍儿上心，恨不得客人今儿吃完，明儿就把饭钱结

回来，为什么对何府的挂账却一点也不着急啊？

不久后的一天，何大人独自一人来到饭庄，点了酱豆腐和炒腰花两个下酒菜，又要了一壶烧刀子，边吃菜边独饮，一言不发，吃喝完后，依旧不忘写欠条。李掌柜见何大人喝高了，让堂倌把他送回府上，何大人却摆了摆手，高一脚低一脚地走了。

几天后，堂倌听雅间里的几位食客议论，说何大人因"条陈时务"，得罪了朝中权贵，被降官调职了。何大人干脆辞了调职，赋闲在家。

裱欠条

堂倌把听来的消息告诉李掌柜，李掌柜却不以为意，淡淡地说："我知道你想说什么。甭担心，我扫听过了，何家祖上可是做过尚书的，瘦死的骆驼比马大，知道吗？"不仅如此，何大人六十大寿那天，李掌柜还打发堂倌给他送了一份寿桃和寿面。

何大人辞职后，隔三岔五来广和居喝闷酒，每次都喝得醉醺醺，写完欠条后，脚底下绊着蒜离开。

俩月后，细心的堂倌发现，何大人要的下酒菜变成了糖醋花生和拍黄瓜，他又把这事讲给李掌柜听。

李掌柜不耐烦地挥了挥手："何大人爱吃什么就上什么，甭乱嚼舌头根。该干吗干吗去。"堂倌热脸贴在了冷屁股上，只好作罢。

中秋节前，李掌柜按例把算好的账单交给堂倌，让他去大宅门家结账。堂倌来到何府门前时，却发现李掌柜给的还是列出来的账单，并没附上何大人写的欠条。堂倌心想，一准是李掌柜把欠条的事给忘了，掉头就回来了。

交账时，堂倌指着何府的账单说："掌柜的，您没给我欠条，我就没去何府，去了也是白去。"李掌柜说："明儿你先去别家吧，何府就甭去了。"堂倌不由得问："您不打算结何府的账了？"李掌柜头也没抬，回答说："过年前再说吧。"

眨巴眼就入了腊月天。一天饭庄打烊后，堂倌忽然想起，何大人有日子没来喝酒了，却没告诉掌柜的，他知道说了也是白说。

这天，堂倌去给一户大宅门送预订的酒菜。完事后，他特意绕到了何府，却见大门紧闭，无任何人进出。堂倌心中不免好奇，向附近的住家打听，才知道何大人半月前已举家去了四川。

堂倌心中一惊，何大人欠饭庄的账一个子儿还没结呢。他匆忙赶回了饭庄，把这件事讲了出来。李掌柜听完，沉吟一阵，在算盘上一阵扒拉后，算出何大人总共欠了一百零一两五钱银子的账。

堂倌问："掌柜的，眼下何大人已然走了，这笔挂账怎么结啊？"李掌柜却像哑巴吃饺子，肚里有数似的："怕什么，有欠条在我手里呢。"堂倌愣了一下，说："掌柜的，这些欠条已经成废纸了啊！"李掌柜却不置可否："那倒未必。"堂倌听得一头雾水，没弄明白掌柜的是什么意思。

转过天儿，李掌柜忽然拿出何大人写的一沓子欠条，吩咐堂倌去一趟琉璃厂，找家裱画铺子，把欠条全裱出来。

堂倌好奇地问："掌柜的，您裱它干吗啊？"李掌柜训斥说："叫你去你就去，哪来这么多废话啊！"堂倌只好拿着欠条直奔琉璃厂。

欠条裱好拿来后，李掌柜吩咐堂倌把楷书欠条分别挂在大小雅间，而且每隔半月更换一回，或篆书，或草书。堂倌提醒说："掌柜的，您这样把何大人写的欠条挂出来，不等于是在打他的脸吗？"

李掌柜却摆摆手："怕什么，我是在展示何大人的墨宝。"

还欠条

没过几天，广和居挂何绍基欠条的事在京城传开了。文人墨客纷至沓来，一边坐在雅间喝酒吃菜，一边欣赏何大人的墨宝，或赞誉，或评论，竟然成了京城文人圈里的一桩趣谈。

广和居的生意随之火了起来，每天都是座无虚席，甚至还有人私下找到李掌柜，提出要把这些欠条买走，价格好商量。

李掌柜赔着笑脸说："爷，我要是把何大人的墨宝卖给您，到时候他回京来，我怎么交代啊？再说这么做也对不住何大人啊。对不住您了，这些墨宝我不能卖。"

那人说："我这是在替何大人给您结欠账啊。"李掌柜却摇摇头："咱还是一码归一码吧。"

堂倌这时才知道，何大人是京城有名的书法家，掌柜的之所以故意拖着不想结账，合着是想留下他的墨宝招徕客人啊。但他也替李掌柜担心，何大人不定哪天回来，怎么给他掰扯这事啊？

一晃十三年过去了，何大人却始终没在广和居露过脸儿，听人说，他是在长沙、苏州讲学。

一天，饭庄忽然来了一位书生模样的人。他进入每个雅间，一言不发，仔细观赏完何大人的欠条后，找到了李掌柜。书生直截了当地说明了来意："掌柜的，家父名讳何绍基。我这次从苏州赶来，是遵照他老人家的遗愿，来结他生前欠饭庄的旧账。"

李掌柜听后，忙双手作揖，一脸惭愧地说："何公子，我对不住令尊大人啊。"

何公子愣了一下，疑惑不解地望着李掌柜："您这是……"

写身边故事　品美好生活

"故事中国——我身边的中国式现代化"主题故事征文活动获奖名单

由上海东方宣传教育服务中心（上海市公益广告协调中心）与《故事会》杂志社联合举办的"故事中国——我身边的中国式现代化"主题故事征文活动，自启动以来反响热烈，共收到参赛作品两千余篇。经评审委员会初审、复审和终审三轮评选，各奖项均已产生，现公布如下：

一等奖1名：《卖鞋的货郎》（许申高）。

二等奖2名：《双喜临门》（戚旭昊）；《两代订婚宴》（顾敬堂）。

三等奖5名：《接力赛》（黄　平）；《删不掉的缘分》（孙华友）；《张虎卖货》（吴　嫡）；《幸福让》（李　旭）；《这个主播不简单》（孙瑞林）。

优秀奖10名：《阿P装电梯》（王乃飞）；《摸女婿》（高国俊）；《杀猪菜的秘密》（张国心）；《都是好样的》（吴宏庆）；《有证的人》（马凤文）；《冤家姐弟》（宁莎鸥）；《费小珞种田》（徐建国）；《幸福老闺密》（孙惠华）；《电话手表》（任黎明）；《人人都是魔术师》（杜　辉）。

李掌柜接着说："我未经何大人同意，擅自把他的墨宝挂出来供人欣赏。您大人不记小人过，千万别怪罪我啊！"说完，他立刻让堂倌把何大人的欠条全部取了下来。

何公子听后，自知父亲欠账在前，离京时也未及时结账，广和居虽未经他同意而挂出欠条，却没卖掉欠条，已属难能可贵；再加上掌柜的诚恳道歉，怎好再挑他的理？何公子什么话也没多说，拿出几锭银子想结父亲的挂账。

不料，李掌柜却双手一挡："令尊的挂账，已经清了。自打我把令尊的墨宝挂出来后，饭庄生意一天比一天好，十多年下来，多赚的银子早已超出令尊挂账的数目了。所以，何大人不欠饭庄一厘饭钱，这些欠条您收好了。"

何公子心中一热，只好收下了欠条，冲李掌柜双手一拱，离开了广和居。

堂倌以为，饭庄没了何大人的墨宝当招牌，生意一准会大受影响。谁知，每天来饭庄的食客还是络绎不绝，广和居俨然成了京城文人的聚会之地。他十分纳闷儿，这究竟是怎么回事啊？

（发稿编辑：赵嫒佳）

（题图、插图：刘为民）

·阿P系列幽默故事·

阿P的秘密武器

□ 刘振涛

周日上午，阿P闲来无事，穿着短袖衫、大裤衩，趿拉着拖鞋去逛街。路过一个哥们摆的水果摊时，他打过招呼，顺手拿了两个小橘子边走边吃。

当走到一个小广场时，阿P发现围了一大群人，发出阵阵哄笑声。他一打听，是一家公司在搞双人夹气球游戏，胜出者能得到一千元的现金奖励。

好事的阿P凑过去，只见空地上铺着泡沫垫，浇过水后又洒上沐浴液，参加游戏的六七对男女，光脚站在上面，相互抱着直径一米的彩色气球，用身体使劲挤压，可气球就是不破。双方因用力过猛，不是滑倒，就是重量轻的一方被撞

飞了，场面滑稽，笑料百出。

阿P看出了门道：一组参赛者必须是一男一女；地面湿滑，人站立不稳，根本使不上劲，而直径一米的气球是特制的，很厚，只有双方挤压到极限才会爆；规则是只能用身体挤压弄破气球，不可以用其他方式。

阿P大喜，这钱太好挣了吧！他之所以有底气，是因为想到自己有秘密武器——他穿的这条大裤衩，拉链头总是支棱着，每次上厕所，手指都要被扎一下，阿P寻思穿完这个夏天就扔了。看到这个玩法，他岂能不心动？只要把气球压紧，稍一用力准能刺破气球，任谁也发现不了！

机会难得，阿P激动得橘子也不吃了，把剩下的一个揣进兜里，开始找女伴。可不出意外，每个女孩看到场上的搂抱动作，都拒绝了阿P这个陌生男人的邀请，即使给钱也不行。

阿P正愁眉苦脸，一个保洁阿姨走了过来："小伙子，三百，我干！"

阿P一看，这个阿姨足有一百六七十斤，年龄也大了点，可他又不是找对象，况且一看阿姨就吃过苦，准能配合好，人家身大力不亏，底盘稳，成交！

阿P当即掏出三百块钱递给阿姨，并强调两人属于雇佣关系，无论输赢，她只收这三百，万一赢了，奖金归阿P。

阿姨也看半天了，气球很难弄破的，但只要配合阿P，自己就能拿三百块钱，她心满意足！

阿P在工作人员那儿报了名，一甩拖鞋，带着阿姨上场了。可刚入场，阿P一只脚踩在防水布上，立马"哧溜"一下，双腿劈成"一字马"，疼得他龇牙咧嘴。他顾不得哄笑声，爬起来接过工作人员给的气球，可刚跟阿姨摆好架势，就见工作人员做出了全场暂停的手势。

工作人员拿起喇叭说："鉴于女生穿的裙子和短裤容易走光，公司决定让每人都穿上雨裤，这样就不会出现走光的情况了。"说完，他给每人发了一条加厚的雨裤，这样既能拉扯又防湿透。

阿P傻眼了，穿上雨裤，他的秘密武器用不上了！阿P后悔不迭，想要回那三百，可又拉不下脸来，只能继续。但他失算了，阿姨太胖，肚子大，腰也粗，瘦小的阿P隔着气球根本搂不到人家的腰，使不上劲！

阿P审时度势，来了主意："阿姨，你稳住，抱着气球别动，我来个助跑撞过去，准爆！"

阿姨照做，阿P退出几米，刚跑两步，一个倒栽葱，差点磕掉牙，围观人群哄堂大笑。阿P尴尬地爬起来，提了提雨裤，一溜歪斜撞过去，只见阿姨抱着气球身子一挺，"砰"的一声，阿P飞了出去，摔了个四仰八叉。

爬起来时，阿P灵机一动：阿姨是重量级的，他体轻，撞过去是自讨苦吃，如果他能固定在一个地方，阿姨撞他，岂不妥妥的？

想到这，阿P拿过气球，紧紧抱在怀里，然后躺在地上："阿姨，上，用你的体重压爆它！"阿姨明白了阿P的意思，后退两步刚要扑上去，却又被工作人员叫停了，说是违规，要站起来互动才行！

阿P这个气呀，这不行，那也不行，这不是明摆着不让人赢吗？主办方这是不想掏钱哇！

两人又徒劳地努力了一番，搞得气喘吁吁，狼狈不堪。当阿P再次重重地摔在地上，蹭了满脸泡沫时，他泄气了，不玩了！

他翻身坐起，却感觉不对，把手伸进雨裤一摸，原来刚才摔那一下，兜里的橘子被压得稀碎。他刚要掏出来扔掉，脑筋一转，立马精神大振：老天有眼，天助我也！

如果说裤衩上的拉链头是机械武器，那这个橘子可就是生化武器了！阿P重新点燃了斗志，纵观全场，如果只凭借蛮力，谁也赢不了那一千块。哈哈，我阿P施展才华的时候到了！

阿P故意大声对阿姨说话，好让别人都听得见："根据勾股定律，最佳点和线的距离应该是三米……再根据物理反作用力，最佳爆破角度和力度应该是四十五度角，只加三十八公斤力即可完爆……"

阿P一边说一边把手伸进裤兜，狠狠抓了几把橘子皮，当胡诌瞎扯完，他张开双臂冲过去……

阿姨也抱着气球迎过来，撞在一起的瞬间，阿P飞快地把手掌按在气球上，就在气球挤压到极限将要被弹开时，"砰"的一声，气球爆炸了！

人群顿时欢呼起来，这是唯一一组爆开气球的选手！

阿P假装非常意外，兴奋地跪地大喊："我赢啦！"同时，他飞快把那只手按在泡沫里，擦掉橘子皮汁液，以防被人发现猫腻。

工作人员查验过后，宣布阿P和阿姨获得奖金，直接给了一千块！

阿P窃喜，庆幸自己顺来的橘子帮了大忙，因为橘子皮中含有大量芳香烃，这种化合物对橡胶有快速腐蚀作用。如果他没摔碎橘子，还想不到用这法子，真是天意！

阿姨也很高兴，一边整理衣服一边直夸阿P："你太有学问了，数学物理啥的，计算真准，说爆就爆了，厉害！"

阿P被夸得简直要飘起来了。他把奖金揣进没被橘子汁弄脏的口袋，朝阿姨挥了挥手，一个潇洒转身离开了，与此同时，心里得意地吹起了口哨。

（发稿编辑：王 琦）

（题图：顾子易）

快马比慢

某日，成吉思汗的父亲也速该打了一场胜仗，夺回了大片领地和许多牲口。为了庆祝胜利，也速该安排了一场赛马，但优胜标准不同往常——最后到终点的马才能得奖。一句话，快马比慢。

比赛中，骑手们想方设法一个比一个慢，过了好一阵，跑在最前面的马才跑了赛程的十分之一。眼看就要日落西山，大家都耐不住了。也速该后悔自己搞了这种赛马，但话已出口，很难收回。怎样尽快结束这个僵局呢？也速该略一思忖，便命人传令："谁有办法尽快结束比赛，就给予重赏。但是，不能改变原定的优胜条件，跑得慢的马才是胜者。"

众人绞尽脑汁，想不出一个万全之策。这时，少年成吉思汗跑到磨磨蹭蹭的赛马队伍面前，进行了一番新的安排，然后厉声发出号令："跑！"只见骑手们一改刚才的懈怠，争先恐后地策马向终点狂奔。比赛很快就结束了，跑得最慢的马依然是胜者。

原来，成吉思汗让骑手们相互调换了马。这样一来，每个骑手都希望自己驾驭的别人的马跑得最快，不能获奖；自己的马落在最后，从而取胜。

这一招，打破了众骑手踯躅不前的局面，这就是逆向思维的智慧。

（作者：蒋光宇；推荐者：田晓丽）

远赴千里的"原谅"

19世纪80年代，居住在巴黎的莫泊桑突然收到一封来自意大利的信件，是一个名叫维托夫的男子寄来的。维托夫在信中说："我为曾经对你造成的伤害愧疚不已，彻夜难安，如果不能当面向你道歉，我将死不瞑目。"维托夫还说，几年前他去巴黎找过莫泊桑，但因为没有具体的地址，无功而返。

合上信后，莫泊桑沉思良久，最终决定去意大利找维托夫。他的朋友得知后很是吃惊："长途跋涉一千多公里，只为得到一句道歉，未免太不划算了。"莫泊桑依然坚持自己的决定，动身前往意大利。

几个月后，莫泊桑从意大利归来，一脸释然地对朋友说："这段恩怨终于了结了。"

"事实上，在收到那封信件之前，我已经不记得维托夫这个名字了。"见朋友还是有些疑惑，莫泊桑解释说，"直到现在，我也不知道维托夫对我的伤害是什么。我只记起来，我在意大利的那段时间，他与我是关系很密切的朋友。"

朋友更加吃惊，既然这样，为何还要如此大费周章？直接写信告诉维托夫事实就行了呀。莫泊桑认真地说："维托夫这么多年念念不忘，想必这件事已经成为他的执念。我只有满足他的愿望，当面倾听他的愧疚，接受他的道歉，才能解开他的心结，让他心安。"

我们常说，原谅比道歉更需要勇气，因为它更需要有宽广的胸襟、善良的品质以及悲悯的情怀。

（作者：张君燕；推荐者：田宇轩）

——到7月，就进入了雨季，竹林里冒出一个个笋子来。挖笋子，腌笋子，是7月里的头等大事。

小赵的父亲打来电话，让他赶紧回家挖笋子去，晚了就来不及了。一旦笋子冒出头来，时间长了，腌出

来的酸笋吃起来就会大打折扣。

小赵做好了准备，打算第二天就回家挖笋。怎奈变化比计划快，第二天一大早，小赵正要出门，一个电话打了过来，说单位里有事，需要他加班。小赵无奈，打电话跟父亲说明了情况，父亲说："工作重要，回不了就回不了吧！"

等小赵加完班回到家，已经一个星期过去了。小赵和父亲扛着锄头来到山上的竹林里，只见一个个箭簇般的竹笋矗立在眼前。那些竹笋都快要长成竹子了，哪还要得成呢？

看到小赵遗憾的样子，父亲说："挖不了笋子，长成竹子也好啊，等到下一年，这儿就是一片竹林了。"小赵一愣，笑了起来。

有些事情，晚一点、没跟上节奏也没关系。成功没有统一的模式，挖不了笋子，长成竹子也好呀！

（作者：赵元波；推荐者：田晓丽）

（本栏插图：陆小弟）

挖不了笋子，长成竹子也好

学写作文，从读故事开始

一个不回家的人

□ 毕华

林茹有一个温馨的小家，公婆住在乡下。不久前公公离世了，婆婆舍不得乡下，每个月只肯来城里住上三五天。林茹的丈夫建国是货车司机，经常天南地北地跑，因此每月接婆婆的任务就落到了林茹身上。

今天，又是接婆婆来城里的日子。刚拉开门，林茹吓了一跳，老太太已经到了门口，她赶忙说："妈，你咋来了？我正要去接你呢。"

老太太笑了："坐大巴也很快的。你忙，大孙也要学习，我寻思着今天天气好，就自己过来了。"

林茹转过身，快速扫了一眼屋内，才把婆婆让进屋里。

林茹要给婆婆做早餐吃，婆婆忙拉住她："小茹，我吃过了。建国他好些日子没回来了吧？"

林茹一愣，很快又笑了："妈，你来得巧，昨晚他打电话来说，今天中午能回来。我现在就打电话，问问他到哪儿了。"

说着，林茹拿出手机，一边拨号一边拿起喷壶去阳台给花浇水。婆婆在屋里，听见林茹好半天才说："咋才接电话？在开车啊，到哪儿了？哦，知道了。今天还没等我去接咱妈，咱妈自己坐大巴来了……可不是嘛……好好，我知道了，一

会儿我就去买菜，顺便买点你爱吃的海鲜……嗯，开车注意安全。"

挂了电话，林茹头也不回地说："妈，他正开车呢，中午肯定到家。"

老太太很高兴，连连说好。

林茹出去买了菜回来，还给丈夫带了瓶酒。可一进家门，她却生气地把菜兜子扔进水池里。

老太太见状，忙跟在林茹身后问："咋了，小茹？谁欺负你了？"

林茹愤愤不平："建国又说不回来了，临时接到一批货，转道去新疆了，又得一两个月。"

老太太一愣，点点头："在外拉货不容易，他也是为了给大孙多挣点钱，下次回来一定要让他在家里多待几天。"

林茹叹了口气，道："也只能这样了。"

午饭很快做好了，两人有说有笑地吃了饭，老太太说刚接到邻居张婶的电话，她老头子犯病了，家里没人照看，央求她帮忙喂鸡喂狗。

林茹要开车送婆婆回去，老太太不让，说林茹一会儿还要接孩子，还要做饭，来回一折腾就天黑了。林茹拗不过她，只好把老太太送到大巴车站。

回到家，林茹松懈了，瘫倒在床上失声痛哭。

原来，上个月建国出车祸去世了，临终前他叮嘱林茹，老妈不能再受打击了。老爸走时，老妈一夜间衰老了十几岁，差点也跟着去了……他这独生子再一走，老妈肯定受不了，所以不能让她知道自己的事，能瞒多久就瞒多久。

因此，林茹尽量让家里保持原样，从见到婆婆那一刻起，她就绷紧了神经。眼下，她终于挺不住了……

哭累了，林茹迷迷糊糊地睡着了一会儿，接孩子的闹钟响起，才把她拉回现实。她估摸，婆婆应该到家了，于是娴熟地打开监控视频，画面亮起，那是婆婆住的乡下老屋。这个监控，还是公公走了后，建国不放心老太太一个人生活才装的。

见婆婆人在堂屋，林茹放大了堂屋的画面，却顿时瞪大了眼，只见婆婆在公公的遗像旁，摆上了建国的照片！她还颤巍巍地点了三炷香，不知说了几句什么，一头歪倒在地……

林茹慌了，刚要打120，却见婆婆的邻居张婶和她老伴儿跑进屋，一边对老太太呼唤着，一边打电话。

林茹抓起车钥匙冲下楼，接了

孩子，直奔乡下。

赶到村里一打听，婆婆被送去了县医院，林茹慌忙赶过去后，正要推开虚掩的病房门，就听里面的张婶说："你咋知道儿子没了？"

婆婆这才讲了经过。原来，自从老伴走后，她怕再失去儿子，就让建国每天给她打个电话报平安。就算再忙，也要他拨个号，她听见手机响两声，就知道儿子是安全的。可最近一个月，她再也没听到电话响过，她打过去，也都没人接。

她忐忑不安，极力忍耐着，等着儿媳来接她这一天……

张婶急了，打断她："那你咋不直接问儿媳妇，还等她来接？你可真沉得住气！"

婆婆重重地叹了口气："儿媳妇心善，如果真发生不好的事儿，她不告诉我，一定有她的难处，我知道她一定是为我好。她的苦我不能为她分担，我不能把我的苦加到儿媳妇头上，那样，她还咋活啊？"

张婶又问："那后来呢？"

后来，来到林茹家，老太太处处留心，见家里一如既往，她更加提心吊胆了。林茹装作开心，她其实也看出来了。趁着林茹去买菜，她小心地翻找着每一处角落，终于在卧房床头柜里发现了一部手机，打开看时，电量只有1%了，她试着拨打儿子的号码，这部手机竟响了……

老太太吓得一哆嗦，当放回手机时，发现下面压着儿子的死亡证明！她顿时感觉天旋地转。随后，趁着林茹做饭，老太太拿起茶几上林茹的手机，用外孙教的方法打开，见里面根本没有林茹刚刚和建国的通话记录……

担心的事终于发生了。当听到林茹喊吃饭时，老太太强装振作，强迫自己跟儿媳妇"开心"地吃了午饭，便找借口提前回了家。

张婶一声叹息："多好的小伙子，咋说没就没了呢？可你们……都这样绷着，也不是个事啊。"

老太太声音颤抖，缓缓说道："绷着，说明还有一根线扯着，能把日子过下去；断了，一切都打碎了，想要再重整起来不容易。小茹的心已经很苦了，只要我还和往常一样，她就会提着精神过好每一天。总有一天，她能准备好，往前再走一步……现在，她还是我儿媳妇，我得保护她啊。"

门外，林茹泪流满面。

（发稿编辑：王　琦）

（题图：豆　薇）

清朝同治年间，京城宣武门内，开着一家和顺斋饭庄，生意兴隆。老东家就是大厨，想把手艺传给两个儿子后，就颐养天年。大儿子陆回学得有模有样，二儿子陆章却总想投机取巧。老东家骂了陆章几回，陆章一气之下，另起炉灶，开了一家和利饭庄，但生意却不温不火，让他十分苦恼。

这天一早，陆章听说和顺斋饭庄昨夜着了一把大火。他忙赶过去一看，饭庄被烧成了一堆焦炭。他爹不见踪影，大哥陆回木然地站在那里。他走过去问："咱爹呢？"陆回说："爹……疯了，你有空回家去看看他吧。"

陆章嘴上应着，心里却忽然想到一个鬼主意，掉头就跑。他请人写了"和顺斋"三个字，然后就去做匾额了。眼下爹疯了，他跟大哥必有一人要继承和顺斋，他若先挂出匾额，大哥就没办法跟他争了。

第二天，陆章便将做好的匾额挂上了，又放起了鞭炮。鞭炮声中，就听有人大喝一声："盗用和顺斋之名，你也好意思？"

话音未落，陆回冷着脸走了进来。陆章笑呵呵地说："哥，和顺斋是咱家的铺子。爹做主时，我不说啥；爹现在不能做主了，咱俩都可用吧？我的匾额已挂上，你的还没挂，那你往后可不能再叫这名了。"

陆回摇摇头说："爹把匾额给了我，今儿还挂着呢。"陆章一愣："在哪挂着？别蒙我了，那场大火早把匾额烧没了！"陆回说："你

兄弟争匾

□魏炜

跟我去看！"说着，他将陆章带到了自己家。只见门楼正中挂着一块匾，上面写着三个金光闪闪的大字：和顺斋。陆章惊得下巴险些掉下来，他实在想不起来，他哥家的门楼上啥时挂了块匾额。

陆章脸上红一阵白一阵的，但他不能就这么认输，于是偷偷找邻居打听，得知这块匾是今早刚挂上去的。陆章又找到做匾的铺子，悄悄塞给一个小伙计几两银子，问和顺斋这块匾的事。小伙计说这块匾是今早取走的，明明是新做的匾，陆回却特意嘱咐他们要做旧，为此多掏了十两银子呢。

陆章心里有了底。他对小伙计说："明早你当众去说这事儿，我再给你十两银子。"小伙计连连摆手，说他若这么做了，往后就甭想在这块地上混了。陆章又问："字样是从哪来的？"小伙计说："是麻小二写的。"

陆章一惊，他认得麻小二，就是和顺斋的一个跑堂。别说他不会写字，就是会写，和顺斋的匾额，又怎么会让他写呢？小伙计说，和顺斋着火后的那天下晌，陆回带着麻小二来到铺子里做匾，还说要做旧，多给十两银子，但有个条件：

得麻小二认可才行。陆回掏出字样，师傅照着做完，麻小二先摸了摸，让师傅在几个地方修改，直到改得他满意了，这才细细打磨，然后上金粉。小伙计跟麻小二混得有几分熟了，就问少东家陆回为何会让他负责匾额的事。

麻小二得意扬扬地说，他在和顺斋当跑堂，还兼着一份差事，就是擦匾额。每天都要摸几遍，年深日久，他闭上眼都能写出那三个字的样子。和顺斋着火后，匾额也烧没了，陆回怕弟弟来跟他争名号，急着想做一块新的，麻小二自告奋勇说他能写字。陆回见他写得分毫不差，就把做匾额的差事交给了他。

当晚，陆章找到麻小二，让他当众承认匾额上的字是他写的，自己就给他五十两银子。麻小二见钱眼开，鸡啄米般点头答应了。

转过天来，陆章又在饭庄门口放起了鞭炮，招来了许多看热闹的人。陆回听到动静，赶过来怒斥道："弟弟，昨日你已看到匾了，怎么还敢盗用和顺斋的名号？"

陆章哈哈大笑道："大哥，你就别装了。前几日的大火，早就把匾额烧没了。至于你家门楼上的匾额，是麻小二新写的吧？你挂出匾额，比我晚了半个时辰。这样说来，还是你盗取了我的名号呢。"

陆回愣了愣，哈哈大笑道："弟弟说什么笑话，我的匾额，怎么可能是麻小二所写？"

陆章说："那咱打个赌吧。要是麻小二能写，你就输了，你的饭庄以后不许再叫和顺斋；要是麻小二不能写，我就输了，我的饭庄再也不叫和顺斋。"陆回点头，叫人去唤麻小二。

很快，麻小二来了。陆章冲麻小二使了个眼色，让他当众写下"和顺斋"这三个字。麻小二当即提笔写了起来。写完后，大伙一看，"和顺斋"那三个大字，和门楼匾额上的字如出一辙。

陆回瞬间明白着了道，骂了句"吃里扒外的东西"，转身就走。陆章冲着他的背影喊道："你回去把门楼上的匾额摘了吧，往后，这和顺斋之名只有我能叫了！"

麻小二跟陆章要了银子，正要走，却听到有个不男不女的声音惊呼道："好字，好字呀！和顺斋，没错，就是和顺斋，原来搬到这里来了，让咱家好找啊！"

众人扭头一看，见几个小太监簇拥着一位身着锦衣的公

公过来了，陆章和麻小二忙上前行礼。公公看着麻小二，问道："这字是你写的？"麻小二点头。公公颔首说道："和，好；顺，更好……"他又转向陆章："你是和顺斋的东家？"陆章连忙点头："我是和顺斋的东家，也是大厨。"公公说道："进铺子里去，咱家跟你们说件事！"

原来，这位公公是御膳房的副总管。这几日，太后身子不适，听说和顺斋的糟熘鱼片鲜嫩爽滑，不肥不腻，就想吃上两口，命他来寻，明日给太后送去。公公见那字写得也好，很合太后的意，就让麻小二跟他进宫去，多写几份，作为备用。

公公带着麻小二走了，陆章可急坏了。他根本不会做糟熘鱼片，太后要是知道了，能要了他的脑袋呀！眼下无计可施，他赶紧备了厚礼，想去找大哥认错，再请大哥把那道菜的做法教给他。但大哥家里铁将军把门，连个人影都没见着。陆章可不敢拿自己的脑袋冒险，连忙收拾了金银细软，逃出城了。

饭庄没了东家，散伙了，那块匾额没人要，陆回便搬回家去，毕竟和顺斋还是要重建开张的。陆回特意去感谢公公，公公尖着嗓子说："这种偷桃摘李的宵小，就该惩罚他一下！"

原来，陆回觉得陆章既然想盗用和顺斋的名号，一定不会轻易善罢甘休，他就留意上了。当陆回发现陆章去找麻小二，他就知道麻烦大了，与其在这匾额上纠缠，不如另辟蹊径。很快，他想到了用和顺斋的招牌菜来打败陆章的法子。于是，他找到公公，请公公出面帮忙。公公闻听此事的前因后果后，爽快地答应了。

另一头，陆章逃到了保定。他也没别的本事，就租下店面开了家饭庄，可不敢叫那个惹祸的和顺斋，还叫和利饭庄。这回他不想走歪门邪道了，只想靠着提高手艺来争取食客，渐渐地，居然也把生意做得有模有样。

这年冬天，门口来了个乞丐讨饭，陆章听声音有些耳熟，抬眼望去，竟是麻小二。陆章惊诧道："你不是进宫去给太后写字了吗？"麻小二哭丧着脸说，太后初见他的字时，很喜欢，想让他写更多的吉利话，可他哪会呀，写出来跟蜘蛛爬似的，太后很生气，说他是个骗子，打了他一通板子，把他赶出了宫。他出卖主家，名声臭，在京城混不下去，只好四处流浪。

陆章听完，重重地叹了口气说："看来还得有真本事才行啊。"随后，他留下麻小二当跑堂，还给他布置了个活儿：每天早晚把匾额擦干净。

（发稿编辑：朱　虹）

（题图、插图：陆小弟）

谁看不见星空

□ 苏三皮

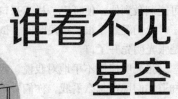

在一场意外中，张光明永远失去了光明。

我和张光明是邻居，也是同学，一起念小学。在他失去光明之前，我和他十分要好。我们一起上学，一起到河里游泳，一起爬树捉知了……几乎形影不离。张光明爬树的技术比别人都强，懂的知识也比别人都多，让我十分羡慕和崇拜。

张光明的眼睛看不见后，性情变得十分古怪。他把自己关在房间里，不愿意见任何人。我听他妈妈说，就连吃饭也都是他妈妈送到他房间门口，在确定妈妈走开后，他才会过来把饭菜拿走。张光明的妈妈带着哭腔对我说，李小军，你是张光明最好的伙伴，你有空就过来找他玩，开导一下他。

我没有立即答应张光明的妈妈。我的确是张光明最要好的朋友，不过，那是在他还没有成为盲人之前。现在，我对张光明充满恐惧。我害怕看到张光明的眼睛。据说盲人的眼睛是空洞的，就像黑窟窿一样。这么一想，我就起了满身鸡皮疙瘩。

但是，经不住张光明妈妈的软磨硬泡，我只好答应她去探望张光明。

我小心翼翼地敲门，告诉张光明我是他最要好的小伙伴李小军。有点出乎我的意料，张光明竟然开门同意我进入他的房间。张光明戴着一副墨镜，我看不到他的眼睛。我的恐惧顿时少了一半。

我想和张光明说些学校里的

事，或者说些往事，但是我担心这些都有可能刺激到他，便哑巴一样不开口了。我们沉默了很长一段时间，倒是张光明先开了口。

张光明愤愤不平地对我说，我知道你们现在怎么看我，你们看不起我，还把我当成怪物。张光明顿了顿，又说，不过我不怪你们。张光明还说，其实我现在很好，大家都以为我什么也看不见，其实我什么都看得见。

张光明说这些话的时候，嘴角浮现出一丝不易觉察的笑容。我心里想，这次打击对张光明着实很大，他都开始说胡话了。张光明冷笑一声对我说，我知道你现在根本不会相信我说的话，甚至在想我的脑子出了毛病，但是总有一天，你会相信我说的是真的。

因为没那么恐惧，我和张光明的第一次见面还算愉快。虽然我不相信他说的话，但这并不影响我和他聊天。我从他房间离开的时候，张光明还走出门口送我，对我说，你明天放学，还可以过来。

张光明的妈妈对我充满了感激，她悄悄地给我塞了一块钱。我知道这是她给我的酬劳，也就受之无愧地放进了口袋，然后答应她，明天放学还会再过来。

和张光明接触过几次之后，我对他的恐惧完全消除了，而他对我的戒备也完全消除了，他甚至邀约我一起到楼顶看星星。以前，我经常和张光明并排躺在楼顶看星星。我犹豫了一下，拉住张光明的手就要出门。张光明甩开了我的手，有些不满地说，你用不着拉着我，我真看得见。说着，张光明就出了门。上楼梯的时候，他不用扶着扶手，噌噌地上去了。我吃惊得嘴巴张成了O形。

我紧紧地跟着张光明上了楼顶，张光明拉着我并排躺了下来，说，哎呀，有一年多没看过星星了，星空还是那么美。

我不可置信地望着张光明，你真能看得见星空？

张光明没好气地说，我怎么可能会骗你？他伸手指着北斗七星说，你看，天枢星正发出金子一样耀眼的光芒，天枢星左下方的天璇星像蓝宝石一样，但是它的光暗淡了一点儿。张光明还准确地说出了天玑星、天权星、玉衡星、开阳星和瑶光星的位置和光亮。我的嘴巴再次张成了O形。

那一刻，我真的相信张光明能看得见灿烂的星空。

回到学校，我和吴大勇说了张光明看得见的事。吴大勇一点儿都不相信我说的话，还和我打了一个赌。他说，要是张光明真能看得见，他就把自己的眼睛戳瞎；要是张光明看不见，我就得赔他100颗七彩珠子。

吴大勇最喜欢七彩珠子，这个事同学们都知道。不过每次去看张光明，他妈妈都会给我一块钱，这些钱买100颗七彩珠子绰绰有余，所以，我应下了吴大勇的赌约。

我和张光明说，吴大勇不相信他能看得见星空，还告诉他我和吴大勇打赌的事。张光明沉默了好一会儿，然后问我，吴大勇要怎么样才能相信？

我告诉张光明，吴大勇要亲自验证过才相信。

张光明犹豫了一下说，好吧。

第二天放学后，我和吴大勇走到张光明家楼下，大声地喊张光明下来。张光明"嗖"地从楼上飞奔下来。我得意扬扬地对吴大勇说，你看到了吧，张光明完全不用看路。

吴大勇"哼"了一声，从口袋里掏出一颗珠子，递给张光明。他还没说话，我就不高兴了，嚷道，你拿个透明的珠子给张光明看干什么？

吴大勇撇撇嘴说，你懂个啥！张光明，你把这珠子对着太阳好好看看，然后告诉我，珠子里面依次是什么颜色？

张光明接过珠子，用大拇指和无名指捏住，举到额头上方，对着夕阳仔细辨认。他沉默着，一言不发，害得我也心慌起来，这还能有什么颜色？透明的呗！为什么张光明不说话？

过了一会儿，张光明开口了，一共七个颜色，依次是红、橙、黄、绿、蓝、靛、紫。

吴大勇的嘴巴张成了O形，悻悻地说，好吧，我认输。

我递给吴大勇一枚针，对吴大勇说，你自己说的，如果张光明真能看得见，你就戳瞎自己，来吧，愿赌服输。

张光明一把抓住我的手说，不能这样，李小军，你疯了吗？

我吃惊地望着张光明，一字一句地说，我可没有疯，我和他打了赌，愿赌服输。

不能这样，我不想他也……也像我这样……说着，张光明竟然哭了出来。

（推荐者：芝　麻）

（发稿编辑：赵嫒佳）

（题图：陶　健）

算计

□ 袁作军

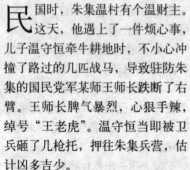

民国时，朱集温村有个温财主。这天，他遇上了一件烦心事，儿子温守恒牵牛耕地时，不小心冲撞了路过的几匹战马，导致驻防朱集的国民党军某师王师长跌断了右臂。王师长脾气暴烈，心狠手辣，绰号"王老虎"。温守恒当即被卫兵砸了几枪托，押往朱集兵营，估计凶多吉少。

温财主闻讯，急忙去找丁村的丁秀才。二人曾是私塾同窗，还沾带点远房姑表亲。但两人"道不同，不相为谋"，并无交情。这温财主为啥这时去找丁秀才呢？

原来，王师长行军打仗之余，酷爱挥毫泼墨，笔走龙蛇。丁秀才的行、草、篆、楷书法，独步朱集，颇有名声。就因为这个，两个本来尿不到一个壶里的人，竟成了笔友。

听罢温财主的来意，丁秀才默然不答，心里犹疑着：这个狗东西精于算计、阴险狡诈，好多人深受其害。

秀才娘子打破尴尬，说："表兄弟啊，按理说这个忙，我们是应该要帮的。可是，我家秀才人小面窄，人家指挥千军万马的师长哪里会买他的账？"

温财主固执地哀求："秀才兄，你们就忍心见死不救？"

丁秀才仍然不说话。

温财主请出了丁家德高望重的伯祖公、叔祖公来斡旋，又回家搬动温母丁老太太前来说项。见老姑母声泪俱下，还要下跪，丁秀才无可奈何，说："几位老祖宗，这样吧，我冒险试一试。成了，不要谢我；不成，也别怪我……"

秀才娘子急忙插话："表兄弟，这事少不得要大大的破费哟……"

温财主说："明白明白。秀才兄只管大胆定夺。"

于是，丁秀才立即带着一本祖传的《唐人小楷》字帖和温财主准备的五十块大洋，赶往兵营。他拜见了缠着绷带的王师长，小心翼翼地说："温家委托我前来慰问师长。您看，温家那孩子，也是无心之错，您能不能高抬贵手……"

王师长因为摔伤，正疼得龇牙咧嘴的，一口回绝："不行！纵牛袭击抗日军人，以汉奸论处。等老子伤好了，一定亲手剥了他的皮！""王老虎"历来言出必行。他说剥皮，那就真的会拿刀子剥皮的。丁秀才打躬作揖，好话说尽，王师长总算开恩，给了笔友一个面子："温财主想放了他儿子，也行。让他捐赠两千块大洋、五十担粮食，慰劳本师，不过分吧？"

钱粮数额较大，但换一条人命，也算是物超所值了。因有温财主"大胆定夺"的承诺，丁秀才赶忙说："那行！"

王师长也说话算话，下令把温守恒交给丁秀才带回去。丁秀才说：

"还是等我把钱粮送来之后……"王师长说："秀才公，我信得过你。去吧，下不为例。"

丁秀才欣然回到温村，把结果告诉温财主。谁知温财主满脸不悦，埋怨说："你就由着王师长说多少就是多少？"然后，他说什么也不肯拿出钱粮。

丁秀才说："温兄啊，人命关天，我哪里还敢还价？再说，这点钱粮，对于你家，不过是九牛一毛嘛。你这样一搞，我怎么跟王师长交账？"

温财主说："是你答应的，好

不好交账，关我屁事。"

丁家伯祖公、叔祖公出于义愤，前去理论，被温财主斥之"狗拿耗子"，气得二人差点与世长辞。温财主始终不肯让步，丁秀才懊恼欲死，这该如何是好？

秀才娘子劝丁秀才说："当家的，你干脆去跟王师长实话实说吧。"

丁秀才喝道："胡扯！包票是我打的，以王师长那暴烈脾气，若有半点差池，我还不得先挨枪子？温财主正是算计到了这一点，才死死地拿捏我呢。"为了保命，丁秀才无奈地将祖宅和十余亩良田低价卖了，凑齐了钱粮，交付王师长，然后举家搬迁到丁村野外的破窑里栖身。

丁秀才事后才知道，收买房产、田地是温财主指使人干的。祖宅和良田落入温财主之手，丁秀才气得几天没吃饭，他喃喃自语："这口恶气，我如何咽得下？"

这天，丁秀才铺开三尺宣纸，在上面用寸楷写了个"一"字，折叠起来，让娘子送到王师长那里。王师长看了丁秀才的字，大感疑惑，这么大一张宣纸，怎么仅仅写了一个字？他就问："秀才写这个字是啥意思？"

秀才娘子说："不知道哇。"

王师长是个急性子，问题怎么能等到过夜？他当即就带卫兵去找丁秀才。秀才娘子这才带他去了破窑，还说起老宅卖给温财主一事。

王师长是知道温财主的，就问："你们干吗要把老宅卖给温财主？"

秀才娘子说："我家秀才不是承诺要给兵营两千块大洋、五十担粮食，换回温财主的儿子吗？温财主不肯承担，秀才没辙，只能卖房卖地了。"王师长说："哦，也就是说温财主要赖？"

到了破窑，王师长问丁秀才："这些事儿你怎么不早说？"

丁秀才说："一言难尽嘛。"

王师长愤然下令，让卫兵去绑了温财主的儿子，押回师部，罪名是：当初释放时偷拿了师部文件。

温财主厚着脸皮去跪求丁秀才，他愿将老宅和良田原封不动退还。丁秀才不为所动："我哪有这能耐？"温财主只好再加三千大洋……

温守恒再次被救回来了，但是抬回来的，因为双腿已经被枪托砸断了。唉，温财主千算万算，砸了自己的脚尖。

（发稿编辑：田　芳）

（题图、插图：豆　薇）

墓 碑

□周德东

王军是个盗墓贼。这天夜里，他走进一片坟地，突然看见坟头上晃动着一个人影，好像在用利器凿墓碑。他急忙打开手电筒照过去，那人一下就用胳膊挡住了脸，只露出一张嘴，那张嘴像血一样红，墓碑上刻的字也像血一样红：郭庆升之墓。

王军问："你干什么呢？"那人依旧挡着上半张脸："他们把我的名字刻错了，我改过来。"王军一下子就傻了。那人接着说："你把手电筒关掉，我怕光。"

王军不敢违抗，关掉了手电筒。那人慢慢放下了胳膊。月光下，他的脸十分苍白，两只眼睛黑洞洞的。

"你叫……什么？"王军颤颤地问。

"郭庆升。"那人阴森森地说。

"那不是……"王军差点没吓晕过去。那人直直地盯着王军，说："不过，我想改成你的名字……"王军仓皇而逃。

其实，那也是个盗墓贼，见吓走了王军，他暗暗高兴，继续挖坟。终于，他把坟挖开了，钻了进去。坟里这个名叫郭庆升的人是个大老板，不久前他出车祸死了，火化之后，骨灰埋在了老家的坟地里。据说，他生前的一些名贵物品都殉葬了，比如名表和钻戒。

那个盗墓贼在黑暗中摸索了半天，也没有摸到任何贵重的殉葬品，只摸到了满手的骨灰，还有几块没烧透的骨头。

突然，有个声音在黑暗中响起："表在我的手腕上，钻戒在我的手指上，不过，你能分清哪些灰是我的手腕，哪些灰是我的手指吗？"盗墓贼惊得一下蹿出了坟墓，像王军一样仓皇而逃。

这时，王军从墓碑后闪出来，朝那个同行的背影冷笑一下，跳进了坟中。

（推荐者：悠 悠）

（发稿编辑：朱 虹）

（题图：豆 薇）

婚姻介绍风波

□金 顺

高某事业有成，可年过三十，还是独身一人。为了找到意中人，高某来到一家婚姻介绍所。

经过商谈，双方签订了《婚姻介绍协议》。协议写明，婚姻介绍所为高某服务一年，为其介绍对象16个；高某交付服务费25600元；如果高某有损害婚姻介绍所的行为或影响婚姻介绍所正常工作，应视为高某违约，婚姻介绍所有权与高某提前终止服务协议；婚姻介绍所或高某单方面破坏协议均视为违约，违约方将承担全部经济责任。

协议签订后，高某当场交付25600元的服务费。随后高某填写

了《征婚对象要求表》，作为协议的补充内容。她对征婚对象的要求如下：30岁以上、35岁以下，身高不低于1.72米，有固定工作，不吸烟、不喝酒、不赌博，心地善良、脾气好，无不良嗜好。

不久，婚姻介绍所就为高某介绍了第一个征婚对象郭某。郭某身材高大，性格开朗，在建筑公司工作，高某对他非常满意。闲聊中，高某发现郭某和自己的闺密是高中校友。两人的接触由此越来越多。

可随着交往的深入，高某发现郭某有不少缺点，比如时不时说脏话、一言不合就发脾气。除此，高

某还委托闺密去打听郭某以前的情况。闺密说，郭某高中时成绩中等、作风差，高中三年因违纪受到通报批评的次数不下十次，而且郭某两年前曾因酒驾被警方处理过。

闺密的消息让高某怒不可遏，她没想到，婚姻介绍所向自己介绍的第一个对象品行竟然如此卑劣！

第二天，高某怒气冲冲地赶到婚姻介绍所，大声要求终止协议并退还全部服务费。婚姻介绍所说，他们只能对征婚对象的工作、学历、婚姻状况等进行形式上的审查，而对其脾气和过去的表现，他们没有审查义务。而且他们已经履行了自己的义务，但高某在婚姻介绍所吵闹，还主动提出终止协议，已经违约，由此拒绝了高某的要求。

高某吃了闭门羹，很快就将婚姻介绍所告上了法庭，要求解除自己与婚姻介绍所签订的《婚姻介绍协议》，并返还全部服务费。

收到法院传票后，婚姻介绍所并未担心。在他们看来，虽然高某填写了《征婚对象要求表》，但他们无法对征婚对象的脾气性格和过往的行为了如指掌，这些只能在男女双方日后交往中慢慢发现。而且就算婚姻介绍所在不知晓郭某曾因酒驾被查的情况下将其介绍给高某，也并不妨碍协议的履行，高某若不满意，完全可以停止与郭某交往，婚姻介绍所也会为她介绍其他征婚对象，所以他们不构成违约。

婚姻介绍所没想到，法院经过审理，最终支持了高某的诉讼请求。

律师点评：

本故事涉及的一个法律问题，即按约履行的基本法定要件。

根据法律规定，合同双方当事人应当根据约定全面履行，合同当事人在适当时间、适当地点，以适当方式，按照合同中的约定内容履行相应的义务和享受相应的权利。

故事中，高某在与婚姻介绍所签订的协议里明确要求，征婚对象必须"不吸烟、不喝酒、不赌博""无不良嗜好"，这一内容是双方认可并签约的。该内容未违反法律法规强制性规定，属于有效合同。那么，双方当事人应按约履行。高某已按约支付了服务费，婚姻介绍所则同样得按约向高某介绍符合约定要求的对象。基于婚姻介绍所提供的对象与约定不符，其违约行为显然，承担责任自然难免。

（发稿编辑：曹晴雯）

（题图：张恩卫）

追根溯源，却陷入更深迷雾；抽丝剥茧，却挖出变异怪胎。当真相终于浮出水面，人性的黑洞赫然在目，幸而邪不压正，后生可畏……

天不藏奸

□ 杜　辉

1. 初出茅庐

陆寒从警校毕业后，被分配到市刑警队工作，刚入职不到一周，就遇到了一起命案。在跟着队长和同事们赶往案发现场的过程中，他的内心除了紧张，还有一丝隐隐的兴奋。

报案的是锦苑小区的一名郑姓保安，这是一个斯斯文文的年轻人，他向警方说明了发现尸体的经过：死者林老太是个独居的老人，和她一起跳广场舞的同伴发现她有两天没出门了，打她的手机也打不通，便把这种蹊跷情况通知了保安室。小郑从物业那里找到林老太儿子的

电话，打了过去，随后两人一起赶到林老太家门口。林老太儿子用钥匙打开门，发现林老太横尸于地上，早已死去多时了。

由于房间里留下了林老太儿子和保安小郑的脚印，导致现场已经遭到了一定程度的破坏，警方只能在这个基础上进行现场勘查。陆寒经验尚浅，跟在队长身边，提供一些协助工作。他的目光总是不自觉地落在尸体上，林老太眼睛微凸，舌头露出，一张脸青紫肿胀，看上去真有几分吓人。

队长突然开口："小陆，我考你一下，你能判断出被害者的死因

吗？虽然这是法医的工作范畴，但作为一名经常接触命案的刑警，在这方面也需要一定的鉴别能力。"

这个问题难不住陆寒，他不假思索地说道："死者颜面青紫肿胀，并且有出血点，窒息特征表现突出，尤其颈部有新月形表皮脱落，如果我判断得没错，她是被人用双手活活掐死的……"

队长满意地点点头："不愧是警校的尖子生，基本功很扎实！"

陆寒有些不好意思："我掌握的只是一些理论知识，在实战上还是一名新兵，需要您多多提点。"

队长挥挥手说道："咱们当警察的，不兴那种客套话。你还有什么想法，都说来听听。"

陆寒知道，队长之所以盯住自己提问，不是因为自己的见解比别的同事高明，而是因为他更需要积攒经验，经受淬炼。他沉吟了一下答道："首先，受害者家的门锁并没有遭到破坏，应该是熟人作案，要不然林老太不会给他开门；其次，家里没有被翻找过的痕迹，凶手的目的应该不是求财，很可能是报复性杀人……"

说到这儿，陆寒看了一眼正在从死者脖颈扼痕处提取指纹的法医，说道："能提取清晰指纹，说明凶手作案时并没有戴手套，也没有对指纹进行过擦拭处理，由此可见凶手不是专业的作案高手。结合以上几点，我的基本判断是，找出这个凶手应该并不难！"

还真让陆寒说中了，警方很快便锁定了嫌疑人。在随后召开的案情汇报会上，队长通报了整个案子的进展情况，他在大屏幕上播放了一段电梯监控视频，从视频里可以看到，一个中年男人从三层走进电梯，按了十层的按键，电梯门开启后，他一个大步跨出去，消失在监控范围之外。值得注意的是，这个男人一脸凶相，眼睛瞪得滚圆，双手握成拳头，一副寻衅打架的势头。

队长说道："这就是嫌疑人高虎，和林老太住同一个单元。根据我们事后的走访调查结果，他和林老太有很深的矛盾，多次发生过激烈的争吵。通过尸检报告可以知道，林老太的死亡时间是本月七号的晚上十点左右，而高虎走进电梯的时间是九点五十五分，这么一来时间就对应上了……"

众人凝神倾听，队长继续说道："和多数小区一样，为了保护居民隐私，楼道里是没有监控的，但隔墙有耳，我们询问了十层的其他几家住户，他们在这个时间段都听到了林老太和一个男人激烈的争吵声，有一位邻居还开门看了一眼，认出了那个男人是住三层的高虎，他和林老太一个门外一个门里，吵得脸红脖子粗。由于林老太性格霸道、蛮不讲理，和同层的邻居关系都搞得很僵，所以当时也没人出来劝架。据这些邻居回忆，争吵大概持续了五分钟，就毫无声息了……"

市局领导插话说道："看样子是激情犯罪，情绪失控后的失手杀人，如果是有预谋的，嫌疑人应该避开监控走步梯上去，不会在摄像头下留下那种表情，更不会肆意争吵，引起邻居的关注。"

"没错，接下来这段监控录像，也印证了这一点。"队长一边说着，一边放映了下一段视频，只见高虎重新走进电梯后，像是换了一个人，脸色煞白，表情中充满惊惧，连按电梯键的手都在哆嗦，门一开就逃一般冲了出去。

队长说道："这段视频的时间是十点零一分，记录下了嫌疑人失手杀人后惊慌失措的反应。像这种很难掩盖的激情杀人，作案者只有两种选择，要么投案自首，要么畏罪潜逃。尽管我们第一时间就赶到

嫌疑人住处，可惜还是晚了一步，已是人去房空。嫌疑人在本小区还有一处房产，平时往外出租，我们也搜查了那套房子，仍是一无所获，房间里灰尘密布，已经很久没人居住了。我们提取了嫌疑人的指纹，和死者颈上的扼痕处指纹进行了对比，确定为同一人的指纹。这个案子至此算是水落石出了，剩下的就是追捕工作了。"

市局领导问道："追捕工作进行得顺利吗？有没有什么进展？"

队长摇摇头，表情略显凝重，说道："我们查看了案发后小区内外的所有监控，没有发现嫌疑人的任何踪迹，他的出逃方式只能是乘车出去。嫌疑人自己不会开车，所以我们判断他是以搭乘他人车辆的方式出逃的，问题的难点也在这里，案发已经有段时间了，每天进出小区的车辆很多，要想锁定可疑车辆并不容易。警方下一步准备全市封锁布控，展开全方位的搜查工作，但不排除嫌疑人已逃到外地的可能……"

队长介绍完情况，环顾左右问道："大家还有什么问题吗？没有问题的话，下一步我要分配追捕方面的任务了！"

陆寒犹豫了一下，举手示意道：

"队长，我有个想法……"

2. 锋芒初露

所有的目光都集中到陆寒身上，陆寒性格内向，一下成为全场焦点，多少有些不好意思。队长棱角分明的脸上，难得露出了一丝笑意，说道："在座很多人可能还没见过陆寒同志，他是刚刚分配到我们警队的，很年轻，毕业于中国刑事警察学院，真正的高才生……"

让队长这么一夸，陆寒脸更红了，队长用鼓励的眼神看着他："你有什么想法，尽管说……"

陆寒整理了一下思绪说道："我也认为嫌疑人是搭乘车辆离开的，在监控无处不在的今天，想用步行的方式避开所有摄像头，这几乎是不可能完成的任务。但连小区门口的监控都没有拍到嫌疑人的身影，这就意味着他是在小区的地下车库坐上车的，但这显然不是最好的处理方式，因为门口监控会拍下所有驶离车辆的牌照，也会给警方留下排查的空间，虽然想查出来不容易，但并不是不可能。如果我是这个嫌疑人，完全可以采取一种更高明的方式，徒步走出小区，多拐几个弯儿，找一处无监控区域，不管是打一辆车也好，扒一辆车也好，岂不

是更加无迹可循了吗？"

队长说道："你所说的出逃方式的确更完美，也更不留破绽，但这一切都建立在你出众的头脑和缜密的思维之上。在这方面嫌疑人未必有你的能力，何况他正处于杀人之后的慌张状态之下，满脑子想的只是尽快逃亡，恐怕也来不及通盘考虑……"

陆寒说道："这个可能当然最大，但会不会有另一种可能呢？嫌疑人之所以没被小区门口监控拍到，是因为他压根没离开锦苑小区。不是有那么句话吗？最危险的地方最安全！"

队长沉吟不语，陆寒继续分析："嫌疑人在小区居住多年，认识很多住户，想找个藏匿地点，恐怕并不是难事，也许没有谁愿意窝藏杀人犯，但如果诱之以利呢？也不是没有可能。虽然我并不认为这种可能性很大，甚至可以说远远低于他外逃的可能性，但千里之堤，溃于蚁穴，只要有一丁点可能，我们也应该把这个漏洞堵住。"

队长面露赞许之色，点点头说："发现嫌疑人外逃之后，我们对锦苑小区住户进行过初步排查，但确实没有把工作重心放在那里。你说得对，我们要谨防灯下黑的情况，

不给嫌疑人留下任何空子。这样吧，追逃工作你就别参加了，你负责在锦苑小区蹲点深挖，看看能不能有什么发现……"

就这样，陆寒在锦苑小区驻扎下来，他没有住的地方，就住在了保安室。他在这个小区里两眼一抹黑，想顺利开展工作，必须找一个帮手。在几位轮值保安身上逡巡良久，陆寒最后把目光锁定在当初报案的小郑身上。

小郑很年轻，和陆寒同岁，在一帮保安大叔中显得特别不和谐，也让陆寒觉得有点奇怪，小区保安

这个行业收入微薄，从业者大多是找不到好工作的中年人。小郑年纪轻轻，受过高等教育，干什么工作不好，却来当一名保安？难道是因为太懒，嫌别的工作太辛苦？

但陆寒观察了一下，显然不是这个原因。相比那些得过且过的中年保安，小郑要勤快得多，也尽职得多，对工作很用心，对住户很热情，小区里平时有个什么大事小情，不管是分外还是分内，他都会很积极地去帮忙解决。

陆寒很快找到了答案，他发现小郑随身揣着一个小本本，经常掏出来往上面记些什么。有一次，他趁着小郑没防备，探头看了一眼，有些意外地问："你这记的都是些啥呀？好像是创作素材？"

小郑有些尴尬，摸摸后脑勺道："不愧是警察呀，什么都瞒不过你。实话告诉你吧，我当这个保安，是醉翁之意不在酒。我是学中文的，毕业后一直想写一部现实题材的长篇小说，框架都搭好了，但怎么也写不顺，总感觉自己的文字是死的，缺少血肉和灵魂。我想来想去，可能是因为自己属于闭门造车，缺乏对社会和人群的深入了解。所以我才找了这份工作，想夯实一下创作的根基，要说到近距离接触形形色

色的人群，恐怕没有比保安这个职业更方便的了！"

说到这儿，小郑嘿嘿一笑，对陆寒说："你看，我这不就有机会接触一位警察，协助他调查一起命案了吗？这是多么难得的机会，说不定我的小说也会因此更精彩，多一些悬疑罪案的元素呢！"

陆寒也忍不住笑了，也许是因为同龄人的关系，他感觉和小郑很投机，拍了拍小郑的肩膀说道："那咱们就各取所需，你要尽全力协助我哦！"

小郑一口答应："放心！我一定全力配合，如果高虎真的藏在这个小区，咱们掘地三尺，也要把他挖出来！"

3. 毫无进展

陆寒让小郑去调查一下，高虎在锦苑小区里有没有什么亲友，他们显然是最有可能藏匿高虎的人。小郑通过向自己的同事了解，外加向小区老住户打听，告诉了陆寒答案：高虎离婚多年，在本地都没什么亲人，但他在小区里狐朋狗友倒是不少。

小郑说出了自己的想法："陆警官，根据我了解的情况，高虎结交的都是些酒肉朋友，平时吃吃喝喝

喝还可以，让他们担着风险藏匿杀人犯，我感觉这种可能性不大。"

陆寒说道："可是你别忘了那句话，有钱能使鬼推磨。高虎为了保住性命，恐怕拿出所有家产都愿意，越是那种酒肉朋友，越容易被买通！"

小郑连连点头："说得也是，那我们就先从这些人查起！"

陆寒拿着搜查令，带着小郑挨家突袭，把高虎的狐朋狗友家都搜过了，可惜没有任何收获。陆寒手抚下巴，沉思片刻后说道："也许我们应该换一个相反的思路，查一查和高虎有矛盾的住户们。"

小郑不解地问道："这又是为什么？这些人应该是被排除的对象才对啊！"

陆寒说道："要对付各种狡猾的罪犯，有时候就得使用逆向思维，越是不可能的因素里，越是潜藏着可能性。正因为这些人会被直接排除，藏在他们家里，不就是最安全的吗？有矛盾不是什么问题，金钱可以化解一切矛盾！"

小郑心悦诚服地说道："你的思维太厉害了，我一定要向你学习，以后写小说肯定用得上！"

可惜这次的突袭就没那么顺利

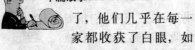

了，他们几乎在每一家都收获了白眼，如果不是陆寒警察的身份起到了保护作用，恐怕他们早被一盆水泼出去了。陆寒也只能硬着头皮承受，总不能向人家解释你的逆向思维吧？只是苦了帮手小郑，把当保安以来积累的好人缘都葬送了，他苦着脸说道："有矛盾的住户也调查完了，接下来该怎么办？"

陆寒也有点没辙了，他叹了口气说："有时候最简单的方法，反而是最难破解的，如果高虎随机选择了一家住户藏匿，想找出来就比

较难了。这个小区有上千家住户，总不能挨家挨户去搜查吧？"

小郑犹豫了一下说道："陆警官，有句话我不知当讲不当讲。"

陆寒说："但讲无妨！"

小郑说："如果事后证实，高虎早就逃之夭夭了，那么咱们今天的种种行为，会不会显得有点滑稽可笑？"

"当然不会。"陆寒正色道，"就拿你的工作来说，你作为保安，每天都要巡逻，也许永远不会遇到破坏分子，但能说你的工作是多余的吗？"

小郑肃然拱手道："受教了！"

陆寒忍不住笑了，说道："咱们已经算是朋友了，那么客气干吗？我需要你帮忙的地方还多着呢。现在排查工作已经陷入了僵局，不如换个角度入手，说不定有什么意外发现呢。我想知道高虎和林老太有什么具体矛盾，以至于能酿出一起如此惨烈的命案！"

小郑说道："我来当保安之后，亲眼看见他们吵过两次。有一次是林老太养的宠物狗被毒死了，她非说是高虎投的毒，高虎当然不承认，两人吵得不可开交，就差动手了。后来又有一次，是高虎的摩托车被推倒了，反光镜摔得稀碎，车座都

被划烂了。这回反过来了，高虎一口咬定是林老太下的手，林老太不认账，跳着脚大骂，两人又是一番大吵，吵得天翻地覆……"

陆寒沉吟道："听你的意思，这个阶段他们应该已经有矛盾了，我想知道他们矛盾的起因是什么。"

小郑说道："这个我就不清楚了，我来这里当保安没多久……"

陆寒又询问了其他几位保安，一位老保安边回忆边说："在我的印象里，这两人都不是什么省油的灯，但以前好像没有什么矛盾，井水不犯河水，就是在今年年初的时候，狠狠吵了一大架，我当时还在现场……"

陆寒追问："他们为什么吵，你还记得吗？"

"记得，好像跟一个在小区里跳楼的女孩儿有关。"老保安答道。

"跳楼的女孩儿？"陆寒微微一怔，也许是出于一种职业的敏感，他本能地感觉这是一条有价值的线索。他拉着老保安坐下，问道："你能不能详细说一说？"

4. 偷窥之眼

老保安咂咂嘴，表情中露出一丝不忍，说道："那个女孩儿是小区里的租户，她跳楼的惨景，实在是没法看，鲜血流了一地，把衣服都染红了，眼睛瞪得老大，一副死不瞑目的样子……"

老保安讲得绘声绘色，陆寒听得表情恻然，他看了一眼正闷头喝茶的小郑，调整了一下情绪问道："难道这个女孩儿的死，和林老太或高虎有关系？"

老保安说："和高虎没啥关系，是林老太造的孽，她遛狗时，狗拉了一泡屎，被那个女孩儿踩到了。女孩儿看上去挺斯文的，不像是脾气不好的人，但不知为什么，那天情绪也有点失控，和林老太争吵起来。可那女孩儿吵架都细声细气的，哪是林老太那种泼妇的对手？后来林老太直接上手，专门撕扯女孩儿的衣服，三下两下就把她的衣服都扯烂了，连雪白的胸部都露了出来。女孩哭着跑回了家，几天后就跳了楼……"

陆寒越听越气，气得双拳都握紧了，问道："她的家人没有报警，追究老太太的责任吗？"

老保安叹道："听说那女孩儿是个孤儿，后事还是朋友帮她料理的，谁帮她去讨还这个公道？再说就算报了警又有什么用？谁能证明她跳楼是那件事导致的？"

陆寒问道："高虎因为这个女孩儿跟林老太吵，是在打抱不平吗？"

"那倒不是。高虎也不是啥好鸟，哪有那么正直？他不是有一套往外出租的房子吗？女孩是他的房客，她这一跳楼，房子成了凶宅，就不好往外租了，他这才去找林老太算账。林老太就怕跟这事牵扯上，哪肯落了下风？两人不吵翻天才怪……"

老保安是个话痨，话匣子一打开就收不住："这两人针尖对麦芒，吵得那叫一个热闹。高虎要林老太晚上小心点，说女孩会变成厉鬼向

她索命。林老太骂高虎是花生壳里的臭虫——冒充好仁，还说他的房子只租给女生，不知道安的是什么心……"

听到这儿，陆寒心中微微一动，打断老保安的话头，问道："高虎的房子只租给女性？有这么回事吗？"老保安说道："这我哪知道啊？小区里那么多住户呢，我哪能注意到？不过林老太和高虎住同一个单元，也许说的是真的。反正我看高虎恼羞成怒的反应，像是被戳中了痛处。"

陆寒沉吟不语，不知在想什么。

陆寒来到房产中介公司，出示证件之后，查看了高虎那套房子的出租信息，果然如林老太所言，高虎这套房子挂出去三年了，也换了好几茬房客，但无一例外都是女性。最后一任房客名叫安宁，就是那个跳楼自杀的女孩儿。

陆寒又查看了前几任房客的信息，发现有个叫方妍的女孩只租住了两天就离开了，他问那位中介小姐："这个人你还有印象吗？"

中介小姐回忆了一下，说道："还真有印象，她的表现太反常了，我当中介这些年，也很少遇到这种情况。明明对那套房子很满意，二话不说就付了押金，但一天之后她

就后悔了，连夜搬了出去，连押金都不要了，问她原因又不肯说……"

陆寒通过中介公司提供的联系方式，打通了方妍的电话。当他表明身份和来意后，方妍似乎仍然不想明说，她吞吞吐吐地说道："没什么，只是我个人的原因，又找到更合适的房子了……"

陆寒一听就知道她在说谎，语气不由得严峻起来："配合公安机关工作，是每一个公民的义务。高虎涉嫌一起严重命案，已经上了追逃名单。你务必要实话实说！"

电话那头的方妍分明松了一口气，声音也变得欢快起来："真的吗？那我也没什么可担心的了，我现在就把一切都告诉你……"

陆寒静静地听着，只听方妍在电话里说道："我常年租房子住，经常出差住旅馆，养成了很强的防范意识，专门在网上买了一个防偷拍探测器，每到一个新地方居住，都会先探测一下……"

听到这儿，陆寒明白了，插话问道："你在高虎的房子里探测出了偷拍设备，对吗？"

"没错。"现在说起来，方妍还是心有余悸，声音中带着一丝颤意，"不是一个，而是很多，很多的针孔摄像头，偷偷安装在不同的地方，

空调出风口、卧室插座孔、浴室喷头上，安装得很隐蔽，太可怕了！"

陆寒沉声说道："你既然发现了，为什么不报警，反而选择了明哲保身？你知不知道，这样一来，你倒是安全了，还会有别的女孩成为受害者！"

方妍的声音带着愧疚，还有一丝委屈，她说："我探测时的画面，被他通过摄像头看到了，他威胁我，如果我敢报警，他一定不会放过我，反正这点事坐不了几年牢，出来后就找我算总账。警官，我只是个很普通的女孩儿，不敢跟这种烂人赌命啊！"

陆寒不忍心再责备这个女孩儿，摇摇头挂断了电话。他心里有了一个想法，但他还需要去找一个人，进一步印证自己的想法。

5. 暗夜鬼手

陆寒找到了一个叫周薇薇的女孩儿，她是自杀女孩儿安宁的同事兼朋友，安宁的后事就是她一手处理的，也因此在民政部门留下了联系方式。

陆寒自报身份后，开门见山地说道："我正在调查一起案件，牵涉到你的朋友安宁，她自杀的原因

你知道吗？"周薇薇说："我也说不清。"

陆寒微微一怔："知道就是知道，不知道就是不知道，说不清是什么意思？"

周薇薇解释道："安宁自杀前那段时间，一直被上司骚扰，她坚决不从，遭到恶意报复，被那个混蛋找理由开除了。那几天她心情本来就很差，又跟那个林老太冲突，被扯烂了衣服，她哭着给我打电话，说对这个世界很失望……"

陆寒插话："你这不是了解她自杀的原因吗？"

周薇薇摇头道："你听我说完。

我生怕她想不开寻短见，竭尽全力开导她。她让我别担心，说她只是对这个世界失望，但还没有到绝望的地步，可惜说过这话后的第二天，她就跳楼自尽了。我到现在都不清楚，她是在心口不一地骗我，还是又遇到了什么打击！"

周薇薇越说越伤心，擦拭着眼角说道："安宁太可怜了，从小就是孤儿，没人疼没人爱，长大后自以为遇到了真爱，可惜至死都不知道对方是个渣男！"

陆寒若有所思，重复了一遍："渣男？"

"不是渣男是什么？"周薇薇气呼呼地说，"他们是异地恋，渣男在外地，安宁跳楼之后，我给他打去电话，让他回来处理后事。安宁把他当成最亲的人，肯定想让他送自己一程。可你猜渣男是怎么说的，他说他们还没结婚，这事跟他没关系，让我全权处理，以后别再打扰他。我气得差点吐血！"

周薇薇越说越气，她从手机上找出一张照片，愤愤不平地说道："这是安宁发给我的他们两个的合影，这渣男长得倒是人模狗样的，就是没有一点人味儿！"

陆寒看了一眼，微微叹了口气："你说得对，人不可貌相啊……"

陆寒回到锦苑小区，小郑把他让进保安室，一边泡茶一边问道："陆警官，你最近的行动，怎么不用我帮忙？"

陆寒说道："不涉及小区的调查，还是让我自己来吧，能不影响你的工作，就尽量别影响。"

小郑问："有没有新发现？"

"有！还是很重要的发现。怪不得高虎只把房子租给女性，原来他在房子里安装了针孔摄像头，偷拍这些女性的隐私。我怀疑这件事和那个女孩儿的跳楼自杀有关……"

陆寒喝了口茶，目光炯炯地继续说道："我感觉这个案子越往深挖，越有意想不到的东西，这个案子并不像表面那么简单，也许所有人都被装到了一个套子里……我有一个大胆的推测，杀害林老太的很可能另有其人，高虎只是一只替罪羊，甚至已经是一只死羊……"

小郑倒吸一口凉气，满脸的不可思议，说道："可如果是这样，很多东西解释不通啊，比如你之前跟我说过的，高虎两次在电梯里的表情，他留在林老太脖子上的指纹，还有邻居们听到的争吵声……"

陆寒说道："我暂时也没想明白，但我相信自己的判断，只要一路追查下去，这些疑问都能迎刃而解……"

小郑问道："你和刑警队的同事讨论过了吗？他们有什么意见？"陆寒摇摇头说："这只是我的推理，还没有直接的证据，警队正忙于追逃工作，我不能贸然影响他们。我还是先调查下去再说，绝不能让真凶浑水摸鱼……"

夜幕笼罩了大地，一个幽灵般的身影停在一辆摩托车前面，蹲下身鼓捣着什么。

又过了一会儿，陆寒走过来，骑上了那辆摩托车，踩了一脚油门，摩托车轰然而去……

那个幽灵般的身影悄然出现，即便是在黑暗中，也能看出他扭曲的表情和发红的眼睛。他从齿缝中挤出一句话："开弓没有回头箭，跟我作对的人，只有死路一条……"

6.一鸣惊人

第二天，锦苑小区的保安们得知了一个让他们心情沉重的消息，在这个小区蹲点的年轻警官陆寒骑摩托车失事，车毁人亡，面目全非。这才是真正的英年早逝，让保安们嗟叹不已，尤其是和陆寒关系很好的保安小郑，更是忍不住失声痛哭。

不知道是不是这件事给小郑带

来了沉重打击，时隔不久他便选择了辞职，在走向高铁检票口的过程中，身后有人拍了拍他的肩膀。小郑回头一看，整个人都呆住了，失声道："陆寒？你没死？"

陆寒在阳光下一脸微笑，看着小郑说道："我没死，你是不是很失望？"

小郑沉下脸："你这话是什么意思？难道我希望你死？"

陆寒反问了一句："难道不是吗？"他打开手机，对着小郑，播放了一段高清视频，正是那个幽灵在破坏摩托车刹车系统的画面。摄像头离得很近，把那人的脸拍得清清楚楚，正是小郑。

小郑沉默了，过了一会儿，才冷冷开口："我观察过摩托车周围，没有监控，却没有防到你在摩托车上安装偷拍设备，这么说你早就挖好坑等我跳了……"

"没错。"陆寒淡淡道，"我告诉你会追查下去，又让你知道这只是我一个人的想法，骗你说刑警队的其他人都不知情，就是为了诱使你狗急跳墙，杀我灭口。你肯定不敢公然刺杀一个警察，唯一的办法就是制造交通事故，所以我在摩托车刹车部位的相邻处安装了针孔摄

像头，怎么样？拍得够清楚吧？"

小郑冷冷说道："你为了诱使我上钩，也真是不惜代价，连刹车失灵的摩托车也敢开！"

陆寒耸了耸肩说道："对一个已经有了准备的骨灰级摩托车发烧友来说，这不算什么，我有十几种办法让摩托车减速停下……"

小郑叹了口气说道："你是什么时候开始怀疑我的？"

陆寒说道："我们交往的时间虽然不长，但我对你也算有一定的了解。我曾经亲眼看见你为一只被虐杀的流浪狗而伤心流泪，还痛骂那个虐狗的元凶，但那天老保安讲述起安宁惨死时的情景，讲起林老太扯掉她衣服的经过，你竟然一副无动于衷的样子，低着头一直喝茶，我当时就起了疑心……"

小郑颤声说道："你太细心了，什么都逃不过你的眼睛。我其实是在拼命压抑自己的情绪，我怕自己会崩溃，我知道自己该表演出局外人的同情和义愤，但我真的做不到，我怕自己的情绪会失控，瞬间变成一个疯子……"

陆寒沉默了一下，轻声说道："我知道，你一定很爱她……"

小郑闭了闭眼睛，脸上的肌肉在抽搐："她是那么温柔善良的女

孩，不愿意伤害这个世界的一草一木，可是为什么有那么多恶人要残害她，非把她逼上绝路？"

陆寒默然无语，小郑陷入回忆："她在跳楼自杀前，给我打了最后一个电话，哭着跟我道了永别。她说她对这个世界已经彻底绝望了，被骚扰的是她，被辞退的也是她；踩狗屎的是她，被扒衣服的也是她。本来她对这个世界还有一丝留恋，偏偏又在那个关口，无意中发现了房间里的针孔摄像头，才知道自己裸露的身体一直被房东偷窥着，甚至有可能已经传到了网上。她的世界在那一刻彻底没有了光，陷入了彻底的黑暗……"

陆寒叹道："跟我的推测差不多，是林老太和高虎联手，害死了这个可怜的女孩。高虎故意跟林老太吵架，恐怕也不是因为房子的问题，而是做贼心虚，想撇掉责任，让林老太一个人背锅！"

"不！"小郑咬着牙说，"他们逃不了，一个都逃不了！"

陆寒说道："你那么爱安宁，却装作无情，连她的后事都不参加，

显然是不想身份曝光，影响你的复仇计划，对吗？"

"没错，我要让他们死，要让他们给安宁陪葬！为了达到这个目的，我不惜一切代价！"

陆寒说道："你不但做到了，还成功地摆了警方一道，接下来我们就来复盘一下你的整个作案过程吧。如果我没猜错，林老太和高虎的几次冲突，都是你在中间捣鬼吧。"小郑点头道："林老太的狗是我毒死的，高虎的摩托车是我弄坏的，他们两个不久前发生过激烈冲突，当然会以为是对方在报复，炸药包已经准备好，差的只有导火索了。七号那天晚上，趁着高虎不在家，我在他家门上泼了粪，点燃了那根导火索……"

陆寒说道："我可以想象出当

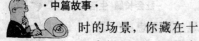

时的场景，你藏在十层步梯那里，听着意料之中响起的争吵声，等争吵结束，林老太关上门，高虎要离开时，你从步梯那里探出头来……让我再来猜一猜，你是不是戴着酷似安宁的脸谱面具，心里有鬼的高虎才会被吓到，在电梯里表现出那副失魂落魄的样子？"

小郑竖了一下大拇指说道："你的推理能力确实很强，跟亲眼看到的差不多。我用安宁的照片，定制了一张硅胶面具，又戴上了一个假发套，说能以假乱真，一点都不夸张……"陆寒说道："接下来就是你作案的过程了，保安的身份为你提供了最大的便利，你先走步梯上去，敲开了林老太的房门，戴着手套活活掐死了她，然后把门留着一条缝，又去了三层的高虎家……我想知道你是怎么杀死他的，高虎可比你强壮得多……"

小郑淡淡说道："没有那么复杂，一根作为绞索的绳子，一双充满仇恨的手，就足够了……"

陆寒说道："你不大可能在他的房间里处理尸体，那样风险太大了，也容易留下痕迹，你是不是在这个单元暗中租了一套房子？"

"没错！"小郑说道，"我背

着他的尸体，从步梯回到房间，接下来我又做了什么，相信你也猜到了。"

陆寒说道："你砍下了他的双手，处理干净血迹后，拿着这双断手，重新回到林老太的房间里，用这双手，在她的掐痕处留下了指纹。一桩完美犯罪，至此大功告成。对了，高虎的尸体，你是怎么处理的？"

小郑说道："隐藏一滴水的最好办法，就是把它放入大海。我找了一处乱坟岗，买了一口薄棺材，把他下葬了。"

陆寒叹道："又是出人意料的一招，谁会轻易去挖别人的坟？又有谁能够想到，那个被警方全力追捕的杀人犯，早已躺在一抔黄土之下！"小郑苦笑："可我还是失败了，败在一个同龄人手里！"

陆寒说道："能破获这个案子，有很多阴差阳错的地方，也许正应了那四个字：天不藏奸！"

时隔不久，刑警队召开了表彰会，队长把奖状递给陆寒的同时，重重地拍着他的肩膀，说道："后生可畏啊，你这小子，真正算得上是一鸣惊人！"

（发稿编辑：朱　虹）
（题图、插图：杨宏富）

故事会微信号：story63，欢迎添加故事会微信，参与互动！

·神探夏洛克· 购物信息

　　公寓楼里发生了一起失踪案。失踪者是 25 岁的独居女性黛西，房间里有打斗的痕迹，但没有邻居听到呼救的声音。警方进行侦查后，确定了四名嫌疑人，都与黛西同楼居住，分别是货车司机卡文、办公室职员约翰、家庭主妇卡洛琳、化学教师查尔斯。

　　这四人都有作案时间，也都与黛西发生过矛盾。这栋公寓楼是统一管理的，每个人购买物品都会在管理员这里留下信息。警方发现三天内这四个人的购买信息分别是：卡文买了一张弹簧床垫，约翰买了一批肉类罐头和面包，卡洛琳买了一套厨房用的名牌刀具，查尔斯买了一些化学药品，部分有毒。

　　夏洛克看了这些购物信息后，很快就锁定了嫌疑犯，聪明的你想到是谁了吗？

超级视觉

思维风暴

　　一根绳子对折，再对折，第三次对折，然后从中间剪断，一共是多少段？

想知道答案吗？

1. 您可直接扫描右侧二维码。

2. 购买 2023 年 11 月上《故事会》。

动感地带，与您不见不散！上期答案见本期 P56。

本期话题：让你念念不忘的气味

母亲的味道

母亲是个酿醋师，一直经营着咱家的醋园子。这些年，醋园子经营惨淡，眼瞅着开不下去，母亲原本乌黑的头发白了许多，却没有好主意。

"你是咱家唯一的大学生，想个辙呀！"母亲病急乱投医，向我求助。

忽然，我想起小时候和母亲玩的"瞎子摸团鱼"游戏：用黑布蒙上眼睛，即使隔着十米八米，我也能准确辨认出母亲的位置，毫不迟疑地扑进她的怀里，嗅那种酸酸的却又挺好闻的味道……

数天后，一则关于咱家醋园子的短视频大火，订单如雪花般飞来，醋园子起死回生。短视频讲的是"瞎子摸团鱼"游戏，文案是我提供的，短数字："家乡的醋，满满母亲的味道！"

（宋长森）

抽旱烟的爷爷

爷爷有杆两尺长的旱烟袋，里面飘出的浓烈气味，大人都嫌呛得慌，我却并不排斥，喜欢黏着爷爷。

一个夏日，爷爷牵着我去给大队守夜看瓜，在道上差点踩到一条蛇，吓得我哇哇大哭。爷爷安慰我这是菜蛇，只吃虫子不咬人。我还是怕，还是哭，直到进了瓜棚还没停下。

爷爷轻拍我的背："蛇最怕旱烟味，爷爷一拿烟杆，它准逃得无影无踪。"

接着爷爷给我讲白蛇传：白娘子和小青原本都是蛇，可她们都是好人，心地善良，从不害人……这让我彻底放下对蛇的戒备，伴着旱烟的味道酣然睡去。

后来我才知道，那晚爷爷用一袋接一袋的旱烟守护了我一整夜。

（徐龟）

换岗

天气预报说明天有雨，阿生便主动找到班长，要

求和第二天站岗的战友换岗，由他去外面站岗。雨中站岗是件苦差事，班长问阿生为什么要换岗，阿生却闪烁其词，不肯说实情。班长想看看阿生葫芦里到底卖的什么药，就同意了他的请求。

第二天，果然大雨滂沱，大家唯恐避之不及的天气，阿生却乐呵呵地出岗了。

很快，阿生的身上就湿透了，渐渐地，泪水夹杂着雨水从他的脸庞滑过。细心的班长悄悄观察了很久，终于明白了：阿生是南方人，家乡经常下雨，而部队这里旱得很，常年难见雨水。淋着雨，呼吸着熟悉的潮湿空气，三年没回家的这小子，一定是想家了……

（孙　明）

失灵的军犬

刑警队奉命抓捕叛徒"火神"，由于对方有高超的反侦查技能，数次行动都落了空。有人提议，让军犬阿虎出马。

阿虎是火神一手训练出来的，对他的气味了如指掌。可令人失望的是，一向神勇的阿虎却像丢了魂，根本无法锁定目标。

好在法网恢恢，警员们通过不懈努力，终于在一个废墟里找到了藏匿多日的火神。

就在火神被戴上手铐的那一刻，一直在行动中毫无建树的阿虎，突然在数百米之外向他狂奔而来，却又在他身前数米处停下，吐出舌头不断低声吠叫。这一刻，警员们像明白了什么，有些人的眼睛甚至红了起来。

（鹰翔狼啸）

父亲的烧苞谷

周末早晨，我正在梦游周公，忽然接到父亲打来的电话："莲，回家吃烧苞谷哟。"我立刻从床上爬起来，三两下收拾好，骑上电瓶车直奔娘家。

半小时后，我到达娘家门口，一股浓郁的烧苞谷香味扑鼻而来，馋得我口水直流。屋内传来母亲的笑声："孩他爸，幸亏你有一手烧苞谷的绝活，才成功阻止了女儿远嫁。"

我蓦然想起，多年前我外出打工，发展了一段异地恋。

当我回家禀明此事后，父亲什么都没说，只是每天烧苞谷给我吃。父亲烧的苞谷颜色金黄，外酥里嫩，我自小吃到大，真的是百吃不厌。母亲问我，远嫁后千里迢迢，想吃烧苞谷可怎么办呢？我经过一番内心的挣扎，最终选择了留在家乡。

（曾丛莲）

（本栏插图：孙小片）

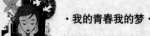

红丝巾

□复旦大学第二附属学校　易笑语

云英拖着个包袱，急匆匆地往外跑。

"英子，大清早的太阳都没个影儿的，去哪儿啊？"

"阿婆，我要上学去啦！"

"慢着，"阿婆一把抓过云英的袖子，"上学？上什么学？你别说是昨天你哥讲的那玩意儿！"

云英把袖子往上挽了挽，别过头去。阿婆见状，把云英扯了回来。她抓过包袱，命令道："回去，睡觉！女娃子上什么学！"

云英站在原地没动，泪水湿润了眼眶，她不满地嚷了起来："哥哥们都可以，为什么我不行嘛！"

"瞧瞧你说的，家里三个男娃娃，我们可没那精力再供你读书。你听谁家女娃去读书的？去，睡觉去。"阿婆裹紧了身上的毛毯，转身回屋里去了。

云英望着阿婆的背影，撇了撇嘴，转身坐在门槛上。冬天天亮得晚，天空是一片深沉的紫色，隐约有几颗星星透着点光亮。远处的雪山静静地围绕村庄，大地似乎是在沉睡。

云英望着大山，对自己说："别的女孩不上学，那我就当第一个！"她又坐了一会儿，手都有些僵了，身后传来了断断续续的脚步声。

"英子，睡不睡啊？"阿婆出来时，见云英仍坐在外面。

她走过去，责骂道："坐着干吗？冻都冻死了，回屋去，真是犟得很。"

回应阿婆的只有一片静寂。

"还想着上学呢？那有什么啊？安安心心在家里帮着干点活，也不缺你吃的。"阿婆拍拍女孩的肩膀，劝说着。

云英猛地转头，瞪着眼睛叫了起来："女孩也可以上学！那些老师都是女的，我昨天还瞧见嘞！"

"人家那都是城里生的，你能跟她们比吗？我们啊就这命，能见着这样的一群仙女，足够啦——"阿婆摇摇头，不再说什么。

云英又想起了刚见到女教师们的那天。她们就像是降落人间的天仙，她们的声音，她们的笑容，她们的恬静，恐怕是山间女人们怎么也比不上的。云英知道，像她们一样识文断字，到哪儿都有饭吃。这样一想，她就越发渴望上学了。

"那些老师说了，她们要招些女孩。"云英几乎是恳求地拉住了阿婆的手，"而且，而且，哥哥不是说过，老师说要那什么'平等'，男女平等，女孩和男孩一样，都可以上学。"

阿婆张了张嘴，最后只吐出一个"好"。

云英要去上学了，翻过山头，去上学。阿婆进了屋子，叫来了云英的娘。她俩什么都没说，阿婆往小包袱里塞了几个馒头，娘拿了条红丝巾。做娘的，当然知道女儿的心思，她做不到，那就让女儿替自己走出大山。

一条九成新的红丝巾系在了云英的脖子上。"这样，我们能看见你，那边的老师也能看见。"

云英娘拍拍自己的姑娘，说："走吧。"

清晨的第一缕阳光洒在山尖，一个红点顿了顿，消失在熹微晨光中。

"瞧见了吗？那条红丝巾，是云英。"

（本文系"我的青春我的梦"第三届中小学生故事会征文获奖作品选登）

（发稿编辑：朱　虹）
（题图：孙小片）

您手中有没有得意之作？本刊辟有二十多个原创性栏目，如新传说、我的故事和中篇故事等；您读到或听到什么有趣事可以和大家一起分享吗？3分钟典藏故事、外国文学故事鉴赏和脱口秀等都是本刊推荐性栏目。热忱欢迎来稿，可从邮局寄发，也可从网上传递。邮寄地址：上海市闵行区号景路159弄A座308室，邮编：201101；如为电子邮件，本期责任编辑信箱：babyfuji@126.com。

杰佛瑞·迪佛（1950— ），美国当代著名的侦探小说家，代表作有《人骨拼图》《恶魔的泪珠》《少女的坟墓》等。本文据其同名短篇小说改编。

情节设计

马洛伊是纽约市警察局的侦探，他喜欢读侦探小说，尤其是作家普雷斯科特写的侦探小说。这天，当报纸上登出普雷斯科特的讣告时，他感到既震惊，又悲哀。

讣告是这样写的："J．B．普雷斯科特，68岁，32本畅销书的作者，昨天在佛蒙特一处偏远山区徒步时，心脏病突发，不治身亡。普雷斯科特塑造的侦探人物雅各布·夏普，经常被读者拿来与詹姆斯·邦德相提并论。"

马洛伊知道，普雷斯科特的成功给他带来了名声和财富，他生活低调，极少接受采访，和年轻的妻子珍妮住在曼哈顿的一所公寓里。

但他的绝大部分时间是在佛蒙特的乡间度过，在那里静心写作。因为书太畅销，供不应求，十年前，普雷斯科特录用了一位合作者赖利，两人共同写作了16本畅销书。

马洛伊总感觉哪里不对劲，但又说不上来。他打听到，普雷斯科特在佛蒙特是被一辆私营的、非当地医疗机构的救护车拉走的。救护车离去后，有人在该区域看到一个男子提着小手提箱匆忙离开，因为距离较远，没能看清男子的样貌。

疑团越来越多，马洛伊打算自己调查作家死亡的事件。他先来到普雷斯科特在曼哈顿的家，拜访了一身黑裙的珍妮。做完自我介绍，马洛伊说他所在的纽约市警察局也会举办一场普雷斯科特的纪念会，邀请珍妮赏光出席。

珍妮眼神犀利地盯着他，说："谢谢邀请。我得看看情况再说。"

接着，马洛伊又来到赖利居住的豪华小区。赖利和珍妮年龄相当，他的住所宽敞，堆满了书。马洛伊扫视书架，看到两层书架上全是关于枪支和枪杀的图书。马洛伊心想，这里面绝对有一本书，是关于如何把步枪分卸开来，全部装入一个小手提箱里的。

"探长，我能为你做些什么呢？"赖利一脸迷惑地问。

马洛伊回过头，说："哦，只是常规的拜访。普雷斯科特是我们辖区的居民，即便他的过世已被定性为事故或疾病，我们还是要调查一下。"

赖利皱起眉头，问："调查什么呢？"

"主要是税收方面的问题。"

"是吗？那太好笑了。据我所知，这是政府官员的事务，实际上，为了写书，我还曾专门查阅过这方面的资料。"

马洛伊知道自己露馅了，但他定了定心神，问道："假如你患有糖尿病，不注射胰岛素就会死，但我阻止你这么做，那我算不算犯了谋杀罪？"

"你认为普雷斯科特心脏病发作时，有人和他在一起，却没有求救？"

"只是推测而已。你们不就是这样写书的吗？"

"我们写书比你讲的要精心得多。我们设计详细的情节，列出所有的转折和机关……如果像你说的那样，他心脏病发作时，那个想要他死的人正好在场，那就太凑巧了，我们不可能逃脱的。"

马洛伊睁大眼睛，脱口而出："逃脱？"

赖利扬了扬眉毛："我的意思是，要是这样设计情节，编辑是不会放过我们的。"

马洛伊准备离开，赖利送他到门口，突然说："你是不是忘了问最重要的一个问题？"

"什么问题？"

"我们曾经写过一本书，编辑坚持要在讯问结束后，加上这个问题：他死的时候，我在哪里？"

马洛伊有点不好意思地说："我没有指控你任何事情。"

"我不是这个意思。我只是说，小说里的警察肯定会问这个问题。"

"好吧。那你当时在哪里？"

"就在纽约。一个人待了一整天，写作。没有证人。现实比小说严峻得多，是吧，探长？"

其实，马洛伊去见赖利，并不指望挖到什么有效的线索。他已经申请登记赖利的电话往来记录，而且还安排了线人监视赖利，他的目的是逼迫赖利有所行动。当人们被迫采取行动时，往往不计后果。

果不其然，他刚离开，赖利便给珍妮打了电话。十分钟后，线人报告说，赖利匆忙离开了住所，前往一家咖啡馆。

线人告诉马洛伊，在咖啡馆，赖利和珍妮碰头了。赖利告诉珍妮，警察没事找事去了他的住处，已经开始有所怀疑了。珍妮说警察也编了个拙劣的借口，去过她的住处。她怪赖利出了个馊主意，套用他自己书里写过的情节，贿赂医生，搞假死亡证明。

真相正朝马洛伊的设想步步靠近：珍妮和赖利是秘密情人关系。珍妮想杀死丈夫，获取财产，而赖利希望普雷斯科特死掉，他可以独立写作雅各布·夏普系列小说。

马洛伊忙到晚上10点多才下班回家。突然，前方不远处有一个男人，引起了他的注意。

这个男人从车里出来，朝与马洛伊一致的方向行走，当他随意回过头，不经意看到马洛伊时，突然身子一僵，接着快步转变方向，消失不见了。马洛伊立刻想到那个在佛蒙特提着手提箱离去的杀手。

马洛伊穿过马路，左右看看，最后认定男人会选择那条夹在商业楼之间的小巷，夜里这个时候，那条路又空又暗。

踏入小巷时，马洛伊听到自己沉重的呼吸声和脚步声。突然，他感觉后背被什么东西顶住了，不由得心想：我太大意，完了……

接着，一只手轻轻地点点他的肩膀，示意他可以转过身来。马洛伊遵命慢慢地转过头，抬起眼睛，难以置信：虽然他从未见过普雷斯科特本人，但那些侦探小说的封底上，就印有这张面孔！

"对不起，吓着你了。"普雷斯科特解释道，将手中的钢笔收起，"我必须和你面谈，确保我还活着的消息不被散播出去。"

普雷斯科特沉默了一会儿，说："一年多来，我一直在策划自己的死亡。物色一个医生、一个救护人员和一个葬礼主管。我还在西班牙的偏远地区买了块地，在那里，没有人会打扰我。"

"这么说，你在佛蒙特'心脏病发作'时，附近匆忙离去的那个人，其实是你自己？你手上提着什么东西？"

普雷斯科特点点头，说："是的。我提着手提电脑，我无时无刻不在写作。"

"那么是谁在救护车里？葬礼上的骨灰盒是空的吗？"

"那些都是做样子的。"

"你为什么要这么做？有黑手党追杀你？"

普雷斯科特大笑一声，说："虽然写过很多黑手党和间谍，但我实际上从没碰到这些人。我这么做，是因为不想再写雅各布·夏普探案系列了。我想写诗歌。"

马洛伊不解地说："那就写吧，何必假装死亡？"

"因为我已经出名了，如果停止写侦探小说，粉丝们不会原谅我，出版商也会让我不得安宁。"普雷斯科特摇摇头，"我设想过各种反应，但从没想过有人会怀疑我的死亡，看来，我更擅长在虚构的小说里设计情节。"

"可是你的行为已经构成了犯罪。"

"只是伪造死亡证书。珍妮、赖利和我并没有签署过什么文件，我们既没有骗保，也没有漏税……请你放过我，好吗？"

一年后，马洛伊收到一封从欧洲寄来的邮件，他撕开信封，看到一本薄薄的诗集。翻开书，他的目光落在扉页的一行字上："献给马洛伊。"

马洛伊会心一笑。他读了几首诗，挺不错的，不过说老实话，他还是更喜欢雅各布·夏普探案系列。

（编译者：欧阳耀地）

（发稿编辑：王 琦）

（题图、插图：孙小片）

奖 励

□ 一味凉

大李是个装修工人，最近正为儿子的学习犯愁。儿子成绩在班里一直是中下游，老师说他挺聪明，只是不用心。之前大李也不着急，心想儿子还小，等过两年自然知道学了。可是儿子明年就上初中了，还是这副不上进的样子，可怎么办呀？

大李先是苦口婆心地做思想工作，可是儿子眨巴着眼睛听完，该吃饭吃饭，该玩手机玩手机，一点变化都没有。见说教没用，大李又对儿子说："你不是喜欢玩手机吗？要是下次你能考进前十名，爸爸给你买个最新款的手机作为奖励。"儿子还是无动于衷。

工友听说后，笑道："何不让他体验一下咱工作的苦？到时候他就愿意学习了。"大李眼睛一亮：是啊，干装修又脏又累，儿子肯定受不了。

周末，大李带儿子来到工地，说："既然不愿意学习，以后就跟着我一起干装修吧。"不料，儿子很快就学会了刮腻子，比大李带过的徒弟上手都快，还一个劲大喊："我太喜欢刮腻子了，下周我还要来！"

工友乐了，悄悄将大李拉到一边："这孩子真是随了你了，认命吧！"大李却没回答，陷入了沉思。

不久又到周末了，工友见大李的儿子没来，不禁好奇地问："你儿子呢？咋没跟着来？"

大李回答道："我请了个家教，他在家学习呢！"

工友惊讶极了："不是说喜欢刮腻子吗，怎么又对学习产生兴趣了？果然是孩子心性，说变就变。"

大李咧嘴一笑："他是真的喜欢刮腻子。所以我告诉他，只有下次考进前十名，我才会每周都带他来刮腻子，否则休想跟我来。"

（发稿编辑：赵婙佳）

大良的媳妇丹丹特别爱干净，甚至有些洁癖。

这天，大良的哥们六子来家里做客，两人正坐在沙发上闲聊，丹丹忽然拿着抹布冲着大良嚷嚷道："把脚抬起来，我擦地！"大良无奈地说："这地板你一天擦三四遍，已经够干净的了！"丹丹用抹布使劲蹭了两下地板："这空气里都是灰尘，一不擦就得脏！"

大良叹了口气："我咋看不出脏？我看你就是心理作用！"丹丹瞪了他一眼说："要不是你不肯买空气净化器，我至于这样吗？那东西清除空气里的粉尘，可厉害了！"

大良质疑道："我看没啥用，咱屋子里灰尘本来就不大！"丹丹白了他一眼："你是不做家务，不知道我多累！"

六子赶紧打圆场道："要不就买来试一试，万一有用呢？"见哥们也站在自己媳妇这边，大良闭上了嘴。

没几天，丹丹在网上买的空气净化器到了，她第一时间就安装使用上了，而后每天躺在沙发上，向大良夸赞这空气净化器的效果，说解放了她的双手。大良根本看不出啥效果，也不吱声，任凭妻子自言自语。

半年后，六子家乔迁新房，大良来道贺。一见面，六子就问："你媳妇买的空气净化器有用没？我这新房子肯定有甲醛，所以我也考虑买一台净化空气呢！"大良冷笑一声："有用，净化心灵的效果挺好的。我媳妇用了半年，洁癖再也没犯过！"

六子有些不解："那不是好事吗？说明空气净化效果不错……"

大良叹了口气："前两天我想把这机器洗一洗，才发现那滤气口有一层膜，根本没撕掉。"

（发稿编辑：赵娓佳）

空气净化器

□ 胶年儿

完美计划

□ 赵功强

燕子在医院里生了个宝宝，妹妹小雨前来探视，手里还拎着两套刚买的婴儿装。燕子对衣服的款式、材质都挺满意的，唯一不顺心的是，这新衣服带有一股臭臭的味道。

小雨解释道，她刚刚在一家店里吃了一碗螺蛳粉；而买婴儿装的那个店，又紧挨着螺蛳粉店，所以衣服上才沾染了那股味道。燕子无奈地说，等她回家清洗晾干后再给宝宝穿。小雨却拿起新衣服，直接让宝宝试穿，说是不合身得去换。

过了一阵子，小雨又给宝宝买来衣服。让燕子无语的是，新衣服上又是一股螺蛳粉味儿。小雨解释说还是在上次那家店买的。因为布料厚，洗完晒干，那股味儿驱之不散。

又过了一阵子，天气凉了，燕子正准备出门给宝宝买棉袄，却见小雨抱着一件小孩的新棉袄进门，还没靠近，就又闻到了那股熟悉的螺蛳粉味儿……

一转眼，到了宝宝两周岁生日这天，姐妹俩带着孩子逛街。逛着逛着，小雨拉着燕子和宝宝进了街边一家店，要了两碗螺蛳粉。

吃之前，小雨先夹了一根粉，放在宝宝鼻子边。见宝宝没有讨厌的表情，她就喂进宝宝嘴里，小家伙吧叽吧叽吃得挺香。

小雨拍手大笑道："姐姐，我的完美计划完成了！"燕子一头雾水："什么完美计划？"

小雨解释说："我男朋友一家都很排斥螺蛳粉味儿，等我将来生了宝宝，你就学我的，到螺蛳粉店旁的婴儿服装店给我宝宝买衣服，让宝宝从小适应螺蛳粉味儿。只要我的宝宝好这一口，我以后就可以名正言顺地在家吃螺蛳粉啦……"

（发稿编辑：朱　虹）

梁大嘴是个"麦霸"，无论心情好坏，都爱唱歌。那天，他刚发了工资，喉咙痒痒想唱歌，可一个人唱没意思，总得找几个粉丝鼓鼓掌捧捧场！找谁呢？梁大嘴挨个给朋友打电话，说请他们吃饭唱歌，没想到，朋友们全都婉拒了。

哼！我花钱请人听还不行吗？梁大嘴开车去了KTV，开了个小包厢，特地多花一千块钱请了两个美女来鼓掌助兴。梁大嘴唱兴正浓，俩美女耳语一番，其中一个说："大哥，我们点瓶便宜点的洋酒，边喝边听你唱歌怎么样？"梁大嘴想也没想就点了头。结果梁大嘴结账时发现这瓶最便宜的洋酒，竟然要三千八，这可是自己半个月的工资呀！

梁大嘴心痛极了，暗暗发誓下次再也不来这家KTV了！没想到，开车回家的路上碰到交警测酒驾，梁大嘴刚才喝猛了，酒精度严重超标，属于醉驾，被直接送去了拘留所。

在拘留所里，梁大嘴的心情坏到了极点，情不自禁唱起《铁窗泪》来："铁门呀铁窗呀铁锁链……"身边的教导员朝他一声喝："你干啥？"梁大嘴一个激灵，连忙道歉："报告教导员，我错了！"

不料，教导员打量了他一下，说："再唱几句让我听听。"

梁大嘴愣了一下，但还是提提精神，亮了一把"麦霸"的嗓音。

教导员点点头，说："我们所里出了个新规定，为了缓解大家的情绪，吃饭前安排唱歌，现在就缺个领唱。这样吧，你负责每天吃饭前给拘留人员唱歌！"

吃饭时，梁大嘴看到那么多人坐得整整齐齐地听自己唱歌，一下子来劲了，发挥得特别好。当他听到全场都给他鼓掌时，激动得眼泪都快掉下来了，心想：还是拘留所里好，那么多粉丝给我鼓掌，最主要的是唱歌还不用掏钱！

（发稿编辑：王 琦）

寻粉丝 □徐永忠

"路怒症"相亲

□吴 捷

大李这人啥都好，就是开车的时候容易犯路怒症，为此吓跑了好几个姑娘，三十多了还是单身。最近，他认识了一个叫灵灵的姑娘，对她的印象非常不错。

这天，灵灵打电话给大李，说是快到十一假期了，问大李能不能开车

带她去沙漠旅游。大李一听，立马应允下来，然后兴奋地把这事告诉了母亲，说灵灵肯定看上了他。

谁知母亲却摇了摇头："不，人家这是想测试你。""测试我？测试我什么呀？"大李纳闷道。

母亲说："不是有这么一句话嘛，从车型看你的财力，从堵车看你的人品。"大李觉得有道理，赶紧问道："那我这路怒症咋办啊，万一被灵灵知道了，岂不是又要和我分手？"

母亲想了想说："这样吧，你在车上贴一张写着'控制情绪'之类的字条，堵车时就多看看。这在心理学上叫心理暗示，说不定有用。"

很快到了十一，大李和灵灵出发去了沙漠。一路上，大李牢记母亲的话，一觉得情绪不对就看字条，最终顺利地到达了沙漠景区。

沙漠的风光很美，而且还有骆驼可骑。灵灵很是兴奋，忍不住拉着大李一起去骑骆驼，观看沙漠美景。

然而两人回来后，灵灵却第一时间跟大李提了分手。母亲知道后大为不解，问大李："不会是你又犯了路怒症吧？难道我那个方法没用？"

大李郁闷地说："你那个方法倒是管用，我开车的时候没骂人。但是……景区里骑骆驼的人实在太多，这骆驼走到一半居然堵路上了，骆驼上可没字条……"

（发稿编辑：赵娓佳）

挂不到专家号

□ 冯凯

最近，老陈总感到不舒服，却一直查不出原因，就打电话给侄子大华。大华在一家三甲医院当保安，头脑灵活，老陈想让他帮忙在医院里挂一个专家号。

大华接到电话，有点为难："叔，我们医院的莫教授在全国都有名，所以一号难求，如果网上预约不到，现场根本不可能挂到号。我就是个小保安，没那个能耐啊。"老陈很是不满："你就在医院上班，这点忙也帮不上？"大华最后答应下来，并让老陈两天后到医院来。

两天后，老陈在医院跟大华会合，跟着他来到了一个诊室前。老陈一看门口张贴的医生信息，脸顿时黑了："这是怎么回事？你不是帮我挂莫教授的号吗？怎么变成李医生啦？"

大华小声说："我挂的就是李医生的号，他虽然年轻，但……"老陈没听他说完，转身便要离去。大华赶紧拉住他："叔，我这么做是有道理的，你得听我的，不然以后我可不帮你了。再说，你来都来了……"老陈想了想，极不情愿地走进诊室，大华跟随在后。

李医生很年轻，他听完老陈的情况，站起身一言不发地走出诊室。老陈不知所措，等他愣过神来，正要对大华发牢骚时，就见李医生带着一个专家模样的人走了进来，还边走边说道："莫老师，就是这个病人，情况太复杂，我处理不了，请您帮忙看看……"

老陈还没有明白怎么回事，就听大华在他耳边悄悄说："这不，莫教授来了！李医生是莫教授的学生，他解决不了的问题，做老师的不会不管的。我挂不到专家号，就试试他的学生，这叫曲线看病！"

（发稿编辑：田 芳）

我给你保证

□ 轻骑逐

小兰长得好看，工作也好，却不知不觉地成了大龄剩女，这可把她妈给急坏了，逼着她去了一家看着挺上档次的婚介所。

婚介所的胖老板一看小兰的条件，眉开眼笑，拍着胸脯保证："加入钻石会员吧，一定给你推荐条件最好的高富帅优质男！"小兰还不放心，胖老板嘿嘿笑着："如不成功，本店给你全额退款！"看对方这么自信，小兰就选择钻石会员这一档交了钱。

很快，婚介所给小兰物色了同是钻石会员的男士见面。小兰怀着激动的心情去了，可一回来就朝她妈唉声叹气："这婚介所，找的男的也太差劲了，就那条件还好意思说人家是优质男！"

没几天，婚介所又安排她跟另一位男士见面。一回来，小兰就气哼哼地嚷道："比上一个还差，真是的！"

接下来的三个月里，婚介所又给小兰安排了十几个"优质男"，可小兰都是见一面就否定了，实在是跟她的要求相差太远了！

最后，小兰也没了耐心，气恼地要求婚介所退款。

胖老板倒也爽快，连连点头赔不是，让她去财务室办理退款手续。

办完手续刚从财务室走出来，小兰就看到，胖老板正跟一长得歪瓜裂枣的男人拍胸脯保证："加入我们的钻石会员吧，我保证给你推荐条件特别优秀的女生！"他看了一眼小兰，接着说道："比如像这样的……"

男人看着小兰，眼睛都直了，擦了擦快淌下来的口水，迟疑着问："不会是托吧？"

胖老板打着哈哈说："保证不是！"说着，他大声招呼小兰："姑娘，你是不是托，你自己说吧！"

（发稿编辑：朱 虹）

（本栏插图：小黑孩 顾子易）

2023年

中国十大廉洁故事评选

◦ 每篇奖金 3000 元 ◦

兴廉洁之风，树浩然正气。为加强新时代廉洁文化建设，鼓励广大作者创作出老百姓喜爱的廉洁故事，上海金山山阳廉洁文化基地与《故事会》杂志社，联合推出2023年中国十大廉洁故事评选活动。

评选范围： 2023年《故事会》有关栏目发表的"廉洁故事"，如新时代廉洁故事、中华传统文化中的廉洁故事、红色廉洁故事、家风家训廉洁故事等。

评选方法： 专家评选及网络投票。

奖项设置： 获奖作品奖金为每篇3000元，全年共10篇，并颁发获奖证书。

投稿方式： 欢迎广大作者踊跃来稿。邮箱：gushihuilianjie@126.com。老作者可直接投给固定联系的编辑。篇幅控制在3000字以内。作品后请附：姓名、地址、手机号、身份证号、开户银行信息及账号。

其他说明： 获奖作品著作权归作者所有，主办方享有使用权、发布权和改编权，凡参赛者视为接受本项约定。

中国十大幽默故事评选

◦ 最高奖金 每则 4600 元 ◦

为鼓励广大作者创作出老百姓喜爱的幽默故事，中国幽默故事基地上海金山山阳镇与《故事会》杂志社，联合推出2023年中国十大幽默故事评选活动。

评选范围： 2023年《故事会》"幽默世界"栏目发表的所有作品。

评选方法： 1.每季度评选出6篇季度奖作品；2.荣获季度奖的作品再参加年度总决赛，经专家评选及网络投票，评选出2023年中国十大幽默故事。

奖项设置： 季度奖奖金为每篇1000元，全年共24篇；年度奖奖金为每篇3000元，全年共10篇。年度奖获奖作品将颁发获奖证书。

征文信箱： gushihui999@126.com。请作者自留底稿，参赛稿一律不退。

《故事会》杂志社地址：上海市闵行区号景路159弄A座307-308室，邮编：201101

用故事填补空白

丁娴瑶 故事会红版编辑
Ding Xianyao Stories Editor

听朋友说起他们游戏圈的一个故事。

有个年轻的游戏玩家小狐，在网上开了一家小小的模型打印店，卖一些与游戏相关的3D打印作品。那些小玩意儿都不贵，加上小狐的技术不错，店里生意倒也红火。有一天，一位买家却发现新到的一批模型零件做工质量大不如前，便找到店家想要讨个说法。哪想到打开店铺主页才发现，店主小狐已经不在了，运营人换成了他的妈妈。这位妈妈在主页公告栏里告诉大家：儿子因病去世，按照他的生前意愿，捐赠了遗体和眼角膜。因为不舍得关了儿子留下的店铺，所以她开始学习3D打印，也在慢慢摸索打孔、涂色、建模等技术。当然，自己刚开始完成的作品肯定有很多不尽如人意之处，她会负责到底。后来，那位想要讨说法的买家，把恼人的投诉换成了温暖的问候，也有越来越多的买家继续光顾小店，借咨询产品的机会给小狐妈妈留言，为她加油打气。

失去心爱的儿子，母亲的世界几近崩塌，关于未来的希冀也似是一片空白。这位母亲，选择走进儿子的世界，学他所学，爱他所爱。她想用在那个新世界里的所见所闻，来继续自己和儿子的故事，故事不完，思念不断，所爱之人便不会真的离开。

朋友告诉我，这个故事还没有结束。前不久，小狐喜欢的那款游戏有了一次"特别的更新"——游戏中，多了一位叫小狐的义体医生，其形象正是用小狐的真人样貌来建模的。从此，小狐在游戏里获得了永生，他的故事还在延续。有热心的玩家把这一消息告诉给了小狐妈妈，小狐妈妈说，她已经在学习玩那款游戏了，希望有一天见到"儿子"，能有共同的话题可聊，能一起创造新的故事。

小狐的故事感动了很多网友，有人感慨说，这个世界难免有破破烂烂之处，但总有人在缝缝补补……我想，缝补的人，是无私捐献遗体的玩家小狐，是在数字世界继续助人的小狐医生，是用一份力所能及的善意温暖时光的他们，也是又一次传递出美好故事的我们。

这世界，如何能少得了故事？唯有故事，能填补心头的空白。（插图：丁德武）

786

CONTENTS

扫二维码，可听全本故事。

2023
SEMIMONTHLY
11月上半月刊

开门八件事，扫码听故事。一本可读、可讲、可传、可听的全媒体杂志。

故事会

红版·上半月刊

社 长、主 编 夏一鸣
副社长 张 凯
副主编 吕 佳 朱 虹
本期责任编辑 丁娴瑶
电子邮箱 dingxianyao@126.com

—— 发稿编辑 ——
吕 佳 陶云韫 曹晴雯 孟文玉
美术编辑 王怡雯 郭瑾玮
红版编辑部电话 021-5320 4057
绿版编辑部电话 021-5320 4050
地址 上海市闵行区号景路159弄A座3楼
邮编 201101

主管、主办 上海文艺出版社总社
出版单位 《故事会》编辑部
发行范围 公开

—— 出版发行部 ——
发行业务 021-5320 4165
发行经理 钮 颖
媒介合作 021-5320 4090
广告业务 021-5320 4161
新媒体广告 021-5320 4191

—— 融媒体中心 ——
《故事会》微博 @故事会
《故事会》微信 story63
故事中国网 www.storychina.cn
《故事会》网店
shop36332989.taobao.com

故事会公众号   故事会小程序

国外发行 中国图书贸易总公司
印刷 上海四维数字图文有限公司
发行：中国邮政集团公司报刊发行局总发行
国内代号 4-225 定价 8.00元

· 笑话 ·

洗衣动力

最近，大力给老婆洗衣服时，总会在衣兜里摸到一些零钱，他都悄悄地藏了起来，衣服也洗得更卖力了。这天，他对屋里的老婆喊道："还有衣服要洗吗？"

老婆说："有，等一下啊！"

大力等了半天，也不见老婆拿衣服出来。他跑到房间一看，老婆正从储蓄罐里抠硬币，往要洗的衣服口袋里塞呢！

（偬　北）

（本栏插图：包丰一）

两根食指

小张去应聘，面试到最后，他问主考官："现在这个岗位的工资能开多少？"对方没说话，默默地伸出两根食指。

小张沮丧地说："两千？"

对方摇头。小张眼睛一亮，激动地说："两万？"

对方不紧不慢地说："一千一。"

（田龙华）

摘　包　菜

妻子在厨房忙活，让丈夫去菜园里摘个包菜。

丈夫说："要摘多大的？"妻子说："跟脑袋一样大吧。"

几分钟后，丈夫拿着一个包菜走进厨房，妻子却看着丈夫大笑起来。丈夫莫名其妙："怎么啦？"

妻子说道："刚刚邻居打电话给我，说看见你在菜园里拿着帽子往包菜上一个一个地套。"

（离萧天）

减肥药和安眠药

一个胖男人对医生说："我睡觉时嘴巴总是合不上，太痛苦了，你给我开些安眠药吧！"

医生观察了胖男人一会儿，说："先生，除了减肥药，没有任何药能解决你的问题。"

胖男人怒道："我要安眠药，你给我减肥药干吗？"

医生解释道："听着，你必须减肥。因为你太胖了，皮肤都绷得紧紧的，当你闭上眼时，你的嘴巴就会被扯开。"

（小 猴）

作案工具

警方破获一个盗窃团伙。团伙中有个小喽啰对警察说："我只不过是被人利用的工具而已，你们抓走我老大就行，他才是那个使用'工具'的人！"

警察点头道："你确定是'被人利用的工具'吗？"

小喽啰说："是的！"

警察说："那好，请你跟我走一趟！"

小喽啰急了："为什么啊！"

警察说："你别激动，按照法律规定，'作案工具'也是要被没收的！"

（紫糯米）

让孩子回信

安娜送儿子去夏令营时，反复叮咛儿子别忘了给家里写信。这时，旁边一位家长对安娜说："要孩子写信回家有个最好的办法，你自己先写信给他，信里就写——'寄给你一百美元，让你买糖、买冰激凌、骑马……爱怎么花就怎么花！'"

安娜奇怪地问："这样他就会回信吗？"

"当然！不过，你得忘记把钞票塞进信封才行。"

（小 娃）

有狼狗

夏收时节，有个财主雇了几个短工割麦。吃午饭时，财主全家坐在院子里的凉棚下吃油泼面，却把短工们关在屋里吃窝窝头。

短工们气得大喊："屋里太热，让我们出去吃吧！"财主说："外面有狼狗，会咬伤你们的！"

第二天，日上三竿了，短工们仍没出工。财主气急败坏，拍着门喊："你们怎么还不下地割麦？"

只听短工们齐声道："外面有狼狗，我们不敢出去！"

（月月鸟）

禁止吸烟

火车上，旅客甲对坐在旁边的旅客乙说："伙计，车厢里不准吸烟。"旅客乙却毫不客气："我吸烟了吗？"

旅客甲不由得怒道："那你叼着烟斗干吗？"

旅客乙说："这能说明啥？你的鞋穿在脚上，你现在走路了吗？"

（橡男）

修电脑

小芳的电脑坏了，她找来同学阿明帮忙修。阿明说："这电脑太旧了，不好修，不如买台新的。"

小芳早就想换新电脑了，她赶紧给爸妈打电话，还让阿明帮忙证实电脑的确修不好了。阿明本就心仪小芳，这下能和"女神"的爸妈通话，他一时激动，没聊几句就拍着胸脯道："叔叔阿姨，你们放心，电脑我一定能修好！"（晓晓竹）

一举两得

一年大旱，有个财主挖了一口井，向穷人高价卖水。他为防别人偷他井里的水，就在水井边贴了两张告示，左边写：有偿卖水，敢偷水者，打烂水桶；右边写：承接修桶，每个收费五铜钱。（卧龙）

取 酒

有个财主很懒，随便写了张字条让仆人去酒铺取酒。小二一看，就对仆人说："你这个条子有错字，是'瓶'不是'平'。你拿回去重新写一张再来吧！"

仆人只好拿着纸条回来，跟财主说了这事。财主懒洋洋地拿来笔，把"平"的一竖又加了一钩，说："既然这样，不要三瓶，就要三'平'（壶）吧！"

（冬 人）

猴子有多大

有个县官才学不高，说话总是词不达意。

一次，有位高官问他："听说你们县猴子很多，不知它们个头有多大？"

县官急忙答道："小猴子只有卑职这么小。"

此话一出，高官不觉好笑，又问："那大猴子呢？"

县官一时不知如何作答，看了一眼身材高大的高官，说道："大猴子都有大人这么大呢！"

（小 娃）

本栏欢迎来稿。请将有新鲜感、有精彩细节的笑话佳作尽快投寄给我们。来稿一经采用，即致稿费，最高稿费为100元。本期责任编辑电子邮箱：dingxianyao@126.com。

这好心

这天晚上，小李路过一家卖卤猪蹄的店，看看快十点了，一个小姑娘还在营业。小李动了恻隐之心，就把剩下的三只猪蹄都买了。

小姑娘见状，盯着小李，欲言又止。小李笑着说："别太感动啊，我只是想让你早点下班。"

小姑娘苦笑一下，说："还有十分钟就下班了，老板说卖不完的猪蹄可以让我带回去吃……"

（橙 山）

□ 邓 笛 编译

他能记住每一张脸

彼得是个生意人，他有一个特质：能像照相机一样记住一个人的脸。虽然记不住具体是在什么场合见过，但他总能把一张脸和一个地方联系起来，而这种特别的记忆能力，给他带来了不少好处。

彼得居住的地方叫巴德菲尔德，是一个小城。巴德菲尔德处于交通要道，人来人往，离伦敦很近，坐火车只要四十分钟。不管是城里的人，还是外来的人，只要彼得见过一面，就能记住他们的脸。

一天，彼得在伦敦与一个客户见面后，坐火车返回巴德菲尔德。此时天色已晚，火车上人很多，但

每站都有人下车，而无人上车。到了离巴德菲尔德还有两站的埃林厄姆站时，车厢里只剩下彼得和另一位乘客了。凭着过人的记脸能力，彼得知道这乘客不是这条线的常客，但一定在巴德菲尔德出现过。从这人上车时，彼得就看出来了，因此向他点头微笑。这个人也对彼得笑笑，但似乎不愿意讲话。

对于这个人，彼得确定这张脸与巴德菲尔德有联系，但想不起来是在巴德菲尔德的什么地方见过。彼得是个生意人，把每个人都当作潜在的客户，所以当彼得发现车厢里只有他们两个人时，就开始与这

人搭讪。不过彼得除了听出他是外地口音，其他一无所得，估计这个人住在巴顿区一带，最近几年那里成了外来定居者的集中居住地。

"你经常乘这条线路的火车吗？"彼得继续追问，可这个人还是没接话，只是微笑着摇了摇头。

彼得没有放弃，又说了这条线的班次和服务情况，这个人也只是点头附和，并不发表自己的意见。

彼得最终不再对这个人抱太大希望了。当然，为了让气氛融洽，他还是讲了许多自己的事情。他甚至故意对当天成交的一笔生意吹嘘了一番，因为依据他的交际经验，每个人都爱虚荣，见别人吹嘘了，自己也会有吹嘘的冲动。可是，这个人似乎更喜欢安静。

彼得彻底放弃了，拿出一本书看了起来，而这个人干脆闭着眼睛靠在座椅上，很快就发出了鼾声。当火车到达巴德菲尔德站时，这人还在沉睡。彼得是个厚道的人，不会因为对方对自己不理不睬，就任由其坐过了站。于是他推了推这个人，说："醒一醒，到站了！"

这个人睁开眼睛，对彼得笑了笑："哦，我们到站了。"说完，他跟着彼得下了火车。

这时，天很黑，风很大，还下着雨。彼得对这个人说："天气这么差，如果你住在巴顿区，就和我顺道，我可以送你回家。"

"非常感谢。"这个人说，然后跟着彼得去了停车场。

"你太好了。"车子启动后，这个人对彼得说，随后便默不作声了。等车子穿过半个城市后，他才又开口道："你可以让我下车了。"

"在这儿？"彼得非常惊讶，因为这里方圆五百米以内没有一所房子。此时风雨越来越大，当彼得放慢车速、靠边停下后，就觉得有什么东西狠狠地打在自己的后脑勺上。他眼前一黑，不省人事。

等彼得苏醒过来，他发现自己躺在一条沟里，车不见了，钱包也不见了。他跌跌撞撞地跑到附近的警察局报案，向警察口述了经过。

当然，这时候彼得已经知道抢劫他的人是谁了，因为这个人的照片就贴在警察局办公室外面的墙上。一周以来，彼得在城里的许多地方都见到过这张照片，这就是为什么他确定那张脸在巴德菲尔德出现过的原因。只是他忘了照片下面有一行字："暴力抢劫嫌犯——"

（发稿编辑：曹晴雯）

（题图：孙小片）

一次奇怪的绑架，一场作假的拍卖，背后的始作俑者究竟在计划着什么……

一鸣惊人

□ 夏克军

城堡拍卖行位于第五大街，它巍峨耸立，建筑风格独特。更让世人叹服的是它的地下室，墙壁由两米厚的钢筋混凝土浇筑而成，里面焊接了一层厚厚的钢板。地下室只有一个出入口，看上去像一个张着巨嘴的怪物。工作人员以此为豪，因为它的坚不可摧，城堡拍卖行的贵重藏品从未遗失过。

海伦娜是城堡拍卖行的首席鉴定师，由于丈夫死于一场车祸，她和五岁的女儿相依为命。因为这场交通事故，海伦娜害怕开车，她每天都是搭乘总经理考斯林的顺风车去上班。

这天早上，门铃鬼叫似的响起来，海伦娜看了看时间，考斯林比以往约定的时间提前了半小时。她去开了门，考斯林走了进来，焦躁不安地问道："海伦娜，你快点告诉我，这到底是怎么一回事啊？"

海伦娜愣了一下，疑惑地问道："考斯林先生，你冷

静一点，到底发生了什么？"

"有个该死的家伙，昨晚他绑架了我的儿子和你的女儿，只是为了让我们帮他拍卖一件赝品，这是真的吗？"考斯林说着，把一封信和儿子的照片拍到茶几上，颓丧地坐到沙发里，把脸颊掩藏在双手之间，痛苦地呜咽起来。

海伦娜一听这话，大吃一惊：女儿被绑架了？她急匆匆地推开女儿卧室虚掩的房门，里面空无一人，窗户敞开着，床头柜上放着一封信和女儿的照片。

海伦娜昨晚工作到很晚才回家，累得倒头就睡，甚至没能去女儿房间看一眼。此时，她哆哆嗦嗦地拿起信笺，打开念道："请给我的藏品写一张估价鉴定表，并将藏品原封不动地运到城堡拍卖行的地下室，明天在拍卖会上卖个好价钱，然后我就让你的女儿回家。用三百万美元换三个孩子的生命，这很划算——唐龙。"

"这个唐龙究竟是谁？"海伦娜惊讶地问道，"他说'三个孩子'，那么，谁是剩下的那个受害者？"

"收藏家克莱格，他的孩子也被绑架了。我已经和他联系过了，他将是明天的竞买人。"考斯林抬起头，气愤地说道，"天晓得这个唐龙是从哪里冒出来的，我从来没听说圈里有他这号人物！这是个彻头彻尾的骗局，唐龙让我做委托人，由你给赝品开具鉴定书，让克莱格出面竞拍藏品，竞拍价就是三个孩子的赎金，赎金将通过拍卖行汇到绑匪指定的账号上。从头到尾，绑匪并不会现身，我们根本无从追查。要抓到他，比在第五大街上抓一只耗子还难！"

海伦娜叹了口气，无可奈何地说："考斯林先生，现在，你至少让我看看那件该死的藏品吧？"

"它就在车上。"

两人来到车旁，考斯林今天特地开了一辆厢式货车过来。他打开车门，海伦娜一看，那是一尊高大的观音像，粗粗估算一下，有一米多高，金黄色的佛像在晨曦的映照中熠熠生辉。观音相貌端庄慈祥，栩栩如生，双手叠于胸前，手持净瓶杨柳，颈部一圈花丝镶嵌的镂空图案，雕工精湛。莲花座分四层，底座上刻有"永乐"的年号。

海伦娜看过后，表情复杂地说道："这尊观音佛像是赝品，如果是真品，那么它至少值三百万美元。"

"但是绑架是真的，所以赝品也值三百万美元。这个唐龙，他甚至谨慎到让我把跟赝品相关的所有文件都锁进一号保险柜。那些都是走走过场的废纸，不是吗？简直多此一举！好吧，这就是唐龙的游戏规则，我们没有权利修改。"

为了三个孩子的性命，考斯林、海伦娜和克莱格达成一致意见：暂不报警，一切按照绑匪唐龙的要求去做。

考斯林和海伦娜都是城堡拍卖行举足轻重的人物，对拍卖流程轻车熟路，他们很快办理了手续，然后将观音佛像运到拍卖行地下室，等待第二天拍卖。

第二天，考斯林、海伦娜和克莱格早早地来到拍卖现场。今天拍卖的是青铜器类，来自世界各地的拍品琳琅满目，不胜枚举。

拍卖会有条不紊地进行着，漫长的两个小时之后，379号拍品出现在展台上。此次拍卖方式采用的是荷兰式拍卖，竞价由高到低依次递减。考斯林之所以让拍卖师采用荷兰式拍卖，就是因为事先将最高价定于三百万美元，在竞拍者犹豫之际迅速出击，以最高价成交，这样既让绑匪获得满意的赎金额度，又能防止其他不相干的人拍走这尊观音佛像，从而暴露拍品是赝品的

真相。

"379号拍品，中国明永乐观音坐像，起始价三百万美元。"拍卖师话音刚落，克莱格立刻按下了电钮，展台上代表藏品价格浮动的钟表指针戛然而止。毫无疑问，这是目前为止，荷兰式拍卖中创造最快纪录的一次拍卖。所有人都盯着克莱格，仿佛盯着一个从潘多拉魔盒里跳出来的怪物。

"啪——"随着拍卖师手里的拍卖槌重重落下，考斯林、海伦娜和克莱格悬着的心也放下了。他们计划好的"拍卖"完成了，这意味着抓住了那根救命稻草。三个人早有准备，办理了有关手续后，就带着观音像回到了克莱格的别墅。

在克莱格收到的威胁信中，唐龙声称为了防止他们事后报警，以致让警察根据观音佛像发现蛛丝马迹，他会委派一名货车司机接走佛像。他告诫克莱格三人少跟司机说话，以免节外生枝，延误时间。只要没有人泄露孩子被绑架，没有人跟踪货车，货车司机接走赝品之后，自然会送孩子们安全回家。

提供赝品参与拍卖，最终还要连赝品一起拿走，看来唐龙的确是个谨慎狡猾的家伙。三个孩子在他手里，性命攸关，三位家长只得忍

气吞声，任其摆布。三百万都花了，他们还在乎一件赝品吗？绝不会，他们最关心的是孩子的安全。

不一会儿，一辆小型货车如约而至，缓缓地驶进克莱格的别墅院子。停车后，货车司机走到克莱格的房车前，自我介绍道："我是戈森，唐龙先生让我前来接货。"

考斯林用委婉的措辞说道："戈森，货物就在克莱格的车上，你可以接走。我们按照唐龙先生的吩咐完成了一切，请他也兑现自己的诺言，尽快将我们的……我们的'货物'完璧归赵，我们会不胜感激。"

戈森满不在乎地点点头，招呼几个人一起帮着将佛像搬进货车车厢，随后开车驶离。两个多小时后，他如约回来了，打开车厢，三个孩子抱着自己喜欢的玩具欢呼雀跃地跳下来，扑进各自家长的怀抱。

戈森没有仓皇离开，他大大咧咧地掏出一个信封，说："唐龙先生让我转交三位一封信，个中隐情你们看过信后就明白了。"

克莱格拆开信封，里面有一张支票和一张信笺，信上说："三个孩子并未受到任何虐待，我只是利用药物让他们睡了个懒觉。佛像是赝品，我会自行销毁，拍卖行给出的三百万美元也如数奉还。请别为难戈森，以前他是我的笔友，现在他只是我雇用的司机，按照我的指示把佛像送到考斯林公寓，然后到克莱格的别墅接货，最后我告诉他孩子的藏匿处，托他将孩子们送还各位。绑架勒索之事，戈森一概不知。谢谢三位的合作，这将让我一举成名——一个不甘于默默无闻的盗贼。"

克莱格、考斯林和海伦娜面面相觑，不知所措。唐龙煞费苦心绑架了三个孩子，导演了一出竞拍闹剧却不要巨额赎金，难道这一切都是闹着玩吗？

克莱格忍不住问道："戈森，你见过唐龙吗？他是一个怎样的人？"

"一个侏儒，他居然藏在那个佛像里！"

"什么？唐龙是个侏儒，他藏在那尊佛像里？"海伦娜一脸愕然，又隐隐感到一丝不安。

戈森点点头，说道："是啊，那个佛像是中空的，莲花底座像一个螺丝帽，可以扭开，他可以通过佛像颈部镂空图案的缝隙来呼吸并

观察外面的情况。唐龙说，他和你们三位打赌呢，你们在玩捉迷藏游戏，他可找了一个绝佳的藏身处！

考斯林、克莱格和海伦娜从来没有和唐龙打过赌，更不想和他玩什么捉迷藏。唐龙，这只古灵精怪的小老鼠，他到底想要干什么？

考斯林突然惊叫起来："佛像是中空的，莲花底座可以拆卸下来！上帝啊，这是一个骗局，我们都被他要了！"

三人火速回到城堡拍卖行，进入固若金汤的地下室，仔细核查之后，这才发现价值连城的镇行之宝——金鸡钻石不翼而飞！

众人恍然大悟：那宝贝原本被锁在一号保险柜，考斯林在听从唐龙的指示把那一堆"废纸"锁进去的时候，曾当着"佛像"的面，按动了密码……

小老鼠唐龙，这个默默无闻的侏儒大盗从此一鸣惊人。

（发稿编辑：丁娴瑶）

（题图、插图：孙小片）

红版编辑部各编辑邮箱：

吕　佳：lujia411@126.com

丁娴瑶：dingxianyao@126.com

陶云韫：taoyunyun1101@163.com

曹晴雯：caoqingwen0228@126.com

孟文玉：yuwenmeng@126.com

·脱口秀·

一年级的老师哭笑不得

◆ 一年级的学生们吵得不行，我说，不要说话了，要说出去说。结果，很多孩子开始整理书包。

◆ 我叫一个学生起来回答问题，她说："老师，我没有举手啊！"

◆ 发练习卷，有学生摇手说："我不要，谢谢。"

◆ 叫一个学生上讲台帮我管一下纪律，他说他没空。

◆ 全天上了两节课，在厕所找了半天人，擦了五个屁股。

◆ 一小孩上课吃枣，我伸手没收，她把核吐我手里了。

◆ 校长坐在最后一排听课，他们不停地讨论：谁的爷爷来了？

◆ 老师：我看谁还在说话！

全体学生：老——师——在——说——话！

（推荐者：肉妈咪）

说的是不是你

◆ 世间两大捋不清：USB的正反面儿，百叶窗的上下绳儿。

◆ 女青年为找男朋友，谎称自己是本科学历，最终因博士身份暴露而被甩。

◆ 恋爱是两个人的事，但有些人就是不会数数。

◆ 永远不要让女孩子一个人出门，对银行卡来说太危险了。

◆ 世界上本没有男朋友，有的人多了，我妈觉得我也应该有。

◆ 众里寻她千百度，踏平脚下路，蓦然回首环顾，大婶大娘无数。

◆ 我现在的状态：身上的肥肉不离不弃，口袋里的钞票薄情寡义。

◆ 我瘦了十斤，还没正式瘦，这是"预瘦"。

（推荐者：小 娃）

法官先生请笑一笑

◆ 法官："我注意到，你除了偷钱，还偷了许多手表、名包、珠宝首饰……"

小偷："是的，法官先生，因为人们都说，仅仅有钱，并不能使人幸福。"

◆ 有个男人成了被告，法官问他："你为什么偷别人的车?"

他解释道："我喝得太醉了，不敢开自己的车。"

◆ 在法庭上，法官问证人："你知道宣誓之后应该怎么做吗?"

证人答道："我知道，一旦宣誓之后，不论我说的是真或假，都应该坚持到底!"

◆ 法官对罪犯说："一切的罪过源自酒精，你会落到这般地步，也是酒精造成的!"

"谢谢您的教诲……"罪犯高兴地答道："别人都说我是坏人，只有您看穿谁才是真正的凶手!"

（推荐者：潘光贤）

还得是神回复

◆ 失眠的时候都在想什么?

神回复：想睡觉啊!

◆ "某人"和"某些人"有什么不同?

神回复："某人"是爱人，"某些人"是仇人。

◆ 像柳永、李清照、李煜之类文风比较悲戚的婉约派词人应该组个队，叫"赋愁者联盟"。

神回复：辛弃疾、范仲淹、王安石、陆游叫"生气四侠"；王昌龄、岑参、王之涣等边塞诗人叫"边伏侠"；谢灵运、王维、孟浩然等这些山水诗人就是"吟河护卫队"。（推荐者：丁 强）

来点儿酸辣点评

◆ 我知道你的出发点是好的，但你先别出发。

◆ 爬上床睡觉的感觉很棒，但你一定懂的吧，爬"回"床上睡觉的感觉更棒!

◆ 我们对银行的信任程度：把钱交给他们保管；银行对我们的信任程度：柜台的笔，要用绳子拴起来。

◆ 中国人骨子里的"盖被基因"：无论天气多热，睡觉时也要把肚子盖上。

（推荐者：檬 男）

（本栏插图：谢 颖）

·新传说·

□ 许申高

摆 渡

浔水中游有一个古渡口，名叫游家渡，是游家湾一带通往浔水镇的必经之路。

相传游家祖上是大户人家，乐善好施，为方便百姓过河，就在这儿设了个义渡，不取分文。后来因为家道中落，摆渡的长工走了，游家人只好自己撑竿驾船，坚持免费摆渡。过往客人很感动，都自觉付费，慢慢地也就成了规矩。后来这渡口也有了经营许可证，接受相关部门监督管理。传到游老汉手上时，人们给的过河费已涨到一块钱，一天下来能有个三百来块钱的收入。

如今，游老汉年纪大了，摆不动了，就寻思着由谁来承接这个渡口。他有两个儿子，都很孝顺，也都成家了。老大本分老实，与老婆在家搞养殖；老幺聪明机灵，可惜是个"妻管严"，一直和老婆在外打工。两个儿媳都曾表露过，希望能够承接父亲的渡口。

这年春节，一大家子吃过团年饭后，游老汉开门见山地说："我要落实渡口接班的事了，这是祖上传给我们的一份福报。这些年，确实赚了点钱，但都花在你们身上了，给你俩一人修了一栋房子，当时还欠了账，最近才还得差不多。现在我摆不动了，这渡口究竟传给谁，我们一起商量商量。"

老大说："这事我早想过了，

渡口就是您的命根子，也是您的养老金，为了我们，您一辈子辛辛苦苦，自己没存一分钱。我看这渡口，谁出的钱多就传给谁。"

对于这个提议，妯娌两个都很意外，你望我，我望你，谁也不肯先说话。最后弟媳憋不住了，对老大说："哥，那你先出个数。"

老大没多想，老老实实交出了家底："我手头只攒下十万块钱，想多拿点，可拿不出啊！"

弟媳一听高兴了，忙说："那我们出十二万，怎么样？"

老大没再说话，可他老婆不甘心，小声地和他商量："要不我去找娘家借点？"老大瞪了她一眼："一家人，争什么争？"然后他对老幺说："这渡口，就你干吧！"

老幺二话没说，当即就让老婆把十二万块钱转给了父亲。父亲交代老幺说："这渡口就交给你了。记住，不管任何时候，这渡口都不能丢，不然就对不住祖上了。"

从此，老幺开始了摆渡的营生。正月是人们出行的高峰期，过河的人一拨接一拨。船头上有个固定的铁匣，类似于公交车上的投币箱，上船的人会把预先准备好的一块钱投进铁匣里。摆渡的人也不用管，

到天黑收渡时，就可以打开铁匣点钱了。第一天，老幺挣了四百多块钱，老婆乐得合不拢嘴。后来每天都这样，等过完正月，客流少了一些，也还有三百多。夫妻俩很满意，认为这比外出打工强多了。

谁知两个月后的一天晚上，老幺两口子去老大家，扯了一会儿闲话，弟媳突然话锋一转："哥，这渡口还是交给你吧。"

老大一惊："怎么了？不是赚得挺好的吗？"

弟媳忙说："确实不错，但我们以前在广东打工的那家公司老板说给我和老幺加薪，保证我俩每年有二十万，所以我们还是决定回公司去，这样也好把渡口让给你。"

老大的老婆一听，高兴坏了，"那好啊！你们要多少钱？"

老大呛道："这还用问？当初老幺给爸十二万，你又不是不在场。"他又对老幺说："既然你们有更好的机会，那就去吧。我钱不够，明天去借点，晚上给你们。"

果然，第二天晚上，老大就把十二万块钱转到了弟媳的卡上。

到了清晨，老幺两口子就启程去广东了。过河时，老幺呆呆地望着摆渡的老大，想说什么，却被老婆扯了一把："发什么呆，都靠岸了，

还不提行李下船？"两人匆匆下了船，走出好远，老幺又回头看了一眼老大，眼圈突然红了。老婆狠狠瞪他一眼，小声骂道："没出息的东西，又不是生离死别！"

老幺两口子走了，老大成了渡口的主人。他能吃苦，做事也认真负责，为不耽误客人过河，他午饭也不回家吃了，天天让老婆送。老婆也高兴，等老公吃饭的时候，她就打开铁匣点钱，然后带回家。

好景却不长，有一天，一位过河的客人告诉老大："老板，你这渡口怕是干不了多久了。"

老大问："这话什么意思？"

那人往上游方向一指："你没听说吗？那地方要修一座桥，就要动工了，前不久还来勘测过。"

老大一听，差点没晕过去。这一整天他再也没说一句话，没人过河时，他就坐在船头，呆呆地望向上游。开头几天他还半信半疑，后来不少过河的人都说起这事，他才相信是真的，但他不敢告诉老婆。

这天，老大感觉到了不对劲。老婆中午没送饭来，晚上回到家，老婆坐着一动不动，以前每晚他把铁匣里的钱如数交给老婆时，老婆总是喜笑颜开，而这回，老婆看也不看，只是不停地抹眼泪。他知道

瞒不过老婆了，宽慰道："别哭了，多大点事儿。"

不说倒不要紧，这一说，老婆终于发作了："你这猪脑壳，让亲兄弟耍了，还说多大点事儿？那十二万如果不要回来，我跟你没完！"

"要啥呀？这修桥少说也要一年，到时也就赚回来了。"

"猪脑壳，有你这么算账的吗？我问你，这桥修好了，谁还坐你的渡船啊？那十二万块钱就等于打了水漂，到时你怎么办？"

"干老本行呗，怕啥呀？"

"不管怎样，你得把那十二万块钱要回来！"

"好，我要不回来的话，也会给你挣回来。别生气了，去睡吧。"

这一夜，老大没合眼。翌日天不亮他就来到了渡口，只见上游方向灯火辉煌，不知什么时候来了好多大型机械，看来要动工了。

也就在这天，游老汉来到了渡口。之前他每隔一段时间都会来渡口看看，从不说话，然后就默默离开。这天，他看到上游的大型机械，便立在那儿不动了。趁没人，他对老大说："要知道修桥，我就不该拿你们钱。放心，迟早我会退给你的。"没等儿子回答，他就走了。

一年之后，桥修好了，通车那天举行了庆典，游家湾一带的人都去看热闹，渡口一下冷清起来。这一整天，只有一对盲人夫妻过河，他俩每天都要上街摆地摊。下午，他俩过河回家，上船之后男的问老大："你这渡船，明天还摆吗？"老大一时拿不定主意，男的见他不出声，忙说："不为难你了，我们以后就从桥上绕。"从桥上绕要多花一个小时，对盲人来说更不方便。老大下定决心，说："摆！只要有人过河，我就摆！"

这之后，每天过河的只有二三十人。这其中，除了那对盲人夫妻外，大多是附近一些不会骑车的老人。每天，他们都要上街卖菜，而坐船是最便捷的选择。

老大的老婆不干了，她见每天才五六十块钱的收入，下了最后通牒："从明天起，这渡你不要摆了。要摆的话，你就别回这屋里睡！"

老大不吱声，收拾了几件衣服，默默地往外走。渡口有间木板房，他要上那儿

睡去。老婆见了，一把将他推出门外："你这猪脑壳，我跟了你是倒八辈子霉了。你赶紧走，再也不要回来！"

从此，老大就以渡口为家。不管怎样，渡口不能停啊！

这天，一位过河的大娘对老大说："为这么几个人过河，你守着个渡口，不划算啊！要么你干脆停掉，我们就从桥上绕；要么你就涨成两块钱，每天也能多个几十块，这样渡口也就保住了。"

老大笑道："这不行，祖上会骂我的。这过河的人都是老弱病残，卖点小菜不容易，我要涨价，会遭天谴的。"船上的人听了，都向他伸出了大拇指。

就在这一天，奇怪的事情发生了。老大从铁匣里点钱时，发现多

20

出了两张十元钞票，他特别感动。他想退掉，可不知道多给钱的人是谁，如果在船上一个个去问，不但找不出那两位好心人，反倒会提醒更多人这么做。他便只好不出声，谁知后来，这种事经常发生，有一天，甚至有人往里塞了一百元。于是，他想出了一个办法。

有一天，过河的人发现，铁匣不在了，便问老大是怎么回事。老大笑道："从今天起，我改收月票了，月底结账。"起初有人不解，结果你一句我一句地说开了，都明白了是怎么回事。有人笑道："你再这样下去，老婆要和你离婚的，到时渡口就成了你媳妇。"这番话把船上的人都说笑了。

渡口最忙的就是早晨，这天，老大刚闲下来，父亲来了。几天不见，父亲好像老了很多，走路也颤颤巍巍的。看着父亲的样子，想到渡口的前世今生，老大突然有种想哭的感觉。

游老汉进木板房里看了一眼，出来问儿子："怎么住在这儿？两口子闹别扭了？"

老大轻描淡写地说："没事，过一阵子就好了。"

游老汉是聪明人，没再多问。他掏出一张银行卡，递给儿子："这钱你拿上，密码是我生日。"

老大不接，说："爸，这是您的养老钱，我不能要！"

游老汉说："不是我给的，快拿上。"

老大不解，问："不是您的会是谁的？反正我不能要！"

"这是老幺给你的。"

"啊？"老大先是惊讶，继而笑了，"怎么会？您别骗我了。"

"我没骗你，这是老幺早些年攒下的私房钱，有十多万。这孩子，也不容易。"游老汉把脸扭向一边，老泪纵横地说，"他去广东的头天晚上，一个人来看我，说最近两年家里没事的话可能就不回来了，然后拿出了这张银行卡，说对不住你，让我看哪天渡口经营困难了，就把这钱交给你……"

听到这里，老大的泪水夺眶而出。哭着哭着，他又笑了，说："爸，您放心，这渡口我不会丢的，但我也不会安于现状，得过且过。现在渡口也就早晚有需要，我正打算白天重新把养殖业搞起来，本来还愁从哪弄启动资金呢，这不，您就带着老幺的卡来了！"

父子俩对视一眼，笑了……

（发稿编辑：曹晴雯）

（题图、插图：陆小弟）

对林锦华来说有重要的用处。花园里种什么，他早就想好了。他找到园林部李经理，说："帮我留意一下这样的紫藤树。"说着，他把手机里的一幅画发给了李经理。

李经理看到画中的紫藤，眼睛一亮，告诉林锦华："销售部小柳的老家在泰山脚下，两年前，她介绍我去那儿买过古松。当时我路过一户人家，在那户人家院子里见过一株紫藤老树，跟画里的差不多！"

林锦华一听，十分惊喜，问李经理要来了大概的地址，不知疲倦地驱车好几个小时，来到了泰山脚下，找到了李经理说的那个村子。

问起紫藤老树，村里无人不知。他们告诉林锦华，紫藤的主人叫贺姨。林锦华找到贺姨家，远远地，就看见了一片"紫云"。时值六月，紫藤花开得正艳，紫粉色的小花一摆摆垂下来，像瀑布，美得让人陶醉。紫藤花下，一位衣着朴素的妇人坐在小板凳上，眯着眼在打盹。

林锦华猜想她就是贺姨，开口问道："您是贺阿姨吗？"

紫藤花开

□ 任黎明

林锦华是个侨商。这几年，他的工作重心放在了古城，负责开发一个新楼盘，楼盘的名字叫"紫藤公馆"。

楼盘快开售了，林锦华为自己留了一套一楼带花园的户型。这套房子妇人睁开眼,点点头。林锦华又问:"这花太美了,我能进来坐坐吗?"

贺姨好客地把林锦华这个陌生人迎进院子,她笑眯眯地说:"这株花树已经栽了四十多年了!"

等两人聊得热络了,林锦华试探地问:"您这老树……卖吗?"

贺姨一听,摆手道:"不卖,我和它感情深着呢!"

林锦华不死心,又问:"如果我出价十万呢,您卖不卖?"

"十万?"贺姨听到这话,吃惊地问,"这紫藤值十万?"

林锦华一看可能有转机,赶紧说:"我是特别喜欢这花,才愿意出这么多钱的。"

贺姨仔细想了想,还是把林锦华请出了院门:"不是钱多钱少的事情,你走吧。"

临走时,林锦华往贺姨手里硬塞了写有自己手机号的纸条,告诉她价钱还可以商量。

很快,"紫藤公馆"的房子开售了。林锦华预留的一楼新房也快装修好了,只有花园还空着。就在林锦华为买不到合适的紫藤树犯愁时,电话响了,对方竟是贺姨!她在电话那边迟疑着问:"林总,你……还要买那棵紫藤树吗?"

林锦华欣喜若狂,赶紧答道:

"要,要!"挂了电话,他马上开车去往贺姨家。

"您想通了?"见到贺姨,林锦华笑着问道。

贺姨欲言又止:"唉……"

林锦华以为她想把价钱往上提一提,便说:"我可以再加两万。"

"加两万?不,不用。"贺姨把头摇得像拨浪鼓,"我只有一个要求,你要好好养这树,我……能不能经常去看看它?"

林锦华不明白贺姨为什么要这样,但怕她反悔,马上答应了下来。

在园林部李经理的帮助下,那棵紫藤很快就移栽到花园里了。

林锦华感到时机成熟了,便给销售部的小柳姑娘打去电话,约她到"紫藤公馆"见面。

一见面,林锦华将一把钥匙交到小柳手上,说:"我知道你一直想买一套这样的房子。如果你答应我一个条件,这套房子就是你的。"

小柳难以置信地看着林锦华,问:"林总,您想干什么?"

"我第一眼看到你,就喜欢上你。每次看你顶着烈日、冒着风雨,带客户去看房子,我就心疼。小柳,我希望你能陪我三年。三年后我回欧洲,这套房子归你。"

听了林锦华"霸气"的表白，小柳脸色通红，连连摇头，说："感谢林总好意，我不会要这房子的。"

"我知道这很突然，我给你时间考虑一下。小柳，你还记得吗？小区没开售时，我找你带我来参观过样板屋，当时你说，你一眼就喜欢上了一楼这套带花园的房子，还说，如果花园里栽上紫藤，一定很浪漫。你看——"说着，林锦华拉上小柳来到花园，"花园里有株紫藤，是我照着你朋友圈里的画找到的。这样好了，周末，你来帮我给紫藤树浇浇水，这总行吧？"说着，林锦华不由分说，把钥匙递给小柳，急匆匆地走了。

星期天一早，林锦华意外地接到了贺姨的电话。贺姨说她来古城了，想约林锦华在"紫藤公馆"小区门口见面。来到小区门口，林锦华没看见贺姨，便想去房子里看看小柳在不在。他轻轻推开半掩的门，听见后院有人在说话。

"你和他真没关系？"

"我只是过来给树浇浇水。"

"你怎么会有房间钥匙呢？"那个声音突然变得严厉起来。

"老板嘱咐我的事，不好意思拒绝……"

林锦华吃了一惊，他听出来了，是贺姨和小柳在说话！这时，从花园传来"啪"的一记耳光声，紧接着，小柳捂着腮帮子冲了出来，她和林锦华打了个照面，一怔，推门跑了。

林锦华顾不上追赶小柳，疾步走进花园，惊讶道："贺姨，你……"

"林总，又见面了。"贺姨打断道，"没想到吧，我是小柳的妈妈！

24

我听说，你在海外有妻儿，为什么还要追求我女儿呢？我不管你跟我女儿发展到什么程度，从今天开始，你们必须断得干干净净！"

林锦华张张嘴，想说什么，又说不出来。他确实有家室，和妻子是青梅竹马。在古城，他对销售部的小柳一见钟情，有了另找新欢的想法，想尽办法接近她。面对各种暗示，小柳没有回应。直到有一天，小柳对这套带花园的房子露出了向往的眼神，林锦华当时就决定，把房子买下来送给小柳，他不信打动不了她的芳心。

贺姨气愤地说："这紫藤我不卖了。你看看，好好的花，被你修枝剪叶禁锢在这里，都蔫了！"

林锦华道："这事是我不对，您别再责怪她了。"

贺姨告诉林锦华，小柳有个同事老乡，前段时间，那同事回了趟老家，之后村里流言四起，说小柳被大老板看上了。

贺姨知道女儿有计划买房，担心她为钱犯傻，便想在经济上帮帮她。一咬牙，她给林锦华打了电话。今天，贺姨来古城看女儿，顺便去看看紫藤，却在小区门口遇到了女儿。贺姨大吃一惊，打电话把林锦华约了过来。

"你知道我一开始为什么不舍得卖紫藤吗？"贺姨问，林锦华摇摇头。

贺姨说，小柳的父亲与自己是青梅竹马，他们情窦初开的时候，柳父便为她在院子里种下一棵小小的紫藤树。随着那棵树慢慢长大，他俩也恋爱、结婚。

"那……柳叔叔呢？"

"他不到三十岁就去世了，只留下这棵紫藤一直陪着我和女儿。"

"这么多年，您就没想过另作打算？"林锦华吃惊地问。

"你知道紫藤的花语是什么？是'执着和思念'。"

就在这时，小柳推门进来了。

贺姨看着女儿红红的眼睛，说："你爸在九泉之下看着你呢……"

林锦华面带愧色，说："我为自己非分的想法道歉。这么美的树不该被我禁锢在后院，趁它还未扎根，我派人移回您的院子！"

林锦华提前结束了在古城的工作，准备回欧洲。

临走时，林锦华特意又去了一趟泰山脚下，向贺姨要了一段粗壮的花枝。他说："我要回去扦插在我家的后花园里，送给我的妻子。"

（发稿编辑：陶云韬）

（题图、插图：豆薇）

请小偷

□ 司健安

汪豹的爹汪老八去世了，九十多岁，算喜丧，汪豹却为了丧宴的事，愁坏了。

为啥？按当地的风俗，长寿的人福大、命大、造化大，大家会在其丧宴上偷拿个寿碗回去。这碗也叫"免灾碗"，给老人用能增寿，给孩子用能避灾。丧宴上被偷的碗越多，说明逝者行善多，给子孙积德就越多。现在这事难办就难办在——老爷子汪老八生前不是省油的灯啊，专横跋扈、尖酸刻薄，没少得罪村里的人。儿子汪豹呢，有过之而无不及。

前些年，汪豹耍无赖，占了村里一块空地。那会儿，村里联系到一批捐赠的图书，想在那块空地上建个学生图书室。村主任几次找汪豹做思想工作，好话歹话说了好几轮，汪豹一概不理，最后是连骂带轰地把人赶了出去。就这样，建图书室的事也就黄了。孩子们都失望极了，大人们对汪豹却敢怒不敢言，不过，平时和汪家人照了面，给个白眼，还是忍不住的。

汪豹也知道，自己这些年差不多把全村的乡亲都得罪了。起初他也没在意，可随着老爷子年纪越来越大、身子越来越虚，汪豹意识到一件事：老爷子百年后，丧宴上要是没人要他们家的免灾碗，他面子上可挂不住啊！于是，汪豹开始留意全村的各种红白喜事，谁家办事他都去，去了，还一律送礼。他知道乡亲们重情义，只要欠了他的礼，到时候就不得不来。

明天的丧宴，汪豹不担心没人来，但至于有没有人"偷"碗，还真不好说。他琢磨来琢磨去，想到个主意。汪豹特地备了厚礼，去找村里的大学生村官刘高知。他开门见山："小刘兄弟，请你帮哥哥一个忙，明天老爷子丧宴，还请你务必……'偷'个碗。"

刘高知之前跟着村主任去找汪豹谈过建图书室的事，见识过汪家人的蛮横无理。他冷着脸说："汪老哥，这事儿，不能勉强吧？"

汪豹把礼品往刘高知面前塞了塞："你是村官，村里人都服你，你要是带头拿了我家的碗，乡亲们就好说了……"刘高知连连摆手，汪豹一见，加码了："你就答应老哥，只要你帮这个忙，保住老哥的面子，那块空地我立马让！"

"真的？"刘高知眼睛一亮，似乎被说动了，"那行吧！礼你拿回去，只要签个协议让出空地，你说的事儿我照办就是。"

其实那空地，汪豹也没个实际用处，本就是昧良心占的，还回去也不吃亏，于是他答应了。没想到事情会这么顺利，说动了村官，明天丧宴上的事也就妥了大半。

第二天，汪老爷子的丧事办得很隆重，汪豹的前期工作看来真的奏效了，来了好多人。汪豹特别留意刘高知，见他早早地到了现场，总是朝着那几个放寿碗的竹筐瞄，还时不时有意无意地走过去，往筐里瞧瞧，跟踩点似的。汪豹只觉好笑：这小子刚来村里不久，八成也是第一次"偷"碗，看上去像不知如何下手一般。汪豹要的就是这个效果，小刘动作越笨拙，就越容易被大伙儿看到他偷碗。看到他刘高知带头要寿碗，其他人自然也会放下顾虑，毕竟喜丧上的"免灾碗"在他们那儿还是很被看重的。

宴席开始。汪豹要面子，备的菜色很不错，一道一道的菜被陆续端上桌，鱼肉荤素一样不少。他一桌一桌地招呼，也顺带瞄一眼大家伙的包袋里有没有偷拿的寿碗，可惜，似乎还没有人出手。

汪豹朝刘高知坐的位子望去，发现他不在座位上。这小子去哪儿了？咋还不"行动"？

话说这个点，刘高知在后院溜达呢，像是在找啥东西。他东钻钻西摸摸，一会儿弯腰探探，一会儿踮脚瞅瞅。突然，有个奶声奶气的童声传来："哥哥，你找啥呢？"

刘高知一瞧，是汪豹六岁的小孙子汪佳佳，这娃正牵着一只小狗在后院玩呢！刘高知灵机一动，掏出个东西让小狗闻了闻，小狗吸吸鼻子，立马向后院仓库跑去。刘高知也跟了上去，果然，他在仓库废料堆后面找到了他想找的东西。

"哥哥，这些是啥？"

刘高知朝佳佳眨眨眼，笑了笑，做了个"嘘"的手势……

这头，汪豹半天没看到刘高知，又急又火，刚要发作，就见刘高知回到了席上。他对着汪豹指了指自己的口袋，那口袋鼓鼓的，半只寿碗还露在外头呢！

算这小子说话算话！汪豹得意起来，他看到刘高知回到座位后，口袋里的寿碗也引起了同桌人的注意。刘高知还小声地跟大伙儿说了什么，有人听后又转身跟其他桌的人传话，随后宴席上的乡亲们都纷纷起身，向放寿碗的竹筐走去……

汪豹乐坏了，如意算盘是打成了呀！见来的每家每户都拿了寿碗，他心情大好："都别忙着走，我去张罗张罗，给大伙儿加菜！"说着，他哼着小曲进了后厨。

又热闹了一会儿，宴席该到尾声了。村里的长老四爷爷走出来，

对汪豹说："老规矩，咱把剩下的寿碗点数一下，少多少补多少，老爷子这仪式也算是圆满了。"

四爷爷说的"数碗"环节，乡亲们都不陌生，这也算丧宴的最后一步。村里喜丧用的寿碗，是大家兑钱买的。和别的碗不同，这些碗用红漆做了特殊标记，统一放在长老四爷爷家，谁家需要就去借，丢了、破了，照价赔偿就是。说是赔偿，但轮到谁家要赔得多，主人家非但不生气，还很乐意。

这会儿，汪豹瞄了一眼放寿碗的筐，里面的碗所剩无几。他得意地说道："我这碗没剩几个，看一眼就都数全啦！"四爷爷看了看，说道："汪豹家，借碗一百二十整，还碗二十，丢碗一百整！"

汪豹连连应和："好，好！我赔！"他正要掏钱，突然，桌边正收拾碗筷的一位大娘，举着一只盛菜的碗，问道："不对啊，这些菜碗底下怎么都带红点呢？"这话一出，众人像说好了似的把桌上的菜碗一个个地都倒扣过来，竟然好些碗底都带着红漆标记！汪豹傻眼了，急道："这、这不能算吧？"

"得算啊！"四爷爷一脸认真，"这些碗不都还在你汪家的桌上吗？不算被'偷'呀！"说着，四

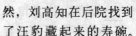

爷爷让人把带红漆标记的碗都搬了过来，一一点数。

"这还有一些呢！"刘高知不知啥时从后院抱来一箩筐的碗，众人一瞧，也是个个带红点！四爷爷一看，也点着头说："没错，跟汪豹来找我借的属于同一批，这批碗是新补的，碗口都有暗纹。"

刘高知说："汪老哥，你把这些碗藏在仓库，可不合规矩啊！"

原来，开席前刘高知发现箩筐里的寿碗放得很杂乱，让人一眼瞧不出数量。他看了好一会儿才看出那里的碗应该不满一百二十个。刘高知突然明白了，汪豹可没把宝全押在他一人身上。汪豹请刘高知来偷碗，一是为了带动其他乡亲；二是为了给他自己藏碗打个掩护。果

然，刘高知在后院找到了汪豹藏起来的寿碗。

随后，他故意让汪豹看见自己偷了碗，还假装让汪豹以为他说动了其他乡亲去拿碗。实际上他是给其他人支招呢：假装拿寿碗，再趁汪豹不注意，把寿碗偷偷放到席上，和菜碗混到一起。

这时候，四爷爷点数完毕，说道："汪豹家，借碗一百二十整，还碗一百二十一！"

啥？咋还多出一个了？汪豹气疯了："合起伙来耍我是吧！劝你们戏可别太过！一百二十个碗，还给我整出一百二十一个了？"

"我也放了一个呢！"佳佳跑出来，奶声奶气地说道，"爷爷，你平时不是让我多读书、以后也当大学生吗？小刘哥哥就是大学生，所以我向他学习，他说带红标记的碗是借的，要还，我就把上次从姨奶奶丧宴上偷的碗也拿来啦！"

汪豹一听，把头垂得低低的，再也不说话了。

（发稿编辑：丁娴瑶）

（题图、插图：陆小弟）

三伏天，体育馆里热得像蒸笼，育才高中篮球队还在为了备战全国青少年篮球联赛而坚持训练。练了一下午，队员们终于撑不住了，一个个四仰八叉地倒在地上。

教练老刘一看，气不打一处来："起来，起来，跟我走！"

呵，又来！

老规矩，刘教练把队员们带到了球队陈列室。这里是刘教练最引以为傲的地方，陈列着昔日他所带球队赢回的各种荣誉：满柜的奖杯奖章，大大小小的奖状，还有挂在最显眼处的那面"全国联赛冠军"的锦旗。平时，刘教练就喜欢给队员们讲那些"过去的故事"，让队员们齐齐地站在那儿，接受"过往辉煌"的洗礼，那就是妥妥的"沉浸式教育"。起初，队员们听他讲故事挺带劲，但时间一长，就知道他是"老和尚念经"。

这会儿，刘教练指着"C位"那面锦旗说道："这是师兄们给你们打下的江山，也是你们铁打

的目标！今年联赛，要是你们不能再续神话，那就是给球队丢脸！你们就对不起这面旗！"

刘教练训完话，队员们一个个耷拉着脑袋走了。冲凉时，大伙儿憋不住气，使劲"吐槽"起来——

"你们说说，刘教练那话像不像咱爸妈说的'你不好好读书，对得起列祖列宗吗'？哼，我就不爱听！我打球就为自己，可不是为了供着谁！"李成是队里主力，"天赋型"选手，多少有点傲气。

谁动了锦旗

□ 宁莎鸥

"是啊，整天'锦旗锦旗'的，有啥用？我从小到大，奖状、奖旗拿到手软，不稀罕！再大的锦旗能换几个钱？还不如剪了当抹布来得实用呢！"陈松是队里的学霸，因为家里不富裕，他学习上很较劲，铆足劲地拼各类奖学金。

"剪了？"李成大笑，"要我说，烧了更好，眼不见心不烦！"

大伙儿一阵哄笑，队长吴天明赶紧做出噤声的手势："可别乱讲，当心教练听到！"

哪晓得澡堂子里的玩笑话，竟一语成谶。第二天一早，消息传来：队里出事了！

李成他们赶到现场，原来是陈列室失窃。现场一片狼藉，一套价值不菲的纪念奖章不翼而飞。让刘教练更心痛的是，那面全国联赛冠军的锦旗被硬生生地割坏了！校领导建议报警处理，刘教练却盯着那面被割坏的锦旗，良久，缓缓说道："先内部处理吧。"

校领导懂刘教练的心思：暑假期间，除了住宿舍的老师和翻新校舍的工人，就剩下他们集训中的篮球队了。如果小偷是为了谋财，何以要割坏锦旗泄愤？再回想昨天的训话，篮球队恐怕难脱嫌疑。

校方负责人召集全体篮球队员

询问了相关情况，只是没什么有价值的线索。

昨天解散后，队员们交代的行动轨迹都差不多：冲凉洗漱，食堂就餐，然后就各自回了宿舍，没有人再回过陈列室，甚至没有人出过校门。

李成和保安科的老师相熟，他私下去打听了一下，陈列室位于校史馆二楼，前门装有监控，案发时间的确没有人进馆。校史馆后门与宿舍楼之间隔着一片空地，正在改建一个名人雕像花园，监控都拆了。空地上堆着十几个做基座的石墩子，下面是一片黄泥地。昨天下过雨，若有人踩过，准留下脚印，李成特地看了，最近这里停工，没什么人来，地上零星有些脚印，但没有一行脚印是通向校史馆的。

不可能的犯罪？李成糊涂了，事偏偏出现在他们昨天开玩笑说要毁了锦旗之后，难道有人认真了？

由于出了事，集训暂停，一帮队员聚到队长吴天明的宿舍"八卦"案情。吴天明、陈松和李成住同一层，因为不同班，三人住不同房间，但平时训练太忙，很少有时间串门。大伙儿一拥而入，各种瞧新鲜。陈松看到吴天明桌上摆着一个相框，里面是他站在领奖台上的相片。陈松问道："哟，冠军呢，啥项目啊？"

经他一说，大伙儿都凑过来看。吴天明害羞，将相框盖住，轻声道："跑步。"

接着，大家七嘴八舌地开始讨论案情。李成把从保安那里问来的情况说了，还说道："要想不在那片黄泥地上留下脚印，除非从那些大石墩上跳过去。石墩排得很乱，间隔都有两到三米的距离，活像是武侠小说里练功的梅花桩。"

"除非这个贼会轻功，飞过去。"有人笑着接道，"要我看，割锦旗多半只是障眼法，贼真正的目的是偷走值钱的奖章。"

李成若有所思地看了陈松一眼："不会是你小子吧，昨天刚说要剪了锦旗，还真就……"

"开玩笑你也当真？那你还说要把锦旗烧了呢！"

大伙儿又是一阵哄笑，随后几位队员先撤了，屋里就留下李成、陈松和吴天明。李成一脸正色地问道："说认真的，昨天训练结束后，你俩真的没出过宿舍？"

"没有。"陈松和吴天明异口同声。陈松说："昨天累得不行，我连晚饭都没去吃。"吴天明也说，自己回宿舍吃了碗泡面就睡下了。

"你呢？"两人不约而同地问李成。李成答："我也是。"

三个臭皮匠有一搭没一搭地聊了几句，也聊不出个诸葛亮来，就决定散了。出了吴天明的宿舍，李成却心事重重，因为刚才那个简单的问话，他知道有人说谎了。

原来，现在整个楼面就住他们仨，他的房间又在中间。午夜时分，他迷迷糊糊地听到有关门、锁门的声音，虽然听不清来自左右哪边，但他肯定，陈松和吴天明，其中一人出去过。不管什么原因，这个节骨眼上撒谎的人准有猫腻。如果他们之中真有人偷了奖章，总得找机会销赃吧。因为从昨天到现在，监控显示还没人出过校门呢！

李成决定盯紧陈松和吴天明，没想到下午动静来了：吴天明率先出校了。那时候，李成见陈松还在午睡，便偷偷跟上了吴天明，一路到了市区。看情形，他的目标是一栋写字楼。李成看了看外面的指引牌，楼里有很多培训机构，英语的、美发的，还有一些击剑、跆拳道等运动俱乐部。

吴天明到这儿来干吗？李成正纳闷，只听马路上响起一连串的喇叭声，他回头一看，有个小朋友挣脱母亲的手，冲到了马路中间。往来车流密集，好几辆车都在紧急刹车，眼见有一辆刹不住了，正冲着孩子撵过去……

李成倒吸一口凉气，心揪得紧紧的，人却呆愣在原地。就在这时，有个人影"嗖"地冲出人行道，手轻轻地往行道树上一搭，就翻过了高高的围栏，又像使出凌波微步一般，灵巧地掠过了几辆汽车的引擎盖，再一个箭步跃过去抱住孩子，漂亮地翻滚了三圈，躲过了来车。整套动作行云流水，一气呵成，引得众人惊诧之余，掌声雷动。李成正惊叹此人的敏捷反应，再定睛一看，这不就是吴天明嘛！

一个念头"咣"地在李成脑海里炸开，他赶紧走到那栋写字楼里细细查看了一番，终于恍然大悟。

等李成回到学校，发现又出了新状况：偷奖章的人被逮到了——陈松在陈列室门口被人赃并获，据说当时他正抱着奖章爬陈列室后门的窗户，不巧，摔了。

李成匆匆赶过去，就听到陈松已经"招认"："行吧，是我干的，我后悔了，所以还回来。"

众人一阵唏嘘，甚至有人轻声嘀咕："我就说他家穷嘛，没想到还真的偷奖章去卖，穷疯了吧！"

刘教练也被气得不轻，当场就要让陈松滚蛋。陈松倔脾气上来了，竟然脖子一梗，说："走就走！"

"等等！"李成拦住陈松，"那你说说是怎么进的陈列室！"

陈松一愣："沿着前门的监控死角呗！"李成反驳道："前门根本没有什么死角。正如我们之前分析的，要不留痕迹地进陈列室，除非是个'武林高手'。你陈松虽然是学霸，但不会轻功吧！具备这个能力的另有其人！"说到这里，李成转头朝刚走进来的吴天明示意。

吴天明有些诧异，但并不迟疑地走过来，拍了拍陈松的肩："干吗替我扛？"他又对李成说："看来你都知道了。"

李成点点头："你宿舍那张领奖的相片，参加的项目不是跑步，而是'跑酷'吧？跑酷高手有灵活的身手，可以在各种复杂地形中如履平地……"吴天明轻叹一声："刘教练不喜欢我们参加其他俱乐部，跑酷，我是偷偷去练的。是我割了锦旗，为了扰乱视听，我故意拿走奖章，没想到连累兄弟。"

这时候，陈松也坦白，下午他起床后到操场溜达，走到旁边的建筑工地，无意间在材料堆里发现了那套奖章。他惊讶，但不愿声张。虽然不知道是谁干了这事，但多半是自己的队友啊！相比查明真相，他更愿意物归原处，大事化小。

吴天明说，他没想过真的拿走奖章，他打算藏起来，等事情平息，就找机会拿回来，因为归根结底，他是冲着锦旗去的。

听到这儿，刘教练忍不住了："吴天明啊吴天明，你是我最信任的队长啊！对于这面锦旗，你应该与我最有共鸣啊！你怎么……"

"共鸣？"吴天明冷笑了一声，"从小到大，我爸妈就逼我学习、拿奖，可我不是读书的料啊！好不容易当了体育特长生，想着总能端口气吧，没想到队里有个魔鬼教练，还天天拿面锦旗逼我！刘教练，我实话告诉你，我就没想过带队拿锦旗。什么奖、什么荣誉，我

不配！""吴天明同学，我们来给你送锦旗啦！"正在这时，门外出现一对母子，那母亲手里捧着的正是一面锦旗，上面写着"见义勇为 身手不凡"几个大字。

李成一看，原来是吴天明今天在路上救的那个孩子和他的母亲。那母亲激动地把吴天明的英勇之举全说了出来，听得在场众人感慨万千，看吴天明的眼神都变得敬仰起来。

吴天明愣在原地，他是万万没想到，从未得过奖的自己会在这一刻得到一面真正的锦旗，原来这就是荣誉的滋味啊！

后来，通过这件事，刘教练对自己的教育方式也有了深刻的反思，他还与校领导商量，鉴于吴天明见义勇为的举动，对他网开一面，让他继续留在篮球队。

吴天明呢，其实他那天就是去跑酷俱乐部提交退出申请的。虽然嘴硬，但他心里憋着气，想要专注练球，用成绩堵刘教练的嘴。然而经此一事，他和小伙伴们对那面向往的锦旗，更有了志在必得的决心……

（发稿编辑：丁娴瑶）

（题图、插图：陶 健）

变味的烤鱼

□ 南怀中

伊小素是一名刑警，最近她来到南海边的一座美丽小岛，享受难得的假期。

伊小素之前曾经来过这里几次，她最爱吃岛上的酱烤魔鬼鱼。那是一种肉质鲜嫩的深海鱼类，裹上芭蕉叶酱烤后，鱼肉外酥里嫩，令人垂涎三尺。虽然岛上的美食街好几家餐馆都有出品，但公认做得最好吃的，还是街尾的"老王烤鱼"。

傍晚，伊小素来到美食街。她奇怪地发现，以前座无虚席的老王烤鱼店，现在只稀稀拉拉地坐了几桌人，反倒是旁边另一家餐馆生意火爆，每桌几乎都点了酱烤魔鬼鱼。

伊小素在老王烤鱼店坐定后熟练地下单："王叔，请给我来一份酱烤魔鬼鱼，再加一个菠萝饭。"

"不好意思，本店不提供酱烤魔鬼鱼……咦？是伊小姐啊！"老王认出了伊小素，"有一年多没见了吧？我知道你最喜欢吃酱烤魔鬼鱼，要不你去隔壁那家吃吧？"

伊小素诧异地问："酱烤魔鬼鱼可是你的招牌菜，怎么不卖了呢？"老王叹道："唉，可能是我老了，再也做不出以前的味道了，食客吃了都不满意，所以从上个月起我就不再提供这个菜了……"老王越说越伤感："现在生意越来越难做，我准备到月底就歇业不做了。"

"爸，餐馆关了就关了吧，"一个年轻人突然打断了老王的话，"我都想好了，咱家餐馆市口这么好，改成酒吧，准火！你以后就安心养老吧。"

老王笑笑，向伊小素介绍："这是我儿子王有余，大学毕业刚回来，说是要创业，开什么酒吧呢！"

王有余跟伊小素打了个招呼后就离开了。伊小素念念不忘老王做的烤鱼，恳求他再为自己做一次。老王拗不过，只好答应。

半小时后烤鱼出炉了，伊小素夹起一块鱼肉吃起来。烤鱼肉质细嫩，爽滑中带着鲜甜，与特制的酱料相互融合，风味独特……

伊小素沉浸在美味中，半天才抬起头来，称赞道："王叔，你做的烤鱼还是那么好吃！"

老王却半信半疑："还是以前的味道？不会吧？"

"不信你自己试试。"

老王夹起一块鱼肉尝了一口："咦？还真是以前的味道，为什么之前做的都不行？我这次的做法也没啥区别啊！"

"别急，我们来分析一下。"这件事激起了伊小素的兴趣。她询问老王，调料、烤制方法等有没有变化，老王都否认了。伊小素想了想，说："那就是鱼肉的问题了。"

老王摇了摇头："不可能是鱼肉的问题。"他告诉伊小素，魔鬼

鱼的生活习性很独特，它们平常都潜伏在深海，傍晚时分才会游到近海浅滩来觅食，所以捕捞魔鬼鱼的渔民都是下午出海，深夜才回来。每天晚上餐馆营业一结束，老王就去码头等渔船靠岸，购买刚刚捞上来的魔鬼鱼，然后立即送进冷库保存。到了中午餐馆要开档的时候，再去冷库把鱼拿过来。

老王说："我都是亲自拿货送货，别人不可能在鱼肉上做手脚。"

"那就只能是冷库的问题了。"伊小素一下子就找到了症结，"你把鱼送进冷库后，有人对冷库里的鱼动了手脚。"

"啊，谁会做这种事情？"

伊小素问："你想想看，你的烤鱼不好吃，生意没人光顾，谁能在这件事情上获益？"

老王想了想，说："那应该是隔壁的烤鱼店，我这边流失的顾客都去了他那里。难道是他们在我的鱼肉上动了手脚？这次给你做的鱼是临时从市场上买来的，没法动手脚，所以做出来还是以前的味道。"

"你带我去冷库看看。"伊小素决定帮老王把这事调查清楚。

冷库在小岛另一端靠近码头的地方，整座冷库由很多间独立的冷冻室组成，老王租了其中的一间。

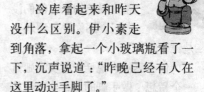

伊小素发现，冷库只有一个出入口，上方设有监控摄像头，只要有人进出冷库，一定会被拍到。

伊小素对老王说："王叔，你现在就回美食街告诉大家，你要继续做酱烤魔鬼鱼了。待会儿你去码头找渔民买鱼，买到后就送进冷库。后面的事情由我来负责。"

"伊小姐，你准备怎么搞？可别跟那些人起冲突啊！"

"王叔，你放心吧。"伊小素指了指自己随身带着的长焦相机，"我只要远远地拍下他们干坏事的证据就行，不会让他们发现的。"

第二天一早，老王问伊小素情况如何，伊小素遗憾地说："他们整晚都没出门，看来是没上钩。我们还是再去冷库看看吧。"

冷库看起来和昨天没什么区别。伊小素走到角落，拿起一个小玻璃瓶看了一下，沉声说道："昨晚已经有人在这里动过手脚了。"

老王不解："你怎么知道？"

"是因为这个玻璃瓶。"伊小素解释道，"这是我昨天特意留在冷库里的。当时我在瓶子里放了一块冰，冰上面搁了一枚硬币。现在你来看，硬币掉到冰块下面去了。这说明瓶子里的冰在昨晚融化过，冰融化成水后，硬币就沉到了水底，后来水又重新结冰，所以才会出现硬币跑到冰块下面这种情况。"

老王明白了，就是说，昨晚有人来关掉了这间冷冻室的制冷开关，让温度上升，鱼肉没法保持新鲜，难怪烤出来的味道不佳。伊小素分析说："这个人怕你发现他在冷库里做手脚，天亮前又过来一次，悄悄地把制冷开关打开了。这样你白天过来的时候，看到的魔鬼鱼就还是冰冻状态。"

老王点点头，问："伊小姐，昨夜你盯着

隔壁餐馆的人，他们没出门，那你说，到底会是谁干的？"

伊小素没有说话。其实，她有一个猜想：做手脚的人，会不会是老王的儿子王有余？他不是想把烤鱼店改造成酒吧吗？犹豫片刻后，伊小素找到冷库老板，要求调看昨晚的监控。看监控的时候，伊小素一直担心会出现王有余的身影，那样的话，对老王的打击也太大了。看完监控，结果却大大出乎伊小素的预料：监控显示，昨夜没有任何人出入过冷库。这说不通啊！难道冷库的监控也被人动了手脚？伊小素想到了求助一个人——刑警支队的外聘顾问、电脑专家赵明。

赵明核查后打来电话："冷库的监控系统并没有被人动过手脚，看来昨晚确实没有人进出过冷库。"

"这就怪了。"伊小素皱眉道。

"我怀疑是制冷开关晚上出现了故障，到早上又自动恢复了。"

伊小素不相信："天下哪有这么巧合的事情？"赵明笑道："这座海岛是由风力发电机来供电的，我查了当地最近半年的气象资料和电网数据，发现受厄尔尼诺现象的影响，最近半年，当地夜间海风的风速会比正常值低很多，这会造成岛上风力发电机的功率下降，供电电压偏低。而到了早上，风速变快，供电电压又会恢复正常。我建议你们找电工确认一下情况。"

确认后结果很快出来了，老王租用的那间冷冻室，制冷开关年久老化，对于电压变化特别敏感。晚上电压偏低，就会自动跳闸，到了早上，电压正常后，开关又自动恢复了。而其他冷冻室并没有这个问题，所以冷库方面一直没发现。

伊小素在海岛度假的最后一天，再次来到了老王烤鱼店。烤鱼店又恢复了人气。看到伊小素，老王带着一个服务员走过来。服务员把一大盘酱烤魔鬼鱼放在桌上，说："伊小姐，这是我爸请你的。"

"王有余？"伊小素有些惊讶，"你怎么当起服务员了？"

王有余有些不好意思地笑了："好多老食客都回来了，我爸忙不过来，我来帮帮忙。"

老王把伊小素拉到一边，悄声说："这几天生意火爆，这小子被镇住了，说咱这店是海岛餐饮的啥'头部品牌'，要跟我学手艺呢！伊小姐，真的要谢谢你啊！"老王笑着，眼里却隐隐闪动着泪花……

（发稿编辑：吕　佳）

（题图、插图：陶　健）

阿P做保险

□ 韦金梅

阿P在保险公司上班，几年来积累了不少客户。他把重要客户和年缴费超过六千元的归为"VIP"，逢年过节不但会发短信问候，还会给他们送点小礼物；至于VIP以外的客户，发个信息就得了。

这天，阿P的备忘录提示，今天是龙光社区王大爷的生日。王大爷孤身一人，每年投保三千多元，唯一的女儿嫁到了外地，没啥可挖掘的资源，不需要送礼。于是，阿P写好一条祝福短信，给王大爷发了过去。不一会儿，阿P手机响了，一看是王大爷打来了电话。

王大爷说，他看到阿P发的生日祝福很高兴，不过前不久邻居老张头生日，老张头投保的那家公司派人登门送礼了。王大爷问："咱也有生日礼物吧？你啥时送来啊？"

阿P嘴上祝福着，说如果下班有空，就过去陪老爷子喝两杯当庆贺了。他以为打感情牌就能敷衍过去，可王大爷不吃这套："你别说你们公司没礼物啊！要是送不起，我就退保，改投老张头那家！"

阿P慌了，虽说王大爷保费不高，但苍蝇腿也是肉啊，干服务行业的，哪能轻易得罪客户？阿P决定先稳住他："王大爷，您别急，实话跟您说，公司确实没送礼之说，但规定是死的，人是活的，我这就向公司打报告申请，等礼物批下来，我立马给您送去，咋样？"

王大爷情绪缓和了一些，跟阿P说，老张头收到的是大米，他要求不高，同等待遇就行。

挂了电话，阿P开始算计，王大爷每年缴的保费，充其量给自己冲冲业绩，没多少提成，给他送礼就是倒贴钱，可要是一点不表示，他真退保咋办？就在这时，来了一条手机短信，是楼下移动营业厅在搞充值促销活动：充三百送抽纸，充五百送洗发水，充一千送一袋十斤大米。阿P顿时来了主意——给自己充一千元话费，送的大米给王大爷拿去，一举两得！想到这里，他直奔营业厅，报上手机号、交钱、领大米，一气呵成。

很快，阿P骑着小电驴把大米送到了王大爷家。王大爷正要出门，看到阿P扛着大米上来，很满意，叫他把大米放厨房，然后说："你来得正好，移动营业厅有充值送大米活动，我要去办理，正愁咋把大米弄回来，你陪我去一趟？"

坏了，阿P光想着自己占便宜，却忘了移动营业厅的活动全城都有，王大爷也知道了，他要是发现自己送的大米就是营业厅的，可就露馅了！阿P假装不知情："营业厅充多少送大米呀？"王大爷说

一千，阿P劝道："您可别冲动消费，一千话费得用多长时间呀？"

王大爷没上道："一年放你们公司三千多都没问题，移动咋的也是大公司，存一千也错不了吧？"

阿P见拦不住，只好悻悻地跟着去了。到了就近的一家营业厅，王大爷看了看门口堆放的赠品大米，嘀咕道："我咋看着这大米，跟你们公司送的礼品差不多呢？"

阿P反应快，忙说："不是差不多，就是一样！都是大公司，估计是在同一家厂订的货吧……"

王大爷一想也对，便进屋排队交钱了。阿P松了口气，在外头等着，不经意间看到大米袋子上，赫然印着"中国移动"的广告！

阿P大跌眼镜，当时没留意就直接送给了王大爷，这回咋解释？这时，王大爷冲阿P招手："就麻烦你帮我把米送到家吧。"

阿P傻眼了，慢吞吞地把米放到电驴上，让王大爷先走。阿P是在拖时间，他得想办法把手里这袋米上的广告字样涂掉，换上他们保险公司的名头，到时再跟之前那袋放一起，王大爷应该不会记得哪袋是他送的，哪袋是充话费送的。

王大爷走后，阿P想，要不买点油漆涂上去？不行，油漆味大

不说，染到米上对身体有害，丧良心的事不能做；那墨水呢？墨水太薄，盖不住；要是有画画用的颜料……阿P猛然想起来，天桥上有个年轻人，天天摆摊卖现场手绘的T恤，阿P见识过他的绘画功底和书写水平，就让他弄！

阿P立马赶到天桥，扛起大米就奔那年轻人去了。年轻人一听阿P的来意，说："三十块，两分钟搞定！"时间紧迫，阿P得赶在王大爷到家前把大米送到，明知年轻人趁火打劫，也只好答应了。好在年轻人手艺不错，很快搞定了。

阿P火速骑车去追王大爷。到了王大爷家楼下，他扛着大米就往上爬，正好赶上王大爷开门，他

一个侧身，抢先一步进了屋，把大米扛进厨房，和之前那袋摆在一起。阿P长舒一口气，这才感觉到累，一屁股坐在地上。

这时，王大爷领着另一个老头进来了，得意扬扬地说："你看，我没唬你吧？这就是我买保险那家公司的业务员阿P，小伙子真不赖，不仅给我送来生日礼物，刚刚还去营业厅帮我扛了袋米回来！"

这老头就是王大爷电话里提的老张头。为了维护公司形象，阿P忙站起来跟老张头打招呼。

老张头拎着两袋米瞅了瞅："老王在你们公司买了多少钱保险，你这么给他忙前跑后的？"

阿P挺直了腰杆："谈钱干啥？都是我阿P的客户了，我不记挂谁记挂？对吧，王大爷？"

王大爷能在老张头跟前炫耀一回，全靠阿P给力了，他能不替阿P说好话？他连夸阿P细心体贴，每年他生日，闺女都不一定记得起来，而阿P的祝福一次没落下。

老张头对阿P竖起了大拇指，阿P被夸得有些飘飘然。王大爷对阿P说："你

张大爷也充了话费，今天家里没人，送的大米还在营业厅呢，要不你再辛苦跑一趟？"

阿P虽然累，可这刚立的"细心体贴"的人设不能倒啊！他一口答应，然后就和老张头下楼了。

路上，阿P得知老张头一家每年在另一家保险公司投保好几万时，一下子就蔫了，难怪人家业务员舍得给他送生日礼物！突然，老张头说："老王家的两袋大米，都是充话费送的吧？"阿P一愣，老张头又说："有袋大米上虽然手绘了你们公司的信息，但那手绘的风格一看就是出自天桥上那年轻人之手。我呀，买过他手绘的T恤！"

阿P见被戳穿，赶紧解释："张

大爷，不瞒您说，王大爷在我们公司投保缴的费用不高，公司确实没给安排生日礼物，可咱也不能让王大爷失望呀！说实话，我就是个小业务员，收入不高，总不能回回都往里贴钱不是？这回正好看到移动营业厅的活动，我就……"

阿P本以为会被奚落，谁知老张头说："年轻人不容易，可你小子不仅有心，还有头脑，就冲你这服务态度，我决定了，下个月我女儿生了娃，就找你买保险！"

阿P以为听错了，追问："您说的是一买就是十八年的那种儿童险？"要知道，这种保单，只要客户不退保、阿P不离职，未来十八年他都有提成！见老张头点头，阿P顿时像捡着宝一样："那就一言为定！借王大爷生日，等我把您的大米搬回去，我再去买两瓶酒，炒俩菜，咱爷仨好好喝两杯！"

看来不是"VIP"也有不小的服务价值啊！没想到我阿P稍稍一用心，回报就来啦！想到这，阿P一边往营业厅赶，一边吹起了口哨……

（发稿编辑：曹晴雯）

（题图、插图：顾子易）

交朋友

□
张功伟

那是 1943 年秋，二虎在一次阻击日寇的战斗中负伤，被送到位于青墩镇外的来龙寺战地医院治疗。

治了一个多月，二虎的伤口却一直很难愈合。一查，一打听，原来给医院供药的药贩子陈皮，被他那当伪镇长的哥哥陈圭吊在湖边示众，导致药品断供了。

说起这个陈皮，他卖药是为赚钱不假，可他间接抗日也比那陈圭助纣为虐强百倍。青墩镇这地方民风彪悍，陈圭更是此地一霸，他也曾是锄奸计划的对象之一。起初，新四军一位副营长曾来策反他，可陈圭油盐不进，还险些反绑了副营长，要送往宪兵队去邀功。这回，他更是使坏，断了战士们的药供，行事愈发猖狂。为此，团首长下令，重启锄奸任务。

这天，二虎带伤行动，他怀揣短枪，穿戴着小和尚的僧衣僧帽，和另外两名锄奸队员直奔青墩镇而去。到了陈府大院外，二虎让队友们埋伏在附近，自己则偷偷潜入陈府打探，伺机行事。

天刚黑，二虎瞧见陈圭走进了东厢房，半个时辰后，厢房里传来如雷鼾声。二虎手持细钢条，一点一点地拨动门闩，在快要打开房门之际，一根枪管抵住了他的后背："不许动！举起手来！"随即家丁闻声而来。

二虎一见他们人多枪多，不敢贸然行事，只得放弃抵抗，他身上的短枪也被卸下。陈圭听到动静起了床，命家丁点亮灯笼，陈府上下霎时间灯火通明。

陈圭上前摘掉二虎的僧帽，就见他的光头上有一处未愈合的枪伤，伤口已经感染。和尚身上怎么会有枪伤？

陈圭眯眼看着二虎，刚要逼问他究竟是何人时，府外传来一阵喧哗。家丁禀报，说县警察局王局长深夜来访。陈圭又瞥了一眼二虎，让师爷把人暂押去偏房。

王局长大步踏进客厅，劈头就问："听说你抓到一个通共分子，这可是你立功发财的好机会，人在哪儿呢？"

陈圭一愣，摇摇头说没有的事。

王局长似笑非笑："镇上人都传疯了，说你把通共者吊在湖边示众！陈大镇长，若是新四军把人抢走了，你我可担待不起！"

"局长大人原来是说那事呀！那人是我亲三弟陈皮，他眼高手低，刚学会爬，就跑镇上开诊所。没人敢找他看，他就倒腾假药坑害人，

辱没门风。我作为陈家长兄，那是对他进行家法处置，没想到这事竟被讹传成我抓了通共分子啦？"

家丁们齐声附和，证明湖边那人确是自家三爷。这时，有个快嘴的家丁提醒陈圭道："老爷，不如把刚才那暗闯进来的小子当通共分子交上去……"

王局长听了一耳朵，连忙吐掉半截洋烟，问道："有人暗闯？人在哪儿呢？"

陈圭瞪了那个家丁一眼，怒道："放肆！按陈家的家规，你应该叫他四爷！"家丁吓得不再吭声。

没听说陈镇长是弟兄四个啊！王局长歪着脑袋，斜眼看向陈圭。

陈圭提高声音说："他确实是我的亲兄弟，因他天生是个哑巴，先父就偷偷把他送到镇外寺庙里寄养，四弟长大后就皈依了佛门。前些时日，日军飞机轰炸当地，庙里和尚死伤无数，我四弟为活命，便回家找他三哥治疗，可老三钻钱眼里了，居然给亲兄弟用假药，致使兄弟的伤至今没有愈合。咱陈家祖上世代为医，医道之家的好名声，岂不毁在他的手里？我这才一气之下对他使用了家法。"

王局长皮笑肉不笑地说："呵，难怪镇长在青墩能一呼百应，光从

严格治家这方面就可见一斑！"接着，他突然话锋一转："你这四弟，为何深更半夜才回家？"

"他出家人怕给陈家丢脸，这才深夜入宅，却被家丁当成小偷抓了。"陈圭转身冲里面喊，"四弟，来见见王局长！"

二虎方才把客厅里的对话听了个一字不漏，陈圭把他说成是四弟，是何用意？他还没想明白，看押他的师爷左手持枪，右手却已经为他松了绑。二虎甩甩手，又活动了一下腿脚，却没有轻易去晃动还被枪管顶着的腰身。这时候，就听得客厅里传来王局长不耐烦的声音："怎么搞的，到现在都没出来？"陈圭这才像突然想起什么似的，连忙自嘲道："王局长您看，我都忘了四弟又聋又哑，根本听不到我在喊他嘛。"

"那好办，我去认识一下，免得下次再闹出误会来。"王局长抽出枪，冲随行警员们一使眼色，跟着陈圭向关着二虎的房间走去。

陈圭刚打开门，警察们那几支枪，就一起对着正在地上闭眼打坐的二虎，师爷则在一旁悠闲地摇着折扇。二虎对眼前的来人无动于衷，好像他们根本不存在一样。

王局长走到二虎身旁，斜眼瞟了瞟他后，突然开口问道："你爹叫什么名字？"

二虎依然一动不动地坐在那里，不理会任何人。陈圭解围道："王局长，您忘了俺四弟是聋哑人？"王局长点点头，三角眼一转，从口袋里拿出笔和一个小本本。他写下"你爹叫什么名字"后，就把小本本递到二虎手里，让他用笔答。陈圭见状，眉头一紧，却见二虎挥笔就写了起来。

王局长右手握枪，伸头去看，二虎写的是"师父说叫陈福生"。王局长这么一瞧，三角眼一闭又一睁，就命令手下回城了。临行前，他掏出一份协查通告交给陈圭："差点忘了，山野大佐说有一批叫'盘尼西林'的新药已经流入我县，你们一旦发现这个药的蛛丝马迹，立刻上报，不得有误。"

王局长等人一走，师爷让家丁们该干啥干啥去，自己则留下来陪陈圭审问二虎。

陈圭问："你是怎么知道先父名讳的？"

"被你的人逮住前，我可把这院子逛遍了，祠堂供桌上有牌位。"二虎反问，"你为啥没把我交出去？真把我当成你四弟了？"

"我根本没有四弟。"陈圭摆摆手，"我没把你交出去，是因为想与你们新四军交朋友。"

原来陈圭早看穿了二虎的身份。

"交朋友？"二虎没好气地说，"三年前我方曾派人与你'交朋友'，你不仅不理，还把我们的人抓了。"

"我那时候真是有眼无珠啊！不过为表诚意，我首先把三弟陈皮抓起来……"

陈圭告诉二虎，前些时候他意外发现陈皮准备销售一大批假药给新四军。这批假药若流入部队，危害极大。陈圭曾多方联络新四军，终因自己是锄奸黑名单上的人而四处碰壁。万般无奈，这才想到吊陈皮，"诱"新四军的人主动露面。

"你们很聪明，没直接去湖边救我那混弟弟，而是来了我这儿。虽然我在湖边安排了人接应你们，但你刚才也听到了，现在埋伏在那儿的，恐怕不止我的人了。"

二虎半信半疑："你变脸比翻书快，方才在警察局长面前演戏也是面不改色心不跳。你这没来由就说要'交朋友'，我能信？"

陈圭"哈哈"笑道："那我给你讲个故事。"

去年秋天，陈圭从上海进了一批高价紧俏药，走水路经过洪泽湖码头时，遇到了日军巡逻艇。四个鬼子上船后，说要扣押他全部物资。就在那个当口，岸上走来一高一矮两位渔民，冲着陈圭就讨钱，说他欠了他们买鱼的钱。陈圭遇上日本人抢夺物资，本就心烦，又被渔民赖上，不免恼火，当下就和俩渔民争执起来。那矮个渔民脾气还挺大，没说几句就要动手。陈圭哪会示弱？就在你推我搡的时候，没想

说，见识了新四军这般威武和潇洒，我能不动心吗？"

师爷忍不住在一旁催促道："老爷，你还是跟这位小兄弟说说我们交朋友的第二份诚意吧！"

陈圭微笑道："第二份诚意就是一万支盘尼西林，这是我送给你们的见面礼，刚从武汉搞来的紧俏货，也是山野大佐正在追踪的那批货……"

二虎久久望着陈圭的眼睛，终于有了决定。

半个月后，二虎仍是僧人装扮来到陈府。家丁齐呼"四爷"，二虎点头致意后，进到陈圭的密室。

"你确定鬼子运粮走的是水路？"

"千真万确，记住，后天运河上装载石英砂的六只船就是运粮船，石英砂下有油布，油布下面就是粮食。船老大是自己人，也喜好结交朋友……"

到矮个渔民突然发力，把陈圭身后的一个鬼子撞进了湖里。旁边鬼子见状，忙趴到船边伸手拉。矮个渔民眼疾脚更快，趁势把第二个鬼子也踹了下去。陈圭正愣神，回头一看，船舱里负责清点物资的两个鬼子，竟也不知什么时候，被高个渔民利落地解决了。巡逻艇上留守的鬼子见势不妙，就要开溜，高个渔民"嗖"地甩出一枚鱼钩，正中鬼子脖颈……就这么几眨眼的工夫，鬼子们就被收拾了，陈圭激动得不行，要把船上物资分给那俩渔民，哪知他们开着鬼子的巡逻艇飞一般地离去，只留下一句："新四军打鬼子是不要报酬的！"

陈圭笑盈盈地对二虎说："你

（发稿编辑：丁娴瑶）

（题图、插图：谢 颖）

画松树

唐朝著名画家张璪，擅长画松树，能左右手各握一管笔，同时在纸上作画。很多人慕名来拜张璪为师，张璪却没有先教他们画画，而是让他们去种松树，观察松树的变化。这一观察就是十多年，很多人耐不住性子，半途而废，最后坚持下来的只有两个人——司胥和赵曾，两人画技在伯仲之间。

这天，张璪分别让两个徒弟画松树，说作品胜出的那一位才能留下来继续学习。最后，张璪决定留下司胥。赵曾不服："我和司胥的画都差不多，为何不留我？"

张璪说："你去看看司胥照顾的那棵松树，看看你们二人的松树有何区别。"赵曾去瞧了瞧，回来后说："我的松树上有伤痕，而司胥的松树上没有。"张璪问："你的树上为何有伤痕？"赵曾说："每次下雨，我脚上沾了泥，进屋前我都会在树上蹭几脚。"

张璪说："那你问过树的感受吗？"赵曾说："树是死物，怎么会有感受？"

张璪说："你心中认定树是死物，你画的树怎么会有灵性呢？"

（作者：任万杰；推荐者：离萧天）

家人的荣光

小燕是一名剧院的后勤，一次演出结束后，观众相继离场，她和同事开始清理场地。最后离开的是一大家子，几个人众星捧月般围在一个穿着演出服的小女孩身边。

女孩爸爸激动地说："在台下，我第一眼就看到你啦！表现太醒目了！"妈妈跟着说："是呀，晴晴今天的表现很棒哦！"一旁的奶奶也笑得合不拢嘴："跳得太好了，一点都不比专业舞蹈演员差。"爷爷也应和道："其他人都没有咱家晴晴跳得好！"最后，身后的弟弟也拍着小手说："在我眼里，姐姐跳得最好！"

48

一家人边说边笑，每个人的笑容都发自内心。

女孩从小燕身边走过时，小燕认出来了，居然是刚才舞台上，站在最边上的那个女孩！

小燕的同事听了这事，笑着说："谁说女孩不是主角？谁说她不在中心位？在家人眼里，她是永远的主角，是家人的荣光啊！"

是啊，女孩是家人的荣光，家人又何尝不是女孩的荣光呢？女孩身上散发的光芒，一部分来源于自己，另外一部分来自家人的欣赏和鼓励。

（作者：张君燕；推荐者：裴金超）

只能一个人说话

父亲经营着一个建筑材料加工厂，刚毕业那年，我去他的厂里帮忙。干了两三个月，我对厂里的各项程序有了大概了解，包括采购原料、组织生产、联系销售等等，渐渐能替父亲分担一些事务了。

一次，有个客户想要购买一批产品。那天父亲正好去外地出差，我一时联系不上他，见客户急着用货，我便代替父亲与客户谈起来，最终谈妥了价格和交货日期。

父亲回来得知情况，眉头紧蹙，长叹了一口气。原来，原材料已经涨价，产品的成本提高了不少，而我并不知情，给客户的报价过低。细算下来，这批产品我们完全没有利润空间，如果加上一些必要的损耗，还可能会亏钱。

"我现在就给客户打电话，让你和他重新谈。"我着急地对父亲说。我深知这行的不容易，白忙活一场实在太亏了。父亲却摆摆手，拒绝了我的提议，表示就按我谈好的价格给客户送货。我很不解，交易还没有完成，现在重新谈完全来得及呀！父亲看着我说："和别人合作，最忌讳的就是一方有多个说话的人。既然已经达成协议，就没有让人家再谈一次的道理。不管是亏还是赚，都是我们内部问题。"

后来，在父亲的坚持下，我们顶着亏钱的压力完成了那笔交易。不过之后，这位客户成了我们的回头客，而我也终于找到了父亲拥有众多客户的原因。

"只能一个人说话"，是对别人的尊重，也是对自身的约束以及对规则的恪守。

（作者：乔凯凯；推荐者：余娟）

（本栏插图：陆小弟）

学写作文，从读故事开始

理查德·戴明（1915—1983），美国侦探小说家，本文改编自他的短篇小说。

布谷鸟时钟

□ 无机客 编译

自杀干预热线

玛莎是个热心肠，退休后也没闲着，给市里的"自杀干预热线"当志愿者。每周一和周三，从晚上八点到次日早上八点，玛莎都会守在电话机旁，准备接听来电，希望能用温柔的劝解，让想要自杀的人打消主意。

最近有个女人的来电，让玛莎格外在意。女人的第一通电话是在上周一晚上快十一点时打来的。她的嗓音沙哑，自称是在报纸上看到了热线的广告，正好自己心情糟糕，想要与人聊聊，就拨通了热线电话。玛莎亲切的声音，让这个女人很快卸下了防备。玛莎得知她名叫珍妮特，今年三十二岁，结婚十年，没有子女，丈夫名叫弗雷德，是一名牙医。女人说，与玛莎聊天让她感觉好多了，她再三追问了玛莎的名字和平时值班的时间，说以后想继续和玛莎通电话。

两天后的周三晚上，快到午夜时，那个女人果然再次来电。这次她说出了自己真正的烦恼：她觉得自己出现了精神问题，时不时冒出想要杀掉丈夫的可怕念头。她不敢告诉丈夫，也不敢向别人透露。她甚至考虑自杀，觉得让自己死掉总好过杀死她心爱的男人。玛莎劝她别冲动，并推荐了一位精神科的医生给她，让她尽快去预约看诊。

接下去的几天，玛莎心里就一直记挂着这个叫珍妮特的女人，尽管素未谋面，但玛莎真心期望她能好好地活下去。

又是一个周一的晚上，玛莎照常守在电话机旁。离九点还差几分钟时，电话响起，玛莎接起电话，听到一个女人沙哑的声音说道："太迟了，不能等到明天了，太迟了……"

玛莎问道："是珍妮特吗？你怎么了？"

女人说道："玛莎，是我。我没法等到明天找精神科医师看病了，我要先走一步，不然等到弗雷德打完保龄球回家时，我一定会控制不住自己对他动手的。我已经吞下了很多安眠药，请你帮我转告弗雷德，我是为了他才这么做的，请你告诉他，我爱他……"

玛莎绝望地问道："珍妮特，我能在哪儿联系到弗雷德，他在哪儿打保龄球？"

"马鹿俱乐部。告诉他……"女人的声音越来越小，电话那头一片死寂，只传来"咕咕……咕咕"的声音，然后响起九下钟鸣，接着又是一阵杂乱的"咕咕"声。

玛莎朝着话筒连声喊着："珍妮特！珍妮特！"话筒另一头却再也无人应答。

女人命悬一线

时间不等人，玛莎赶紧从黄页上找到"马鹿俱乐部"的电话号码拨过去。她自报家门，说亟须在俱乐部里找到一位名叫弗雷德的牙医，有十万火急的事情。

两三分钟后，俱乐部的工作人员就找到了弗雷德。弗雷德医生接起电话，问道："有什么事吗？"

玛莎忙说："我是玛莎，是自杀干预热线的志愿者。大概一刻钟前，我接到你妻子的电话，说她服药自杀了。在与我通话时，她突然昏迷，怎么也叫不醒！"

弗雷德惊愕地问道："什么？我妻子自杀了？"玛莎说："你最好立刻回家，并叫辆救护车！"

玛莎还把自己的电话号码告诉了弗雷德，让他稍后给她回个电话，告知事情的结果。弗雷德表示感谢后，匆匆忙忙地挂上电话。

当晚十一点半时，玛莎家的电话响起，是警方打来的。一名叫赫曼的警官告诉玛莎，很遗憾，弗雷德的太太没能抢救过来。弗雷德过于悲痛，没法亲自致电给她，就让警官代劳。另外，警方也想请玛莎第二天到警局做一份笔录。

次日下午，玛莎来到警局，找到赫曼警官，而弗雷德医生也在场。弗雷德是个三十多岁的高挑男子，长相英俊，颇有魅力。

玛莎对赫曼警官如实讲述自己与珍妮特三次通话的情况，警官听完后，说道："看来，死者之前就考虑过自杀，结合牙医先生告诉我们，他妻子近来有相当严重的抑郁表现，我们基本可以推断死者是服用过量安眠药自杀。"

弗雷德痛苦地说道："是我不好，没早点发现不对劲。如果早点带珍妮特就医，事情就不会发展成这样……"玛莎宽慰他道："别难过了，你妻子在最后一刻曾让我转告你，她爱你……"

玛莎也发觉，尽管赫曼警官说调查只是例行公事，他的工作却做得十分细致，甚至还找了那精神科医师的诊所核查过，确认珍妮特确实预约了周二去看病，和她在最后一通电话里告诉玛莎的一样。

玛莎告别警官离开警局时，弗雷德真挚地向玛莎道谢，并向她露出一个感激的笑容，看得玛莎内心一暖。玛莎一直光顾的牙科医生最近退休并搬去了佛罗里达养老，玛莎想着，下次需要洗牙时，她可以试试弗雷德医生的手法。

时钟透露真相

三个月后，日历上的标注提醒玛莎，牙科检查的日子到了。她在黄页上找出弗雷德牙科诊所的电话，拨打过去进行预约。

预约的看牙时间在周五下午四点半，玛莎因为堵车，晚到了一会儿。她把汽车停在诊所大楼门前，气喘吁吁地跑进位于一楼的大堂，却被女接待员告知，医生还在为上一位患者治疗，恐怕要等到五点后才能接待玛莎。

女接待员让玛莎先在候诊区休息一下。候诊区没什么人，十分安静，茶几上摆放了各种过期杂志，玛莎找出一本故事杂志阅读起来。大概过去十多分钟后，周围的寂静被一声熟悉的"咕咕……咕咕"打破，然后是五下钟鸣，接着又是一阵没有规律的"咕咕"声。玛莎抬起头，看到墙上挂着一面木质的布谷鸟时钟。她顿时想到每次珍妮特打电话给她时，她从背景声里听到的钟声。在准点钟鸣后，再发出一串"咕咕"声的时钟可不多见，会不会是同一面呢？

玛莎问女接待员："这钟原先是不是挂在弗雷德医生家里的？"

女接待员笑着说："是医生和太太结婚时，他太太从自己公寓搬到这儿的。虽然我在这儿只工作了半个多月，但恰好知道这事。"

玛莎疑惑地说："医生和太太结婚不是在十年前吗？"

女接待员眨眨眼，又笑了笑："我说的是医生的现任太太乔安妮，他们两周前才结婚的。乔安妮是上一任接待员，所以我才能得到现在这份工作嘛！乔安妮从自己公寓搬到医生家时，卖掉了大部分家具，把几件小摆设拿到了诊所，其中就包括这面布谷鸟时钟。"

玛莎看着时钟：要是那几通电话来自乔安妮的公寓，而不是来自医生的家里，那么与自己通话的人就不是珍妮特。珍妮特死后，乔安妮迅速成了医生的新太太，要说这件事背后没有猫腻，谁会信？

玛莎的沉思被弗雷德医生的声音打断——弗雷德送上一位患者出门后，对接待员说："露比，现在都五点多了，你可以下班了，我知道你今晚要赶火车去外地见男朋友。"说着，弗雷德转过身，看到玛莎，脸上掠过一丝震惊的表情，但随即恢复正常。他礼貌地问候了玛莎后，把她带进治疗室，让她在治疗椅上坐好，然后开始用刮牙器和探针给她洗牙。

中途，玛莎坐起身吐水时，恰好房门被人轻轻叩响，一个二十多岁的金发女郎刚推开门，就用沙哑的声音说道："抱歉，亲爱的，都这个点了，我还以为你下班了。"

女郎准备要拉上门时，玛莎突然说道："你一定是乔安妮。我叫玛莎，记得我吗？"女郎端详玛莎，佯装困惑地说道："听你这么说，好像我们以前见过？"

她一点也没骗过玛莎，玛莎能从女郎的表情看出，她一下子就听出了玛莎的声音，正如玛莎一下子听出她沙哑的嗓音。

玛莎冷冰冰地说："没有见过，我们只通过电话。好一个天衣无缝的谋杀计划！你们通过我这个完全无关的人来证实珍妮特在精神错乱下实施自杀，而那个可怜的女人大概一切正常。医生，是你在出门打保龄球前让妻子服用了安眠药？是掺在咖啡中吗？"

话一出口，见两人直勾勾地盯

着自己，玛莎就知道不妙，她不该一股脑儿地把心里话全讲出来。她从治疗椅上跳下来，紧张不安地说："我想我得走了。"

乔安妮挡在门口，用毫无感情的声音对丈夫说道："牙科诊所里偶尔会发生给予患者过量麻醉剂导致死亡的事件，对吧？这只会被当作一次意外事故。"

弗雷德突然出手，抓住玛莎，把她推回到治疗椅上。玛莎拼命抵抗，但最后还是被弗雷德制服。医生整个人压在她身上，两只手按住她的双肩，并对妻子下令道："你把麻醉面罩盖到她脸上，快！"

乔安妮一只手抓住玛莎的下巴，使得她的头部无法摆动，另一只手把锥形面罩盖住玛莎的鼻子和嘴巴。面罩里"嘶嘶"地喷出麻醉气体，玛莎只得赶紧屏住呼吸。正在她憋不住气的时候，敞开的房门外响起接待员的声音："哈哈，医生，我真是个马大哈，竟然把火车票落在抽屉里了，不得不赶紧回来——"她的声音突然停顿了一下："你们在干什么？"

弗雷德和乔安妮被吓了一大跳，手上施加的力量就减弱不少。玛莎瞅准时机，猛然转头，抖落面罩，再狠狠地咬了一口乔安妮的大拇指。乔安妮痛得惨叫，丢下面罩，趔趄后退。玛莎又用膝盖用力顶了弗雷德的腹部，弗雷德踉跄几步，撞翻了一张器械桌。

玛莎从椅子上蹦起身，飞奔出去。幸好车子就停在门口，她冲进汽车，启动引擎，加速驶离时，从后视镜里看见弗雷德气急败坏地从大楼里追出来。

玛莎顾不上害怕，猛踩油门，驶向警局，她要去见赫曼警官，告诉他这个惊人的真相……

（发稿编辑：丁娴瑶）

（题图、插图：佐　夫）

定身法

□ 童树梅

梁子翁是个大粮商，小日子过得蛮舒服，可人的眼眶从来都是浅的。这不，五百里外的建湖城因为夏季水涝，入秋闹起粮荒，梁子翁反复打探，确认消息无误后，便倾尽财力，装了几大船米面，浩浩荡荡地直奔建湖城而来。

在建湖城码头泊下船，梁子翁发现周边零星停着好多小船，跟他一样也是来卖米的。梁子翁有数：自己家大业大，这些小船不足以跟自己抗衡。俗话说，行大欺客，客大欺行，粮价，自己说了算。

零卖虽价高但拖拉，有那零卖的时间不如再组织一批米面过来，要知道最快的赚钱方法是把米面批发给本地粮商。主意拿定，梁子翁

上岸找马车。远处有好几辆马车候着，早有一辆马车迎上来，赶车的伙计说："客官，坐我的车，这建湖城，就没有比我更熟的了。"

梁子翁见这伙计说到心坎里，说："那行，带我去本地卖粮的米行。嗯，那边那么多马车为什么只有你一人过来？在别的地方只要有客，马车早就一窝蜂抢上来了。"

伙计笑道："客官有所不知，这是我们本地的规矩，所有马车必须轮流拉客，不得争抢。我这就拉您去卖粮的米行，保您满意！"

此时已近中午，马车过了好久才停下。梁子翁掀帘一看，正身处一繁华街道，旁边是一酒馆。伙计说："这街是本地米行最集中之地，

这酒馆也是粮商最爱来的地方。此时正是饭点，我敢担保他们马上就会过来，到时您想打听什么都有。您不妨沿街坐着，边吃边等。"

这伙计，简直就是肚里的蛔虫啊！梁子翁高兴，当即下车，掏银子打发走伙计，然后走进酒馆，挑了张临街的桌子坐下。早有小二迎上来，梁子翁点好酒菜，边品边等粮商们过来，又随意往外张望。街对面是家古董店，中午时分，古董店里外静悄悄的。梁子翁知道，古董店生意"三年不开张，开张吃三年"，做一笔像一笔，含金量足。

不知不觉一壶酒喝完，却不见一个粮商过来，梁子翁正着急，身边突然围坐下几人。他们黑衣黑裤、神色冷峻，一股压迫感直逼过来，梁子翁暗吃一惊。其中一人开了腔，声音听着十分瘆人："相好的，你是存心跟我们过不去吗？"梁子翁正要问什么意思，那人又说："你一直瞧着对面古董店，想必瞧出来了，我们马上要对古董店下手。按道上规矩，你已瞧见我们的真面目，就

是同行。你若声张，我们绝不饶你，身家性命不说，你那些米面定要叫它们沉入河中，一点不存；你若坐看好戏不声张，事成之后送你十两纹银。怎么说？"

梁子翁听傻了，看来老底全给人家摸清了！那些米面若沉了，自己半条命可就没了。他当即叫道："各位误会了，我不是……"

对方拧眉低喝："噤声！"

梁子翁一哆嗦，苦下脸小声说："我只是一边喝酒一边观街景而已，哪是你们想的那种人……"

"不管先前是不是，现在我们的计划、长相你全知道了，我们已是一根绳上的蚂蚱，怎么办？"

"当然听你们的！我是生意人，只求财，不坏人好事。现在开始我

是耳聋眼瞎，你们自便吧！"

"这才是聪明人，坐着别动！"说完，对方一呼哨，几个人阔步出了酒馆，只留一个大汉坐在梁子翁对面，显然是监视他的。

梁子翁只得坐着，过了片刻，尿意渐急，他刚起身，那大汉就说："你要报官吗？"梁子翁吓得只好坐下。这时，他见几匹高头大马拉着一辆遮得严实的大车停在街头，驾车人正是先前黑衣人中的一个。几个黑衣人陆续下车，相隔百步站一人，一直排到古董店前。梁子翁明白，如此站法，一是望风，二是能迅速传递信息。接着大车来到古董店前，又下来三人，径直进店。梁子翁在街这边自然瞧不见店里发生的事，忽见那三人将一箱箱的东西陆续搬到大车上。显然，他们已降伏了店里的东家和伙计……

整个过程黑衣人动作极快，快得没有一个行人发现异样。其间有人想进店看古董，被黑衣人拦住了。梁子翁想，这下古董店亏大了，只要自己冲出去喊一声，黑衣人的计划就会破产。这么一想，他偷眼看那大汉，那大汉正眼带威胁地瞪着他。这时，大车装满了，大汉开口说："再过两个时辰你方可动身，有人在暗中继续监视你，事后若报官，小心你全家性命！"说罢，他扔下十两银子，然后闪电般冲出去，跳上大车。驾车人一个响鞭，大车立即启动，眨眼间绝尘而去。

梁子翁哪敢动？好容易熬过两个时辰，梁子翁如获大赦，急急地直奔码头，但愿自家船队没事。

一来到码头边，梁子翁心头狂喜，自家船队吃水依旧很深，安然无恙，只不过旁边那些零星小船全没了影踪。一见梁子翁回来，船上伙计炸了锅，嚷道："东家，这大半天您去哪儿了啊？出大事了！"

"出大事？粮被人沉了？"

"粮倒是没事，可价格沉到河底了！"伙计说，梁子翁上街不久，旁边小船开始抛粮，随着粮越抛越多，粮价也越来越低。大伙急坏了，可自家东家失踪，谁也不敢擅自做主卖粮，任凭人家狂抛，到晚上价格已是低得不能再低。

"有这样的事？不过也别丧气，那些小船又能有多少粮？估计仅够维持建湖城百姓天把口粮，相信明天粮价还会涨上来的……"

伙计急道："东家，粮价不会涨了，有本地人说明晚朝廷大批赈灾粮就到……"

梁子翁一惊，这下完了，必定

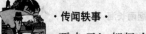

要大亏！都怪自己去古董店对面的酒馆，结果被恶人盯上不让走……

这一夜，梁子翁是热油煎心。天色微亮，他忽然心尖一跳：这事有蹊跷！那古董店被抢前后那么长时间，一点波澜没有，太不寻常了！

梁子翁再次上岸，谁知马车夫们争抢起生意，却不见昨天那位。梁子翁问："你们这儿不是轮流拉客、不许争抢吗？"车夫们听了直摇头，纷纷说："哪有的事？"

梁子翁心头一震，赶紧来到古董店。店里一切如常，东家、伙计没事人似的各忙各的。

梁子翁赔笑问道："昨天下午我远远瞧见这儿有人搬了不少古董，咋回事啊？"

"不错，是几个外地人给我十两纹银，求我歇业一天。古董店歇业一天不算回事的，是我的生意跑不掉，所以就答应他们了。他们搬的东西是预留在这儿的，说实话我也不知道他们搞什么鬼，神秘兮兮的。"古董店东家说，"说起来有好一阵了，他们这番戏翻来覆去上演了好几回，也不知到底是为啥，我也懒得多问，反正有银子入账就行。"

梁子翁听后脸色煞白，再来到城里几家米行一问，昨天下午有好多人批发了粮食给这些米行，那些人的模样正跟黑衣人相似。

上当了！黑衣人显然是那些小粮船上的，为了对付外地大规模运粮船队，他们精心布下这个局。这回听说朝廷赈灾粮明天就到，成败只有一天。他们立即行动起来，先挖坑把梁子翁这样的外地大粮商拉到酒馆，待人坐进酒馆，就一起动手，那边用计牢牢钉死梁子翁，这边抓紧时间把粮食出手。

生意场如战场，是亏还是赚，只在朝夕。

（发稿编辑：曹晴雯）

（题图、插图：谢　颖）

书生误斩老道人

□ 王乃飞

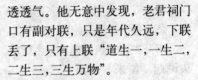

明朝的时候，山东章丘有个叫李开先的读书人，他家中贫穷，却胸有大志。

为了静下心来读书，李开先搬到了山上的老君祠里。那是一座破庙，早已没了香火，老君像上也结满了蜘蛛网。李开先住进去后，便在里面孤灯苦读，石榻独眠。

老君祠旁有一只石龟，李开先苦读寂寞，那只石龟便成了他最好的伴儿，李开先戏称石龟为"龟兄"。

那天，李开先读书久了，出来透透气。他无意中发现，老君祠门口有副对联，只是年代久远，下联丢了，只有上联"道生一，一生二，二生三，三生万物"。

这是《道德经》里的一句话，用这句话做上联，下联该如何对呢？李开先想了半天，竟然没对出来，他拍着自己的头，对石龟说："龟兄啊，叫你笑话了！"

李开先日夜苦读，学识突飞猛进。眼看进京赶考的时间快到了，李开先不敢耽搁，要离开老君祠了。他向石龟拜了三拜，说："龟兄，你若有灵，请保佑我金榜得中。"

临行前，李开先又回头看了一眼，再次瞥到门口的那半副对联，他突然灵光一闪，一下子想到了下联，回身便走了。

李开先赶了几天路，这天遇到

一个书生。那书生带着行李，正往回走。李开先纳闷，就多嘴问了一句："这位仁兄，你可是进京赶考？"

书生说："是呀！"

李开先说："进京得一路向北，你怎么返回来了？"

书生被问得满面通红，说："别提了，我是被人家赶回来了！"

李开先忙问："谁这么大胆，敢阻拦进京的举子？"

书生叹道："其实人家也没赶我，是我自己害臊，跑回来的！"

李开先越听越迷糊，书生就从头说起：原来，前面不远的一座桥上，守着一个老道人。老道人得知书生是进京赶考的，就问他："你肚子里有学问吗？赶考可不是赶集买菜，去了就成。"

书生有些生气，没学问能进京赶考吗？老道人却说："不瞒你说，贫道当年也读过几年书，进京赶考十几次，没得半点功名，这才心灰意冷，当了道士。你如果真有学问，我考你一考，能过我这关，赶考还有

希望；如果不行，我看你还是趁早回去。"书生心里不服，就让老道人出题。结果，老道人出了几道题，书生都没答上来。老道人就说："你这点学识，还是别给咱章丘丢脸了，回家多读几年书再说吧！"

书生羞得满面通红，扭头就跑回来了。

李开先听罢心中气愤：这老道人也太多管闲事了，人家去赶考，关他什么事？

两人告别后，李开先继续往前走。走了一段路，又见一个书生迎面走过来。李开先上前询问，书生

开口说："别提了，羞死人了，被一个老道人说回来了！"

又是老道人？李开先再往前走，一路上遇到好几个书生，个个垂头丧气地往回走，不用问，肯定是被那个老道人给难住了。李开先心中不平，加快了脚步，终于到了桥边。桥上果然坐着一个人，头发花白，一身道袍也有些旧了。老道人抬头看了李开先一眼，问："年轻人，你也是去赶考的吗？"

李开先说："正是。我不光赶考，还要与你过过招！如果我被考住了，就出家当道士，终生再不赶考；如果你难不住我，又当如何？"

老道人想了想，说："如果难不住你，就把我的头输给你！"

李开先一口答应，老道人就开始出题。他连出三题，都出自四书五经，只是问得刁钻些，结果都没难倒李开先。老道人有些发慌了，说："我给你出个上联，只要你能对上来，便算是我输了！"

老道人接着便说："道生一，一生二，二生三，三生万物。"

这不是老君祠门口的上联吗？李开先暗道侥幸，幸亏自己已经想出了下联。他张口就来："人法地，地法天，天法道，道法自然。"

这一下老道人输了，李开先拔出腰间的剑来，说："你阻断了多少读书人的前途，今日非给你一个教训不可。"说罢，他挥剑向老道人的头上砍去。

李开先本来只想吓唬一下老道人，把他吓跑就行了，因此挥剑的动作并不快。没想到，老道人好像被吓呆了，竟愣在原地，一点也没有躲闪。李开先来不及收剑，剑光闪处，一颗人头滚落下来，"骨碌"一下掉到了桥下的河里。李开先见状也害怕了，手一哆嗦，又把老道人的道袍划破了一块。

奇怪的是，老道人没了头，身子却没倒地，他捂着头部，连声喊道："坏了，我的头呀，我的头呀！"然后，他回身就跑了。

李开先看着老道人的背影，又见地上没有一点血迹，很是诧异，但他急于赶路，也顾不得多想了。

不几天，李开先赶到京城，参加了科考。等发下榜文，李开先高中一甲二名榜眼。从此他入朝为官，深得皇帝信赖。

一转眼十几年过去了。这一年，山东黄河泛滥，尤其是章丘，水灾严重。皇帝想派个人去治理水患，可派谁去呢？想来想去，就想到了李开先，于是命他为钦差大臣，前往山东赈灾治水。

李开先已多年没回老家了，他带着差人一路赶去，到了山东，才知道这次水患十分严重。他带人修筑工事，可洪水一下子就把工事冲垮了。

这天深夜，李开先苦思治水之法，不知不觉中趴在书桌上睡着了。正睡着，突然有个人进了屋里。李开先奇怪，外面有官兵把守，这人是怎么进来的？他再看来人，觉得不对劲：原来，这人的斗笠竟与肩头齐平，那他的头在哪里呢？

李开先开口问道："这位仁兄，你是谁，为何深夜来访？"

来人说："李贤弟，我是你的兄长呀！当年你日夜苦读，是我一直陪着你，难道你忘了？"

李开先想了想，却怎么也想不起来，就问："你此时来找我，究竟有何事？"

来人说："我是来帮你治理黄河水患，让一方百姓安宁的。"

李开先一听此言，迫不及待地问："请问仁兄有何良方？"

来人笑了一下，说："方法当然有，请你把我推到黄河里，以我一人之力，把黄河水挡住。"

李开先心里奇怪：这么多人挖沟筑堰，修筑工事，都没挡住黄河水，凭他一个人怎么能行？

来人笑道："不信的话，你大可一试。如果有效，我还有一个条件。"李开先问是什么条件，来人说："我想烦请你在治水时帮我找一样东西……"

李开先听来人说了这样东西，越发奇怪，正要再问，却突然醒了，原来他刚才做了一个梦。

李开先回想梦里的情景，越想越不明白：那人说曾陪伴自己苦读，但自己赶考前独自住在老君祠里，并没有人陪着呀！突然，他想起老君祠旁有一只石龟，自己整日对着他龟兄长龟兄短的，难道……

等天一亮，李开先就赶到老君祠，那里比以前更荒芜了。他拨开乱草，看到那个石龟还在，可走近一看，发现石龟的头没有了，是整整齐齐地断下来的。

难道有人破坏了石龟？李开先突然灵光一闪：当年赶考路上，自己一怒之下，砍了老道人的头，如今门外的石龟没了头，莫非当年那个老道人就是石龟所变？

李开先想着，走进老君祠，只见老君像身上的道袍有一块破了。李开先又想起，自己曾把老道人的道袍划破，难道石龟当年是借了老君的道袍？

李开先猜得不错，当年他在桥

上遇到的老道人，正是老君祠门外的石龟。这只石龟历经千年岁月，有了灵气。李开先在这里日夜苦读，石龟在一旁听着，觉得自己也有了学问。李开先去赶考后，石龟就借了老君的道袍，变作一个老道人，在赶考的必经之路上等着，想看看自己的学问到底有多深。结果那些赶考的举子都被石龟难住，败下阵来。石龟正在得意，李开先来了。面对考题，李开先对答如流，石龟慌了，突然，他想到了李开先对不上来的那个上联，不料李开先已经想出了下联，一下子对了上来。他拔剑要砍，石龟没有防备，它动

作本来就慢，一惊之下，忘了缩头，被李开先一剑把头砍了下来。

事后，石龟很是懊悔自己的所作所为。此次李开先回乡治水，石龟就想助他一臂之力，顺便让他帮自己找一找掉进河里的头颅，于是向李开先托梦……

李开先让官兵把石龟抬到黄河岸边，给石龟上了香，嘴里念叨着："龟兄，上次我一时冒失，砍了你的头，实在对不住。这次为了天下百姓，请你来镇黄河之水，只有委屈龟兄了！"说罢，他便吩咐手下把石龟推到河里。说来也怪，那黄河水正翻着巨浪冲过来，可石龟一到河道里，水竟然一下子止住了。众人啧啧称奇，李开先说："这龟本来就是水里的灵物，又修行千年，这才成了镇水之宝。"

水患暂时解决了，接下来，李开先又组织官兵和百姓疏通河道。他下了一道命令，在疏理河道时，若是发现石龟头，交上来有重赏，可直到河道全部清完，都没人发现那只石龟的头。究竟石龟的头掉到了哪里，就成了一个谜。

（发稿编辑：吕　佳）

（题图、插图：刘为民）

最近，由于金阳小区的物业公司"摆烂"，多方面服务不到位，引起了业主们的强烈不满。

业委会负责人侯某出面建了业主微信群，并在群里率先发言："家人们，咱们小区的环境脏乱差不说，晚上被盗的事也时有发生，安全隐患极大。多次跟物业潘经理沟通，至今没有结果。这个潘经理不是干事的人，我今日发起投票，同意换掉潘经理的，就投一票！"

业主们对这个潘经理早就怨声载道，因此纷纷响应侯某的提议，投票同意撤换物业经理。

投票结果出来后，侯某带着几个业主代表找到物业公司的相关领导，告知他业主们的意愿。没想到这位领导态度强硬："换不换人是我们的

事，你们业主随便投个票，我就要服从吗？真好笑！"

出师不利，侯某想想来气。经过一番琢磨，他发动业主开始了第二轮微信投票。这次投票内容换了，不针对潘经理，而将矛头指向物业公司。最后投票结果显示，同意解聘物业公司的业主占99%。

几天后，侯某等业主再次找

微信群里投票有法律效力吗

□ 刘彦才

到物业公司，对那位领导开门见山地说道："你们不同意换物业经理，我们业主就一致要求解聘你们公司。"领导把脸一拉："别忘了我们之间是有合同的，你们说解聘就解聘？"

侯某说："我们的合同上有明确规定，如果物业公司失职，服务不到位，业主有权和物业公司解除合同。"领导不服："忽悠谁啊？合同期不满，是不能更换物业公司的。"侯某毫不示弱，下了最后通牒："限三天内办完解除合同的手续，不然咱法庭上见。"

"随便！"那位领导狠狠地白了侯某一眼，不理这个茬了。

侯某见状，便一纸诉状将物业公司告上法庭。法庭上，法官问侯某："跟物业公司解除合同，是大多数业主们的意愿吗？"

"是的！"侯某亮出微信投票的截图，"我这里都有记录。"

物业公司派去的代理人说："我劝你们还是回去学学法吧，微信投票是没有法律效力的！"

针对这一说辞，侯某也表现得很镇定，他拿出一份市公证处对小区全体业主投票的公证材料，交给法官说："有这份材料呢？"

法官看后，说："有这份公证材料，业主的微信投票就有法律效力了。"他又对物业公司的代理人说："合同上明确规定，如果服务不到位，经业主共同决定，可以不受时效限制随时解除合同。业主委员会通过法定程序，有权选聘和解聘服务企业。现在投票数已经达到99%，业主们的投票诉求是受法律保护的。"

律师点评：

故事涉及一个法律问题，即微信投票是否合法有效。

根据法律规定，微信投票必须合法合规。如果是违法操作或者存在虚假内容等，则无效，责任人对此还当承担一切法律后果，包括可能产生的刑事处罚。

本故事中，侯某组织的微信投票是否合法，关键要看该投票组织者的资格认定、其他参加者的身份认定、投票内容和环节是否合法、程序是否正当、投票结果是否反映客观事实等。由于侯某的操作程序严谨规范，并经过了公证机构的认定，从而达到了合法有效的结果，否则就有可能无效并产生相应的法律后果。

（发稿编辑：丁娴瑶）

（题图：张恩卫）

珠联璧合的一对伉俪，即便跌落人生的低谷，也总能携手共进。直到这天，一向积极乐观的丈夫突然失踪了……

律师与美人鱼

□ 梅永远

1.失踪的律师

有首歌的歌词是这样写的：人生可比是海上的波浪，有时起，有时落。

楚水清的人生就经历了大起大落。她从省花游队退役以后，嫁给了当地一位年轻帅气的律师，名叫李少商。婚后不久，楚水清就生下了可爱又俊俏的儿子海海，生活可谓是美满又幸福。

可是，一转眼海海三岁多了，他始终不肯开口说话，只用"呦"这一个音节来表达他所有的情绪。夫妻俩带着海海跑遍了各大医院，

几乎所有的诊断结果都一样：海海患有自闭症。于是，夫妻俩又带着海海踏上了漫长的康复之路。

楚水清有时候会为了孩子的事情默默落泪，可李少商是个非常乐观的人，他经常安慰楚水清说："清儿，你知道吗？很多自闭症的孩子都有特殊的才能，只是普通人不理解他们的世界而已。所以，我们的孩子可能是个天才哦！"

是的，从李少商身上看不到一丝失落的情绪。他除了带着海海定期去康复机构参加康复疗程外，还常常把海海架在自己的肩膀上，去

爬名山大川，去听莺声燕语，去走碧海沙滩……海海在浪花里奔跑、跟鱼群嬉戏时，都会兴奋得大喊大叫，可就是不说话。

李少商并不气馁。一次，他指着那些鱼儿对海海说："儿子，你听，它们在跟你说话哦！"海海安静下来聆听着，突然，两个人就大笑了起来，李少商的声音在风里传得很远很远。楚水清看着阳光的丈夫，听着他爽朗的笑声，心里的阴霾也消散了不少。

终于，海海可以开口叫"爸爸妈妈"了，这让两口子备受鼓舞。

可惜，天有不测风云。有一次，台风天气，李少商刚带着儿子从康复中心出来，就看到不远处一块广告牌摇摇欲坠，而广告牌下有个小女孩还浑然不觉。李少商一个箭步冲了上去，用自己的胳膊挡开了掉下来的广告牌。小女孩毫发无损，李少商的手臂却骨折了。

即使这样，植完钢板、做完手术后的李少商仍指着病历上的照片，笑着对楚水清说："清儿，别哭了，你看这块钢板上的编号末尾三位数字522，正是我们的结婚纪念日，多有意义啊！"

楚水清哭得更伤心了："你要是有个三长两短，我们娘儿俩该怎么活啊？"

李少商用左手将楚水清和海海一把揽了过来，笑着说："放心吧，我会一直守在你们身边的。"

李少商见义勇为的行为在当地引起了不小的轰动，可获救的小女孩消失了，她的家人也没露过面。

李少商恢复得很好，两个多月就活动自如了，他一边积极地带儿子康复，一边忙碌地投身于工作。

李少商确实很忙，他们律师事务所正在为本市一家连锁酒店提供上市的法律服务，李少商负责的是这个项目的税务部分。

不知道是因为工作太忙，还是因为救了人得不到回应，或者是儿子的病情迟迟不见好转，李少商慢慢变得有些烦躁了，甚至和楚水清有过几次争吵。

6月30日这天晚上，李少商加班到很晚，楚水清正准备打电话给丈夫的时候，收到了李少商的信息："不要找我，我累了，去了很远的地方，不会再回来了。"

犹如一个晴天霹雳，楚水清呆了足足五分钟才缓过来，她疯狂地给李少商打电话，对方手机却一直是关机状态。楚水清抱着儿子，打一辆车就跑到了丈夫的律师事务

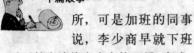

所，可是加班的同事说，李少商早就下班了。楚水清给李少商的父母、亲戚、朋友、同事都打了一遍电话，没有人知道李少商的下落。

李少商失踪了。尽管楚水清报了警，但警方没找到任何有用的线索，特别是他的那条信息，让警方对这个案子一直无法定性。

李少商的父母对这件事的态度很偏激，他们一边哭，一边指着楚水清骂道："你这个女人，生了个哑巴，现在又把我儿子逼得跑路了，你真是个扫把星啊！"

楚水清惊愕地看着公婆，她实在不敢相信，自己那温文尔雅的丈夫竟然有这样蛮不讲理的父母。她咬着牙擦干了泪水，抱着海海离开了公婆的家。

除了李少商的父母，传播那些风言风语的人也不少。很多人都说是楚水清把李少商逼得崩溃了，他不得已才离开了家。

海海虽然不知道发生了什么，但是见不到爸爸，他就变得更加沉默了。他不再叫"爸爸妈妈"，甚至连"呦"那个音节都很少发出来了。

坊间的议论，儿子的病情，经济的压力，一时间如同排山倒海一样，把楚水清压得喘不过气来，但楚水清并没有倒下来。她一边带儿子做康复，一边四处找工作，一边满世界找丈夫。

楚水清坚定地相信，她的丈夫李少商，绝对不会抛妻弃子的。她常常去找负责这个案子的警官老刘，老刘人很不错，忙前忙后的，只是没有找到一丝线索。

2. 美丽的人鱼

楚水清找到了一份满意的工作——在本市新开的大型海洋馆里做美人鱼表演。

楚水清做这份工作有几个原因，一是她花样游泳的底子厚；二是人鱼表演收入高；三是海海对海洋动物兴趣浓。

海海只有到了水族馆里，看着那些游来游去的海洋生物，他才会兴奋起来，拍打着玻璃，急切地用"呦"这个音节表达自己的激动。

楚水清的生活又恢复了平静，可是李少商的消息也像平静的水面一样，一点涟漪都没有。楚水清曾经找人查询过道路监控和手机定位的信息，监控显示李少商最后露面的位置在繁华路，手机定位也在那里附近一公里的范围，但楚水清在那里贴满了寻人启事，问遍了各个小区，也没得到任何有用的信息。

楚水清只能压抑着内心巨大的悲痛，每天穿着美人鱼的服饰，伴随着那些海洋生物一起翩翩起舞，不时还要给观众们一个灿烂的笑容。那些海洋生物多种多样，有可爱的魔鬼鱼，有多彩的小丑鱼，有笨拙的海龟，还有恐怖的鲨鱼。其实，海洋馆里饲养的都是性格温顺的鲨鱼，例如护士鲨、柠檬鲨、豹纹鲨等。楚水清还是蛮喜欢这些动物的，它们就像一个个单纯的孩子一样。这些动物也安慰了海海，海海经常隔着玻璃，用他那一个单调的音节，跟那些动物们交流，声音里的情绪却丰富多彩。

可是，生活依然没放过楚水清。楚水清在海洋馆上班三个月后的一天，海海突然发烧不止，送到医院后被诊断为再生障碍性贫血。

楚水清一个人窝在医院的卫生间隔间里，咬着自己的胳膊，暗暗哭了半个小时。出来后，她洗了把脸，去找了主任医师商讨海海的治疗方案。

经过紧张的救治，海海的情况基本稳定下来了，但后续的治疗还需要不少费用。海海的自闭症康复也挺花钱的，这一来二去的，楚水清家里的积蓄用光了，亲友的钱也借了个遍。

楚水清想，我得多挣点钱。

挣钱的机会很快就来了。一家酒店的招聘启事轰动了全市，招聘的岗位竟然就是人鱼表演者。这家酒店叫欧辛斯海洋酒店，装修极尽奢华，但它最出名的地方还是它的水族箱。那是一座高达六米的环形水族箱，箱体是亚克力玻璃材质的，环绕着酒店的观景餐厅而建。很多人要提前一个月时间才能预订到这个水族馆餐厅的座位，为的是一边享受美食大餐，一边观赏梦幻的海底世界。不过，市里新的海洋馆开业以后，欧辛斯海洋酒店的生意就一落千丈了，因为海洋馆里的水族箱更高、更大、更漂亮，生物种类更多样，表演也更精彩。

为了挽回顾客的心，欧辛斯海洋酒店发布了一则启事：三十万年薪招聘人鱼表演者，要求熟悉海洋生物，而且能与凶猛的鲨鱼共舞。

楚水清一下子就心动了，酒店的薪资是海洋馆的三倍多，每个月有这么多收入的话，海海的治疗和后期康复都不成问题了。楚水清对这份工作的危险性心知肚明，但为了儿子她豁出去了。再说她知道，即使是最凶猛的鲨鱼，它们的食物清单里也没有人类，如果熟悉它们的习性，就会发现鲨鱼还是很友好

的。

楚水清去参加了面试，她的形象和履历让面试官很满意。接着是水中的表演考核，面试官更是拍手称赞。楚水清顺利通过了欧辛斯海洋酒店的考试，竞争者不多，毕竟和鲨鱼共舞，还是吓退了不少人。

"水族馆里习性凶猛的鲨鱼有哪些种类？有多少头？"楚水清想了想，问了一句。

"居氏鼬鲨，只有一头。"面试官说。

楚水清点点头，说："好，我可以。"

居氏鼬鲨就是人们俗称的虎鲨，其实是比较凶猛的鲨鱼，但楚水清觉得自己可以搞定。真正的表演开始之前，楚水清还要经过一段时间的训练，主要是跟那头虎鲨搞好关系，并且进行一定的驯化。

当楚水清戴上护具进入水族箱时，她发现这头虎鲨虽然个头不小，但是蔫头蔫脑的，完全没有骇人的气势。情况比楚水清想象的要简单得多，这头虎鲨已经被人类饲养很长时间了，性格比较温和，也

很容易驯服。

经过两个多月的准备，欧辛斯海洋酒店的人鲨共舞节目即将登场了。因为前期的造势很足，大家的胃口都被吊起来了，餐厅的座位、住宿房间早早地就被抢购一空。

楚水清的表演很成功，她美丽的身姿环绕着凶恶的大鲨鱼上下翻飞，给观众带来了极大的视觉冲击力。观众们不时发出一阵惊呼，不时又报以热烈的掌声。

一时间，街头巷尾都在议论欧辛斯海洋酒店的人鲨共舞，都说表演太精彩了，酒店的生意也重新火爆起来。

3. 固定的观众

楚水清每天表演的时候，常常会有几个固定的观众。

一个器宇轩昂的中年男人几乎每天都会来。他独自坐在位置最好的桌子旁边，头发梳得整整齐齐，衣服熨得平平整整，衬衫的颜色和手表的款式都经过了精心的搭配，举手投足间充满了高贵的气质。

另一个女人隔几天就会来一次，有时还会带着孩子。她虽然其貌不扬，穿着打扮甚至有点寒酸，但她每次离开时都会塞一把小费给服务员，让服务员转交给楚水清。小费不算多也不算少，一般是百把块钱，还是各种零钱凑在一起的。

后来，楚水清搞清楚了，那个中年男人叫何道雄，他就是欧辛斯集团的大股东。欧辛斯海洋酒店的生意重归红火，对何道雄来说意义很大，因为欧辛斯集团正忙着上市，企业经营的健康状况非常重要。提出用凶猛的鲨鱼做表演这个点子的人，也正是何道雄。这头表演的虎鲨，就是从何道雄的私人住宅里运过来的。何道雄就像个中东土豪一样，在自己的豪宅里建了个大型水族馆，饲养了一头虎鲨。这头虎鲨在驯养过程中，慢慢丧失了一部分野性。楚水清甚至觉得这头虎鲨有点太乖了，缺少应有的活力。每次表演前，给虎鲨投喂食物的时候，它吃的东西也不多。

至于那个女人，楚水清一直没搞清楚她的来历。楚水清很感激那个女人的好意，又感到有些受之有愧。楚水清一直想当面感谢她一下，只是那女人来去匆匆的，根本不给楚水清任何接触她的机会。

楚水清给那头虎鲨取了一个名字，叫洋洋。当楚水清跟洋洋相处融洽以后，她就经常把儿子海海带到欧辛斯海洋酒店，主要是为了海海的康复。海海会隔着玻璃，用他自己的方式，跟那些海洋动物交流。

每次看到海海，何道雄就会叫来服务员，给海海端上一份精致的点心。

楚水清默默地记下了每个人对自己和对海海的好，但心里的伤口还是一直折磨着她。楚水清对很多人都斩钉截铁地说过一句话："少商不会抛弃我和海海的，我永远都会等着他回来。"

海海偶尔会喊两声"爸爸"，然后茫然地四处张望。每当这时，楚水清总会强忍泪水，抱紧儿子。

莫名其妙地，海海跟虎鲨洋洋交上了朋友。一人一鲨有时候会隔着玻璃对望，甚至当海海将手掌贴在玻璃上的时候，洋洋会把自己的鼻子也顶在玻璃上，这一人一鲨就像有心灵感应似的。

楚水清指着虎鲨对海海说："海海，它是洋洋，洋洋。"

"洋洋，洋洋。"海海轻轻地叫道。"洋洋"是海海除了"爸爸"和"妈妈"之外学会的第三个称呼。

楚水清笑了，这是李少商失踪之后，她第一次露出了笑容。不远处，坐在那里的何道雄那酷酷的面

容上，也浮现出一丝微笑。

楚水清的生活重新出现了曙光。何道雄知道海海的情况后，安排人找了最权威的专家给他制定了治疗方案。几个月过后，治疗效果非常好，海海差不多就要痊愈了。

海海的自闭症康复也有了一定的进展，虎鲨洋洋成了他最好的伙伴。海海每次来到酒店，都会和洋洋互相凝望很久，有一次，海海突然说话了："妈妈，洋洋，哭了！"

楚水清看不出来虎鲨会哭，可她忍不住哭了出来。不知道什么时候，何道雄走到了楚水清身边，递

过来一方叠得很漂亮的纸巾。

过了几天，何道雄请楚水清和海海吃晚饭。为了这顿晚饭，何道雄让酒店管理人员推掉了欧辛斯海洋酒店水族馆餐厅的所有预约。

当晚的气氛很好，餐厅里做了精心的布置，钢琴师的曲子也是用心挑选的，连灯光都调得恰到好处。楚水清有些忐忑不安，但是老板何道雄帮了她这么大的忙，她不能连吃顿饭的面子都不给。

何道雄让服务员打开了一瓶红酒，给自己和楚水清各倒了一杯。楚水清说："何总，谢谢，我不喝酒，真的。"

何道雄端起杯子轻轻摇晃着，慢慢地说："这支红酒不是什么名贵的牌子，但是产自我在智利买的一个小酒庄，一年只做6300瓶，你可以尝一口。"何道雄的声音里带着不可抗拒的力量。

楚水清轻轻地端起杯子："何总，您帮了我这么大的忙，还搞这么大阵势请我们娘儿俩吃饭，真的让我有些惶恐。"

何道雄说："其实，今天不只是请你们吃饭，我还有件喜事。"

楚水清微微抬起头，等待着何道雄后面的话。

何道雄露出了灿烂的笑容，这在他脸上很少见，他说："欧辛斯集团已经通过IPO审核，马上就能上市融资了。"

楚水清有些尴尬地笑了笑，举着杯子说："恭喜何总了！"

何道雄一饮而尽，又亲自给楚水清和海海各夹了一块意大利香煎小羊排。"小清，你知道吗？我离婚两年多了。"何道雄突然没头没脑地冒出来这么一句话。

4. 道歉的飞飞

听了何道雄的话，楚水清心里一惊，半天不知道该说什么话。何道雄则拿起一根小羊排，咬了一口就放下了，然后拿起旁边餐巾擦了擦手，说："老了！"

服务员的脸色变了，赶紧撤下这道小羊排，送到后厨去了。

一旁的海海安静地啃完了羊排，又安静地跑到水族馆那边，和虎鲨洋洋隔着玻璃相望着……

何道雄喝了一口酒，淡淡地说："大家都是成年人，我就直说了，我喜欢你，你以后不用再辛苦地做人鱼表演了，而且，我能给海海创造更好的康复和教育条件。"

楚水清吓得把酒杯都碰倒了，她手忙脚乱地扶起酒杯，又语无伦次地说："何、何总，我、我有老公的，他、他会回来的。"

何道雄的脸色有了一点点阴沉，又缓缓舒展开来，说："没关系，慢慢来，你可以再等等，我也可以再等等。按照法律规定，一方失踪两年，就可以解除婚姻关系了，也等不了多久了。"

一个胖胖的厨师一路小跑进了餐厅，他是水族馆餐厅的主厨。他一边喘着气，一边道歉："何总，对不起，羊排没做好。"

何道雄笑了一下："没关系，慢慢来。"

不远处，海海又冒出来一句话："妈妈，洋洋，哭了。"

这顿晚饭吃得楚水清心惊肉跳的。她想辞职离开欧辛斯海洋酒店，又舍不得这里的高工资，毕竟要花钱的地方还多着呢！楚水清想，再干一段时间，攒点钱，她就离开。她害怕何道雄会一直等着她，她也害怕自己会意志不坚定。毕竟像何道雄这种优质男人，还是很有魅力的。

这天，楚水清又开始了一场表演。她和虎鲨洋洋已经非常有默契了，她一会儿摸摸洋洋的鼻头，一会儿带着洋洋转圈圈。表演结束后，楚水清又看见了那个打扮寒酸的女人，她正在给服务员塞钱。楚水清曾经跟服务员打过招呼，让他不要再代收小费了，两个人在那里纠缠了一会儿。

楚水清迅速从水族箱里爬上来，连澡都没洗，赶紧换好衣服，冲到了酒店大堂。那个女人已经强行把钱塞给服务员，走出了旋转门。楚水清把儿子托付给服务员，边喊边追了上去，不知道那个女人听见没有，她反而走得更快了。

那个女人出了酒店之后，就骑上了一辆电动车。情急之下，楚水清打了一辆出租车跟了上去。跟踪

电动车并不容易，好在那个女人走的一直是大路，楚水清没有跟丢，直到看见那个女人把车子骑进了一个老旧的小区。

楚水清下了车，快步跑进小区，马上就发现了那女人的住处。她住在一个带院子的一楼，院子里堆满了各种纸箱、空瓶和塑料制品。

那个女人正在整理破烂，楚水清直接跨进了院子，把那个女人吓了一跳。她看着楚水清，想说什么又没说出来。还是楚水清打破了沉默："大姐，真的谢谢您，可无功不受禄，而且您家条件也不好，我真的不能再要您给的小费了。"

一个脸蛋黑黑的小女孩听到动静，从屋里走了出来。楚水清见过这个女孩，她曾经跟着妈妈一起去看过几次美人鱼表演。

那个女人看看女儿，叹了口气，把楚水清请进了屋里："我叫肖桂兰，这是我姑娘飞飞。你丈夫是飞飞的救命恩人。"肖桂兰端着一杯水，放到楚水清面前。

楚水清立刻明白了所有的事情，李少商为了救这个小女孩，手臂被广告牌砸骨折了。当时，小女孩的家人一直没有露面。这个叫肖桂兰的女人，正是因为心怀愧疚，才不断地给楚水清塞小费。

"你丈夫救飞飞的时候，我就在旁边翻垃圾桶，我当时昏了头，连一声谢谢都没敢说。我怕要赔你丈夫医药费，拉着飞飞就跑了。唉，我一个人带飞飞，太穷了……"说着，肖桂兰低下了头。

"其实，不用你们赔医药费，安装广告牌的广告公司掏了。"楚水清的鼻子一阵发酸，她想到杳无音信的丈夫，忍了好几次，还是没忍住，泪水悄悄地滑落下来。

"我也不懂啊！后来我想带飞飞去医院看望你丈夫，可满大街都是在骂我们的人，我更不敢去了。再后来，我听说了你的事，就跑到酒店塞一点钱给你，希望良心能好过一点。"肖桂兰一直不敢抬头。

那个叫飞飞的小女孩走过来，怯生生地说："阿姨，对不起！"

楚水清擦了擦眼泪，摇摇头，没有再说什么。都是在苦难的生活里挣扎的人，她也恨不起来了。

楚水清不想在这里待下去了，每一次想到丈夫，她的心就像被割了一刀似的。

肖桂兰送楚水清出了门，不知所措地说了一句："唉，这么好的人，怎么会不见了呢？"

楚水清加快步子，想赶紧离开，

她实在听不了这种所谓安慰的话了，没想到肖桂兰又来一句，声音很轻，却像一声惊雷一样劈在了楚水清的耳膜里……

5. 海海的话语

肖桂兰说："其实，我后来还见过他一面。"

"见过谁？"楚水清的神经立刻绷紧了，转过头喊了一嗓子。

肖桂兰吓了一跳，结结巴巴地说："你、你丈夫啊！"

"什么时候？"

"去年6月底，哪一天，我想不起来了。"

"当时他在干什么？"

"没、没干什么，就是从地铁站出来，走了一段路，后来上了一辆车。"

"在哪条路？"

"应该是繁华路。"

繁华路？！去年的6月30日，李少商失踪的那天，最后的手机定位就在繁华路附近！

"是不是6月30日？"楚水清已经抑制不住内心的激动了，她摇着肖桂兰问道。

肖桂兰努力地想了想，又茫然地摇摇头，她确实想不起来了。

这时，那个脸蛋黑黑的飞飞拿着一本破台历走了出来："是6月30日，那天妈妈回来说，看到救我的叔叔了，我就在台历上画了个鞠躬的小人，意思是谢谢叔叔。"

楚水清的脑子一时有点乱，她冷静了一下，梳理了思绪，马上又问道："大姐，你还记得我老公坐的那辆车的车牌号吗？"

本来楚水清并不指望肖桂兰能记住这么不起眼的信息，可是肖桂兰迟疑了一下，居然开口说道："我、我记得，那是一辆黑色大奔，车牌号里有四个6。"

楚水清感觉全身的血液一下子冲到脑子里了。何道雄有辆奔驰车，车牌号里就有四个6，而且何道雄的家就在繁华路附近！

楚水清回到欧辛斯海洋酒店的时候，第三场表演马上就要开始了，可她已经完全没心思表演了。她找到了何道雄，说："何总，我有点事想跟你单独谈谈。"

何道雄愣了一下，把楚水清带到了自己的办公室里。

"你认识我老公李少商吗？"楚水清单刀直入地问。

"是的，他在失踪以前，负责过欧辛斯集团的上市法律服务。"

"你怎么从来没跟我说过？"

"有必要说这个吗？"何道雄表情疑惑地说。

"好吧，我老公失踪那天，最后他上了你的车，你怎么解释？"

"这要解释什么？那天我开车在路上，看见他从地铁站出来，就让他上车聊聊工作的事情。他看起来状态很不好，说自己很累，聊了两句就下车了。"

"就这样吗？"

"就这样。"

何道雄说的没有什么问题，可是楚水清觉得有问题。她想，也许是自己太想念丈夫，神经过敏了，

难道、难道李少商真的是为了逃避自己，到外地隐居去了？想到这里，楚水清狠狠抽了自己一个耳光，她觉得自己亵渎了丈夫对自己和海海的爱。

楚水清心不在焉地完成了当天的第三场表演，虎鲨洋洋也有些心不在焉地慢慢游动着。楚水清在水里落泪了，她心里呐喊着：李少商，你这个混蛋，你到底跑到哪里去了？还好，观众看不见楚水清在水里哭，但海海为什么说水里的虎鲨洋洋哭了？他只是个自闭的孩子，还是个具有异能的天才？楚水清的心里乱得很。

下班回去的路上，楚水清一直没说话，倒是海海冷不丁地又来了一句："妈妈，洋洋，哭了。"

自从怀疑的种子在楚水清的心里种下后，楚水清就再没有办法跟何道雄正常相处了。终于，她提出了辞职。何道雄再三挽留，楚水清坚决得就像一块礁石。

办完了离职手续，楚水清立刻就去找了负责李少商失踪案的警官老刘。她提供了李少商失踪的新线索后，急切地说："何道雄就住在繁华路上的观海别墅，你们去搜查他家，一定会有发现的。"

老刘说："这说明不了什么问

题，李少商也没有被侵害的迹象，所以根本没可能申请到搜查证。"

楚水清情绪有些失控，她大叫着："李少商，他不可能抛开我们的！求求你们，救救我老公啊！"

老刘赶紧站起身来，安抚道："好了，好了，我来想想办法。"

老刘去欧辛斯海洋酒店找了一次何道雄，说明了来意之后，何道雄深深地叹了一口气，说："唉，这样吧，为了解开她的心结，你们就去我家找一找吧，把她也带上！"

就这样，楚水清跟着老刘等人走进了何道雄的豪宅。那是一栋四层的独栋别墅，客厅有将近九米的挑高层，还竖着一个巨大的水族箱，可惜已经废弃不用了。整个别墅都充满了颓废的气息，自从何道雄离婚后，他辞掉了所有的用人。

老刘带着技术人员忙活了大半天，提取了很多样本，拿回去和李少商的DNA做了比对，完全没有匹配的。老刘对楚水清说："这下你满意了吧？"

楚水清茫然地坐在地上，好半天都没有一点儿反应。

回到家后，楚水清依然是失魂落魄的。海海走过来，说道："妈妈，洋洋，哭了！"

楚水清抱着儿子痛哭了一场，哭完后，带着儿子去了欧辛斯海洋酒店，海海想看看洋洋，她也准备跟何道雄道个歉。

6. 风里的声音

楚水清带着海海来到酒店的水族馆后，海海又和虎鲨洋洋对视了好久。一段时间不见，洋洋消瘦了不少，看起来病恹恹的。据服务员说，洋洋已经好几天没吃东西了。

"妈妈，洋洋，哭了，洋洋，很难受！"海海突然冒出了这么一大串话。

果然，洋洋变得狂躁起来，它不停地摇晃着身体，又用鼻子撞击着玻璃，不知道受了什么刺激。

楚水清和洋洋相处了这么长时间，已经有了深厚的感情。她找到饲养员，要求下水安抚洋洋的情绪。饲养员不同意，因为洋洋已经好久没吃东西了。

在楚水清的坚持下，她还是换上人鱼服饰，跳进了水族馆。洋洋正在水里闹腾，把其他动物吓得四处逃窜，看到楚水清来了，它没头没脑地就冲了过来。楚水清一个漂亮的翻转，躲过了洋洋的攻击，可还是把大家惊出了一身冷汗。

楚水清小心地用手掌轻轻抚摸着洋洋的脊背，洋洋慢慢安静下来了。楚水清旋转着轻盈的身姿，洋洋也跟着来一个潇洒的转身。

楚水清游到洋洋前面，像往常一样把手掌按在了洋洋的鼻头上，洋洋有点委屈地摇摆着身体。

正当大家舒了一口气的时候，洋洋猛然朝着楚水清张开了它的血盆大口，那锋利的牙齿在水中闪着寒光。

在众人的尖叫声中，洋洋并没有咬下去，只是，一股翻涌的液体从它的嘴里喷了出来……

楚水清的神经像是突然被人掐住了，她惊异地看见，一块闪亮的金属片从洋洋的嘴巴里飞了出来。

楚水清感觉一道闪电照进了她的脑子里。她突然崩溃了，狠狠地拍着水族箱玻璃，歇斯底里地喊着，却发不出任何声音，只冒出一串串无助的泡泡……

没错，这块金属片就是李少商小臂里植入的那块钢板，上面的编号末尾是"522"三个数字。李少商的失踪案马上升级成了刑事案件，因为这头虎鲨是从何道雄家里的水族箱里运来的，所以，何道雄作为犯罪嫌疑人被抓了起来。

何道雄沉默了很久，他解释不了这块钢板的来龙去脉，他压根也没有解释，只有强大的律师团队在跑前跑后。

经历了漫长的沉默后，何道雄提出了要求，他要见楚水清。

看着神情恍惚的楚水清，何道雄终于开口了，他说："我想当面跟你说，对不起，我真的不是故意的。还有，我帮海海，一开始是因为愧疚，后来是真的喜欢你。"

楚水清猛地站起身来，朝何道雄扑了过去，马上就被两名警察拉住了。楚水清一边疯狂挣脱，一边疯狂号叫："你这个变态，你这个魔鬼，我要杀了你！"

据何道雄交代，去年6月30日那天，李少商跟他联系说，欧辛斯集团的税收缴纳有问题，何道雄便约了李少商面谈。何道雄在地铁站接到了李少商，把他带回了自己家里。何道雄拿了十万元现金，码在李少商面前，要他想办法把这件事摆平。李少商的态度很明确，要补缴税金和罚款，后面的事情才能继续推进。何道雄说，不行，没时间了，一旦这个消息爆出来，上市的进度会推迟很久，他个人的资金链也出了大麻烦，必须要尽快完成上市，融资变现。

李少商觉得没有必要谈下去

了，转身便走，何道雄拉住了李少商。两人在拉拉扯扯间，何道雄失手把李少商推下了楼梯，李少商摔得头破血流，当场气绝身亡。

当何道雄从慌乱中冷静下来后，他首先用李少商的指纹解锁了手机，给李少商的老婆发了一条短信："不要找我，我累了，去了很远的地方，不会再回来了。"

接着，何道雄关掉了李少商的手机，开始思考怎么处理李少商的尸体，他的目光落到了水族箱中的虎鲨身上。何道雄饿了虎鲨好多天，直到水族箱里没有任何可吃的东西了，何道雄才将李少商分尸，又一块块地投进了虎鲨的嘴里。

何道雄烧掉了李少商的衣物，又将他的戒指、手表和手机扔进了大海，还把房子里里外外的痕迹清理得干干净净。何道雄唯独没想到，李少商的手臂里，还有一块没有取出来的钢板。

这头可怜的虎鲨，要被迫掩饰人类的罪恶，它在撕咬的过程中，还被那块钢板上的螺丝刺破了食道，钢板卡在了那里，它就一直带着这块钢板痛苦地活着。

后来，何道雄为了挽回欧辛斯海洋酒店的生意，把虎鲨送到了酒店的水族馆里。他以为李少商已经彻底人间蒸发了，他不知道，那块钢板一直在那里，就像一颗随时会爆炸的水雷。

海海看出了虎鲨的痛苦，那也是楚水清和海海痛苦的根源。终于，在海海和虎鲨的对望交流中，在楚水清和虎鲨的纷飞舞动中，虎鲨吐出了那根折磨它很久的钢板，也吐出了血腥的真相。

无数个夜晚，楚水清从噩梦中惊醒，失声痛哭。反倒是海海，会搂紧妈妈，拍着妈妈的背，哄着妈妈再次入睡。

何道雄被判刑以后，楚水清花了很长时间才摆脱了阴影。海海的自闭症有了明显的好转，他开始跟妈妈讲话了，还会经常安慰妈妈说："妈妈，不哭！"

楚水清不哭了，她带着海海去爬名山大川，去听莺声燕语，去走碧海沙滩，那是他们一家三口曾经走过的地方。

楚水清说："海海，你听，风里有爸爸留下来的声音，他没有抛弃我们，他一直陪在我们身边。"

海海说："是的，妈妈，我都能听得见。"

（发稿编辑：曹晴雯）

（题图、插图：杨宏富）

80

·神探夏洛克·

命丧湖中

贝加尔湖是世界上最深的湖泊，就透明度而言，也是世界上首屈一指的，从水面甚至能看到四十米的深处。

就在一个夏天的早晨，贝加尔湖的湖面上发现了一具男尸，一条小船翻扣在水面上，漂浮在尸体旁。看上去，男子像是在划船游览时，被风吹起的波浪打翻了船，溺水而亡。警方推定死者死亡时间是昨天晚上八点钟左右。死者是位于湖泊西南岸某机械厂的一名制图员，住在一幢五层楼高的单身宿舍里。死者生前因患有恐高症，所以他的房间位于一楼。警方了解到，贝加尔湖的水温即使在夏天也非常低，所以他们断定，死者是来划船游玩时，不小心翻船落水，然后因为水温太低而引起心脏麻痹才死亡的。

夏洛克先生听说了案情后，却摇了摇头，说："不，我有不同的看法，这很可能是谋杀！"

亲爱的读者，你知道夏洛克为什么这么说吗？

超级视觉

乍一看，以为是在水中？没有哦，是光的反射在跟我们的眼睛开玩笑呢！

疯狂 QA

一筐苹果有八个，八个小孩一人一个，分完一看，筐里还有一个，为什么？

想知道答案吗？

1. 购买 2023 年 11 月下《故事会》。

2. 扫二维码：

动感地带，与您不见不散！上期答案见本期 P86。

李渔质疑

李渔是清朝著名的剧作家和戏剧理论家。小时候，私塾先生讲到《孟子》中"褐宽博"的意思时，说是穷人穿的又肥又长的粗布衣服。李渔问："既然是穷人穿的粗布衣服，为什么不省些布料，把衣服做得小一些、短一些？做得又肥又长，岂不是浪费？"面对李渔的质疑，先生也说不出个所以然来。

多年后，李渔外出游历到了塞北，听说《孟子》一书中所记述的"穿褐衣的人"就住在这一带，于是他专门前去打听"褐宽博"的来由。当地人告诉他，这里的人们生活贫困，之所以把褐衣做得又肥又长，是要在白天当衣服穿，晚上当被子盖。这下，李渔心中的疑问终于找到了答案。 　　　（赵元波）

一个真花圈

丰子恺病逝后，好友刘海粟得知噩耗，十分悲痛，但他因中风缠绵病榻，只得叮嘱家人买鲜花扎个花圈送去。那时候，市场上很难买到鲜花。家人说："扎个纸花圈行吗？"刘海粟说："不可，子恺先生一生为人真诚，追求真理，他的文字和绘画都是有生命的，也只有鲜活的真花才配敬奉在他的灵前。"家人一筹莫展之际，刘海粟的一个学生来探望他。学生费了好大功夫，终于买到了一些鲜花。刘海粟的家人忙活半天，终于扎出了一只真花圈。

那时，丰子恺遭受了不公对待，葬礼冷冷清清的。在稀疏的几个纸花圈中，那个用真花扎的花圈清雅芳香，格外引人注目。

　　　（江小乐）

避短

李谐是东魏时期的名士，他学识渊博，口才出众，常常作为东魏的外交使臣出访南朝。其实，李谐是有生理缺陷的，一是有些跛足；

二是脖颈上长有一个肉瘤；三是有些口吃。这么一个人，怎么会口才出众而且善于外交辞令呢？

原来，李谐极其注意掩饰自己的缺点，一贯坚持"二慢一仰"的做法。为了掩饰跛足，他走路徐行，使步履沉稳；为了掩饰口吃，他说话慢条斯理，使口齿清楚，掷地有声；为了掩饰脖颈上的肉瘤，他就仰脸讲话，使肉瘤隐于衣领内。

就这样，慢行慢言，练就了李谐不急不躁、遇事沉着的性格；仰脸，则给了他抬头挺胸、胸有成竹的自信。

（赵盛基）

配饰测试

鲁国是孔子的故乡，当时儒家学派盛行，鲁国人基本上都穿着儒服。有一次庄子来到鲁国，想要传播自己的思想。鲁哀公却嘲笑道："我们鲁国人人穿儒服，人人是儒士，没人去学你的道家思想。"

庄子也不生气："穿儒服未必是儒士，我听说儒家对儒服是有规定的，如果头戴纶巾，说明他通晓天文；如果脚踏方鞋，说明他精通地理；如果身上用彩绳系着玉玦，

说明他遇事冷静，善于决断。我和你打赌，你贴出告示，三日后根据穿儒服的配饰给百姓来个测试，如果不能答对，就定成死罪，到时我们再看看。"

鲁哀公不信邪，立刻照办。三日后，他带着庄子来到大街上，想羞辱一下人家。哪知到了街上一看，根本没人穿儒服，大家看了告示后，别说三日了，当天都赶紧脱了儒服，换上了平时的衣服。

（任万杰）

蔡卞"炫"妻

蔡卞妻子是王安石的女儿，知书达理。蔡卞每次有公务，先要在闺房内请教她的意见，再在朝廷上发布。当时蔡卞的同事都互相调侃说："我们这些人每天履行的公务，都是人家闺房里的蜜语。"蔡卞听后，不但不生气，还很得意地说："如此说来，诸位的官职都是靠我家夫人才得以保全的呀！"

不敢吃梨

宋代宰相李建勋有一次和宾客一起游山，碰到一个村塾先生，便邀请他同游。村塾先生一开始并不敢与之攀谈。游山路上，李

建勋口渴难耐，就一连吃了好几个梨。有个门客就说："梨不能多吃，在古书上说是'五脏刀斧'。"村塾先生听罢窃笑，李建勋问道："先生何故发笑？"门客也说："你一个村塾先生，安敢笑我？"村塾先生说："这说法出自《鹖冠子》，不过不是你说的'梨'，而是离别的'离'，只有离别才能摧人心肝啊……"

洪迈堪比苏东坡

南宋文学家洪迈在翰林院时负责起草诏书。一天，太监送来了二十多份口谕，要拟成诏书。洪迈又是查资料，又是打草稿，好不容易全部拟完，便悠闲地在庭院里散步。他看到有个老人坐在树荫下休息，便跟他闲聊。老人说自己是翰林院的老员工了，几代都在翰林院打杂。洪迈就问他："老先生阅人无数，您见过苏东坡学士吗？"老人说："见过，他下笔很快，一次起草二十道诏书不在话下。"洪迈很高兴，说："我今天也起草了二十道诏书。"

老人点点头，笑道："苏学士敏捷也不过如此，只是他没有翻找资料。"洪迈大窘，自恨失言。

张安道的推荐信

张安道与欧阳修一向不和。张安道镇守成都时，欧阳修担任翰林。当时苏洵父子从眉山进京，正好经过成都，便请张安道写了封推荐信。张安道写完后，意味深长地说了一句："我的意见在翰林院某些人看来，毫不重要。"苏洵当时也不明就里，就带着张安道的推荐信去开封求见欧阳修。

欧阳修看到张安道的信，又读了苏洵父子的文章，大笑着说："张安道给我找了个文坛的未来领袖啊！"

经此一事，天下都赞誉张安道和欧阳修能不计前嫌，为国选才。

（本栏供稿：严 俊、离萧天）

（本栏插图：孙小片）

84

位老人救了一只普通的小虫子。这是一只普通得不能再普通的小黑虫子，它叫小荧。

自从老人救了小荧以后，小荧就开始观察起老人的生活。它发现，老人是个很善良的人：村子里大多是留守老人，身子骨不好，腿脚也不利索，老人相对年轻且身体硬朗，他经常帮助村里年纪更大的人干农活。他还会收留雨夜里被冻得瑟瑟发抖的流浪狗。在别人需要帮助的时候，他总是毫不犹豫地伸出援手……

小荧心想：他真是有一分光发一分光，有一分热发一分热呀！

这天，村庄里停电了，据说电线被大雪压断了。老人听到这事，连忙扛起工具上山去了。

等修好电线，天色已渐暗，小荧陪着老人慢慢下山。

"哎哟！"老人看不清脚下的路，摔了一跤。小荧心里一惊。

老人强忍着疼痛站起来，一瘸一拐地走着。小荧急坏了，在一旁直打转。天色越来越黑，下山的路还长，地上到处是积雪，老人这样走下去，不知道还要摔多少跤，太危险了！

"要是我会发光就好了！"一个想法瞬间从小荧心里冒出来，"可是，我只是一只普通得不能再普通

老人与萤火虫

□ 上海市奉贤区汇贤中学
邵梓涵

的小黑虫子。"小荧又低下了头。

看着老人颤颤巍巍的步伐，小荧心惊胆战，得赶紧想想办法！它灵光一现：听说森林最深处有一个女巫，法力高强，说不定她能够帮我！

小荧立刻赶往森林深处，见到了女巫。它问："你好，女巫，你能让我发光吗？"

"你这只小虫子，为什么想要发光？"女巫问。

"我、我只是一只普通得不能再普通的小黑虫子。"小荧脑海里闪过了许多画面：老人大汗淋漓地帮村民锄地、把淋湿的流浪狗揽在怀里，笑盈盈地说"不用谢"……画面最后定格在了那天：小荧不小心落到了水里，挣扎得筋疲力尽，老人的脸凑近了，他小心翼翼地把奄奄一息的小荧从水里捧出来，帮它擦干……

"因为——我也想有一分光发一分光，有一分热发一分热，就像他一样！"小荧回答道。

女巫看着眼含泪水的小荧，点了点头，缓缓地说道："嗯，我可以让你发光，不过实现愿望是有代价的。"

"什么代价？"小荧急切地问。

"失去你白天的活动时间。"

小荧闭着眼安静了好一会儿，似乎在留恋曾经的时光，然后，它坚定地说："好！"

听到小荧的回答，女巫不再多说，她挥了挥魔法棒——小荧的身体发生了变化，它变成了可以发光的虫子！

小荧不再逗留，道谢后立刻飞往老人身边。

漫漫雪夜里，老人注意到身边突然有了一团光亮。小荧飞在老人身前，默默地为他引路，一虫一人，一前一后……

小荧不再是一只普通得不能再普通的小黑虫子，它像火焰一样，照耀着所爱的人。

老人修好电线，让村庄再次亮起了光，而小荧成了老人的光。

（"我的青春我的梦"第四届中小学生故事会征文获奖作品选登）

（指导老师：陈红梅）

（发稿编辑：吕　佳）

（题图：孙小片）

义诊

□ 李海庆

· 网文热读 ·

在老牡丹江城，曾经流传着这样一个故事：一年夏天，老城来了一个面目慈祥的游医，为人义诊，分文不取，只是，他有个条件……

民国年间的一个盛夏，一向安静的老牡丹江城的老道巷子，忽然喧闹起来。深巷之中，一群人围了一个圈，中间端坐着一位身着藏青色长衫、满脸胡须的人。

那人面前放着一个方正桌子，桌上摆着一个黑药箱子，身后竖着一杆黄色旗子，上面写着几个大字："灵丹济世乐千家，良医有术救危人。"旗子上，横批尤为显眼："游医义诊，分文不收。"

平日里总好头疼脑热的人拼着劲儿往里挤，汗涔涔地拱到桌子前，嘴里嚷嚷："您行行好，给咱瞧瞧这不去根的老病！"

有人在心里琢磨：这灾年，又兵荒马乱的，穷得叮当响，哪来的钱看病？今天有这等好事，治好治赖且不说，既然不出一文钱，咱也不搭啥！

可劲儿拱到前面的那几位，却吃了闭门羹。那捋着胡须的游医，头摇得像个拨浪鼓，拿着纸扇指着旗子末端的一行小字："只医小儿！"

有心细的，赶紧跑回家，抱起自家生病的小儿，逢人便说："灾年遇着个义诊的，前去试试！"

须臾间，义诊的游医前面挤满了一帮穿着开裆裤的小儿。有的说总是跑肚拉稀，有的说总是半夜抽筋，有的说白日嗜睡，有的说无端抽搐……一时间，摊子前热闹非凡。

游医慌忙起身，嘴里喊着："注意秩序！注意秩序！"他又伸出手，挨个儿拍着小儿们的肩头，让小儿们排成一列纵队。

游医忙乎完，已经满脸淌汗，坐下开始给小儿们瞧病。游医时而察看脸色，时而探问病症，时而摸着脉门，不消一袋烟的工夫，便撕出一张黄纸，在上面细细写下医嘱和药方，递与小儿，接着给下一位小儿瞧病。

瞧过病的小儿拿着药方递与自家大人，自家大人宁信其有，不信其无，回家照着医嘱治病。还别说，症状确有好转。

一家人到处宣传："这游医了不得，真是神医下凡！"

一时间，游医名声大噪，来游医这里瞧病的小儿愈来愈多。不单是老道巷子里的人，老牡丹江城其他地方的人，闻说游医医术高超，如华佗再世，也纷纷带着小儿赶来瞧病。自此，每日看病的小儿，排的队伍竟百米有余。

游医给身患疥疮的小儿治病，尤为细致，药到病除。他笑盈盈地对众人说："我家孩子也有这毛病，一到夏天，就浑身发疥疮。"

游医为小儿看病，真按着他自己的话来：分文不取。有人过意不去，拿出银元作为答谢，游医断然拒绝，笑着说："医者仁心，只愿天下无疾。"

大家纷纷称赞："游医简直就是活菩萨。"

游医不收钱物，反而经常买一些小儿喜好之物赠予众小儿，所以游医常被众小儿簇拥其中。游医常与小儿逗笑取乐，送给小儿们物件之后，又告诉众小儿："如有玩伴，可一同来见，赠物将翻倍。"

一传十，十传百。来见游医的小儿愈来愈多，每天游医的摊子前比市场都热闹。

游医何故为小儿义诊，又自解腰包买赠物？这一时间成了老道巷子里的一个谜团。

背着游医，大家纷纷揣测，有的说："游医见苍生疾苦，又遇灾年，行医相助，是佛陀转世。"

有的说："游医唯喜孩童，以

孩童为乐，以医道联络孩童……"

也有人提出自己的质疑："难以置信，这世上真有此善人？怕不是游医别有所图吧！"

数日后，喧闹的老道巷子，一下子沉寂了。

游医的行医摊子，不知何时无影无踪了。来瞧病的小儿，来游医之处寻乐的小儿，面露失落之色。

有见了游医最后一面的，说起那日的蹊跷之处："游医一看见那小孩，便不再行医。他紧抱着那小孩，匆匆离了老道巷子，转眼之间就不见了踪迹。"

众人惊愕，一起得出结论："游医莫不是人贩子，以医道蛊惑众人，然后相中合适的小孩下手？"

有人提出反对意见："不像！那孩子是在老牡丹江城流浪的乞儿，衣衫褴褛，面黄肌瘦，游医劫走这个乞儿，又有何用……"

再说回游医，他已经带着乞儿离开了老牡丹江城，心中悲喜交加。悲的是，他回忆起当年带家中五岁独子路过老牡丹江城，于人流中不幸与他走散后，独子沦为乞儿，尝尽人间疾苦。游医自己多番打听，杳无音信。喜的是，时隔三载，游医终与孩子团聚。

游医行医有妙方，寻人也有妙法：他以医治小儿之病为由，四处义诊，探听孩子的消息。这个特殊的"药方"，终于医好了自己的失子之痛。

之所以能想到这样的法子，是因为每逢盛夏，游医的孩子总患疥疮。孩子幼小，无钱医治，所以游医要打着义诊的旗号。那孩子在人家檐前屋后露宿，连日阴雨，身上生满疥疮，奇痒无比，被一同流浪的乞儿带去义诊，终与父亲团聚……

（发稿编辑：陶云韫）

（题图、插图：孙小片）

搞直播的路边摊

□ 黄超鹏

阿明找工作不太顺利，决定自己创业。干啥呢？卖炒粉！他以前有学厨的经历，等办妥了所有经营手续后，他就铆足劲开工了！

一人，一锅，一辆三轮，几张板凳，阿明每天起早贪黑地忙活，生意却不温不火，搞得他有点心灰意冷。好友小华来吃炒粉，边吃边忍不住"点赞"："兄弟，你的手艺没话说，生意咋就不火？"

阿明委屈巴巴地指指四周，叹道："我是新手，你看那些好的市口，早给一些老摊主霸占了。那些摊主个个不好惹，我总要四处挪位，生意能好到哪儿去！"

"酒香不怕巷子深，你就是差点宣传。"小华指点道，"你听我的，在炉子边上架部手机开直播，一来让粉丝们看到你的手艺；二来可以积累人气，甚至可以网络接单。这样不出半个月，我保证你的生意好到飞起！"

阿明觉得这法子没多大成本，操作也简单，当下就开通了直播账号。

阿明每天在镜头前干得十分卖力，还时不时地对着镜头吆喝几句。果然，直播给阿明带来了超高的人气和客流，再加上他的炒粉味道不错，生意一下子就火爆起来。

这天，小华远远地就看见阿明的摊位前排着长队，"锅气"四溢，好不热闹。他以为是又在直播，走过去一看，阿明的手机支架都拆了。

"咋不直播了？"

"忙不过来！"阿明笑着说，"自从开了直播，客人多了不说，城管、市监管的工作人员也常被'引流'过来。他们来监督检查，我倒是不怕，可我隔壁那些摊主不是没证，就是卫生不过关，都怕被人盯上。嗬，他们现在把最好的市口让给我了，求着我低调点呢！"

（发稿编辑：丁娴瑶）

乔治是个演员。这天晚上，他和妻子在餐馆吃晚餐。邻座有个穿毛皮大衣的女人，每隔一会儿就要掏出最新款手机，大声地聊天。

当女人的手机第八次响起时，乔治再也坐不住了。他从夹克衫的衣兜里掏出手机，放到耳边，说："嗨，约翰，那份合同你已经听说了吧？确实是个好消息。今天上午，我一高兴便买下了这部新手机。"

妻子纳闷地看着乔治，乔治冲她眨眨眼，继续表演："你知道吗？这款手机有不少神奇的新功能，它可以智能判断哪个电话重要，哪个电话不重要。"

餐馆里安静了许多，客人们似乎都对乔治的话产生了兴趣，邻桌那个女人也被唬住了。乔治继续天马行空地发挥起来："你知道这手机最大的优点是什么吗？他们给它附加了一种特殊保险。有了这保险，就算将它弄坏或丢失了，第二天就会给你换上一部崭新的，不限次数，哈哈！"

客人们纷纷回头注视乔治。乔治的妻子有些尴尬，她瞪了乔治一眼，收拾好手提包，起身向外走去，乔治连忙跟上。

经过餐厅门口时，乔治看到门边有一个壁炉，他突然来了灵感，随手就将手机扔进了火炉中。客人们都惊呆了，尤其是那个穿毛皮大衣的女人，她死死地盯着乔治，嘴巴张得大大的。乔治看了，觉得有趣极了。

走出餐馆，乔治向妻子解释："亲爱的，别板着脸，那个炫耀新手机的女人太讨厌了，我只是想打压她一下。刚才那部手机，不过是我演出时用的道具。"

"什么？"妻子惊讶地问，然后在手提包里摸索着，"你说的是这一部吧？你忘啦，昨天你把这道具手机放我包里了。"

即兴表演

□［英］韦兰·史密斯

（推荐者：从 客）

（发稿编辑：吕 佳）

和校花谈恋爱

□ 文小鱼

小林是大学足球队的队员。一次偶然的机会，他认识了校花阿兰，一来二去，两人谈起了恋爱。

小林把这事告诉了队友，没想到队友们没一个相信："校花是你女朋友？""你小子，癞蛤蟆想吃天鹅肉，吹牛也要打个草稿！"

小林很郁闷，他真想立刻把阿兰带到大家面前，证明她是自己的女朋友。可是几天前，地质专业的阿兰跟随老师去野外考察了，那里连手机信号都没有。

好不容易等到了阿兰回校的日子。这天，校足球队正好有一场比赛，小林不在上场名单里。他心想，一定要借此机会在众多师生面前牵起阿兰的手，堂堂正正地告诉大家，校花阿兰是他的女朋友。

小林早早地来到机场等候，接到了阿兰。没想到回学校的路上堵车，到了校门口，小林一看表，离球赛结束只差十分钟了。他心急如焚，拉着阿兰就向球场跑去。

阿兰跑得气喘吁吁，对小林说："你慢一点！干吗这么着急呀？"小林却毫不理睬，说："没时间解释了，快跟我去一个地方！"阿兰跑得披头散发，一不小心还扭伤了脚。她让小林停下，小林却说："再坚持一下！"他不顾阿兰的恳求，继续拉着她飞奔。到达球场的时候，比赛刚刚结束，大家还没离场，小林和阿兰的出现立刻吸引了众人的目光。

"小林，你这个疯子，我再也受不了你了，我要跟你分手！"阿兰说罢，抬手给了小林一耳光，愤怒地转过身，一瘸一拐地离开了球场。

看着队友们惊愕的神情，小林仰起跑得红红的脸，说："你们都听到了吧？阿兰说要和我分手，她、她真的是我女朋友！"

（发稿编辑：吕 佳）

有啥证据

□ 沈顺富

这几天，大刚老师已经迟到两回了。周一，他赶去学校上语文课，电瓶车骑到半路，竟然没电了。大刚这才想起，周日在家休息，把充电的事彻底给忘了。没办法，等他找到地方充好电，结果就是迟到了。刚到单位偏碰到了校长，他解释说电瓶没电，校长没说啥。

周三，大刚快到单位了，老婆打电话来："我出门倒垃圾，门被风吹得关上了，钥匙没带，进不了家！"听老婆说，她还穿着睡衣，大刚只得折返回去。到了单位，又迟到了，再次碰上了校长。校长还是没说啥，只是多看了大刚好几眼。

这天是周五，大刚上班路上碰到一个家长。家长跟他打完招呼，热情似火地拉住他，问起了孩子的近

况。大刚耐心地陪家长说了好一会儿，等匆匆赶到学校后，一看，天啊，又迟到了！

都说事不过三。万幸，今天大刚没碰到校长，他松了一口气。

没想到中午校长主动把大刚叫到了办公室："今天咋又迟到了？"

"没、没迟到啊！"大刚装糊涂，想：你又没证据证明。

校长正色道："你是老师，怎么撒谎？怎么给学生做榜样？"

见校长一口咬定自己迟到，大刚死鸭子嘴硬："领导，您肯定是搞错了吧！"

校长皱着眉，说："我没有证据，会瞎说吗？"

大刚吞吞吐吐地问："有……有啥证据？"

校长板着脸，说："今天第一节语文课是你的吧？我办公室就在你们教室楼上，听到楼下同学大声喊'老师好'，抬眼一看钟，好嘛，你又迟到了……"

（发稿编辑：陶云韬）

天上有飞龙

□ 马奕彦

二宝是个痴情男，苦苦追求着一个叫菲儿的女孩。菲儿对二宝也有好感，可她有些若即若离。二宝追问，菲儿就说："我是小白龙变的呀，不能轻易与人类在一起。"二宝听了，打趣道："你的想象力好丰富哦！"

这天，二宝神秘兮兮地对菲儿说："今晚，咱们去海边，我带你看样东西。"到了晚上，两人来到约定地点不久，二宝激动地大叫："快看，天上有飞龙！"只见一条黑色飞龙正在云雾中若隐若现地翻腾。菲儿眼里露出一丝惊喜。

把菲儿送回家后，二宝打电话给好友："哥们儿，谢谢你，今天用无人机编排出飞龙造型。"

谁知好友苦笑道："我今天拉肚子，一直没出门！"

二宝蒙了，自言自语："好友失约了，那今晚的龙是怎么回事？"

"是我啊！"一个声音响起。二宝转身一看，是个穿黑色衣服的陌生帅哥。

"你是谁啊？"二宝惊讶道。

"我是黑龙呀，知道了你的计划，为了不让你在菲儿面前出丑，特意在天空中飞翔了一下。"

二宝傻了。接着，帅哥压低声音说："我帮了你大忙，现在你也帮我一下。很简单，我喊一句'你是不是狗'，你就说'是，我是狗'。"

"行……我帮你。"二宝勉为其难地点点头，等对方喊话后，他应道："是，我是狗！"

帅哥笑了笑，腾空而起到云层，变成了黑色飞龙。一条白色小龙，已经在云层上静静地等他了。

黑色飞龙说："菲儿师妹，看见了吧？那人傻得没救啦！师兄我比他强多喽，到底选谁当男朋友，你想想清楚……"

（发稿编辑：陶云韫）

神算

□ 李威远

名山上有座广济寺,寺里香火鼎盛。张三有个儿子,大学刚毕业,正准备考公务员。考试前,张三带着儿子到广济寺进香。

寺前有位算命先生,招牌上写着"神算吴铁口"。吴铁口一见张三父子,便说:"看面相,这孩子聪慧灵敏,前途无量!"

张三一听动了心,赶紧请吴铁口给儿子算一卦。问明生辰八字,吴铁口写道:"令旗所指兵马动,任行南北与西东,前呼后拥众星月,凯旋解甲好过冬。"张三想,看来我儿是当官的命啊,这次公务员考试准没问题!

没想到,张三儿子竟落榜了。

见儿子当官无望,张三便去找吴铁口算账,张口就问:"你之前在纸条上写的,不是说我儿子前途无量吗?怎么到头来他只当了导游?今天不给我个解释,我就把你这摊位给砸了!"

吴铁口"呵呵"一笑:"请先随我进寺,之后再砸不迟!"

寺院里,有导游用旗一指"往东走",游客队伍便鱼贯前行。吴铁口说:"这就是'令旗所指兵马动'。"又见导游讲解时,身边游客环绕,吴铁口说:"这是'前呼后拥众星月','任行南北与西东'就不用解释了吧?至于'凯旋解甲好过冬',据我了解,有的旅行社会在冬季给员工安排假期,导游脱下了职业装,也要回家过年哪!"

张三听后一愣,算命先生说的,不无道理。他不禁想:这算命先生早算出儿子是"当导游"的命,还说他"前途无量"?

见张三不吱声,吴铁口又道:"现在咱这里旅游业发展势头迅猛,你孩子搭上这班'旅游'车,正是'前途无量'啊!"

(发稿编辑:曹晴雯)

身份验证

□ 蒋 伟

陈林的儿子陈晓考进外地一所大学，报到前，陈林叮嘱道："现在网络诈骗频繁，你要提高警惕。以后如果需要汇钱，必须和我通个视频电话，确认是本人才行。"

陈晓点点头："现在人工智能非常厉害，有些高智商的诈骗犯不但能'黑'进你手机，还能模拟你的声音，甚至能利用AI换脸技术在视频电话中换成你的容貌……"

陈林有些不淡定了。他思考良久，和儿子约定了暗语，作为身份

验证的最后一道"锁"。此后几个月，父子俩在涉及汇款时都严格遵循这套流程，倒也一切顺利。

这天，陈林手机上跳出了儿子的视频电话邀请，他立即接通。屏幕中的陈晓有些紧张："爸，我不小心打伤了人，急需医药费，你能不能汇五万元给我？"

陈林不慌不忙："汇钱不急，我还不知道你是不是我儿子呢！我问你，猪八戒头上几根毛？"后面这句正是父子俩约定的暗语。

"比你头发少三根，没错吧？"陈晓回得干脆利落。

"究竟少了哪三根？"

"玛丽、小芳和翠花。这可是你特地给那三根毛取的名字！"

陈林摇摇头说："暗语是没错，但你不是我儿子！"

屏幕中的陈晓惊声问道："爸，你在说什么啊？"

"我猜我的手机被你们'黑'了，以往我和儿子的视频通话也被监听了，所以连暗语你们都知道。"陈林气定神闲地说，"可惜啊，你普通话太标准，而我们这地方口音重，尤其喜欢加儿化音，所以我和儿子特地约定，暗语的最后一句要带点乡音，特别是'翠花'这词一定要加儿化音的，哈哈……"

（发稿编辑：曹晴雯）

（本栏插图：顾子易 小黑孩）